콘택트
1

CONTACT
by Carl Sagan

Copyright © 1985 by Carl Sagan

All rights reserved including the rights of reproduction in whole or in part in any form.

Korean Translation Copyright © 2001 SCIENCE BOOKS Co., Ltd.

Korean translation edition is published by arrangement with the original publisher, Simon & Schuster, Inc. through KCC.

이 책의 한국어판 저작권은 KCC를 통해 Simon & Schuster, Inc.와 독점 계약한 **(주) 사이언스북스**에 있습니다.

저작권법에 의해 한국 내에서 보호를 받는 저작물이므로 무단 전재와 무단 복제를 금합니다.

콘택트

CONTACT

1

칼 세이건
SF 장편소설

이상원 옮김

사이언스북스

작가의 말

　이 소설에 등장하는 이들은 모두 가공 인물이다. 물론 내가 알고 있는 사람들의 모습이 조금씩은 섞여 들어갔을 테지만 말이다. 이 책은 외계로부터 신호를 받고자 노력하며 서로 협동하는 전세계 SETI(외계 지적 생명체 탐사) 과학자들의 도움으로 씌어졌다. 특히 외계 생명체 탐사 분야의 선구자인 프랭크 드레이크, 필립 모리슨, 고(故) 시크로프스키 등의 학자에게 감사를 표한다. 지능을 가진 외계 생명체 탐사 분야는 8백만 채널을 다루는 하버드대학교의 메타/센티넬 연구와 국립항공우주국의 정밀 프로그램에 힘입어 새로운 단계에 접어들었다. 이 분야의 눈부신 발전으로 말미암아 이 책이 시대에 뒤떨어진 형편없는 것이 되기를 간절히 바라는 것이 내 마음이다.
　이 책이 완성되는 과정에서 많은 친구와 동료들이 초고를 읽고 조언을 해주었다. 프랭크 드레이크, 펄 드루얀, 레스터 그린스펀, 어빙 그루버, 존 롬버그, 필립 모리슨, 낸시 팔머, 윌 프로빈, 스튜어트 샤피로, 스티븐 소터, 킵 손이 그들이다. 여기에 소개된 은하간 이동 체계를 설명하기 위해 킵 토온 교수는 오십여 줄에 달하는 긴 계산을 해내기도 했다. 책 내용이나 스타일을 다듬는 과정에서 스콧 메러디스, 마이클 코다, 존 허먼, 그레고리 웨버, 클립톤 파디먼, 그리고 고(故) 디어도어 스튜전이 애써 주었다. 책을 준비하는 오랜 과정에서 셜리 아든의 지속적인 도움은 절대적인 것이었다. 은하계의 한 중심에 고도의 지능을 가진 생명체가 살고 있을지 모른다는 아이디어를 몇 년 전에 내준 조슈아 레더버그에게도 감사한다. 그 아이디어에도 단초가 된 다른 아이디어가 있었듯, 이 책의 단초는 1750년경 〈은하계에도 중심이 있으리라〉고 최초로 언급한 토머스 라이트라 할 수 있다.

이 책은 1980년부터 1년간 앤 드루얀과 함께했던 영화 대본 작업에서 발전한 것이다. 린다 옵스트와 젠트리 리가 초기 단계에 큰 도움을 주었다. 집필 매 단계에서 앤 드루얀은 줄거리 구성으로부터 중심 인물 창조, 마지막 마무리까지 헌신적으로 도와주었다. 그 과정에서 앤 드루얀에게서 배운 것들에 대해 이 책을 마치면서 가장 감사하고 싶다.

차례

작가의 말 5

1부 우주의 메시지

1장 초월수 11

2장 간섭광 29

3장 백색잡음 61

4장 소수 87

5장 알고리듬 해독 105

6장 겹쳐 쓴 양피지의 사본 125

7장 은하 구름 에탄올 151

8장 무작위 선택 173

9장 누미너스 197

2부 직녀성을 향하여

10장 세차 운동 215

11장 세계 메시지 컨소시엄 241

12장 이성질체 271

옮기고 나서 291

CONTACT

2권 차례

2부 직녀성을 향하여

13장 바빌론

14장 조화진동자

15장 에르븀 못

16장 오존의 노인들

17장 개미의 꿈

18장 대통일 이론

3부 시간과 공간을 건너

19장 숨은 특이점

20장 거대한 중앙역

21장 인과 관계

22장 길가메시

23장 프로그램 재설정

24장 예술가의 서명

1부
우주의 메시지

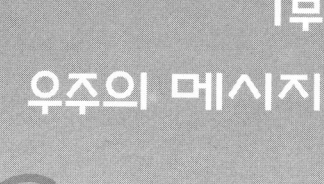

내 가슴은 가녀린 나뭇잎처럼 흔들리고
행성들은 꿈속에서 소용돌이치고
별은 내 창문을 밀어대고
나는 잠을 자며 이리저리 돌고 있네.
내 침대는 따뜻한 행성이라네.

—마빈 머서, 뉴욕 할렘(1981)

1장
초월수

작은 파리가
한여름의 유희를 벌이네.
나는 생각없이 손을 뻗어
파리를 쫓아버리지.

난 어쩌면
너 같은 파리가 아닐까?
혹은 너 역시
나 같은 인간은 아닐까?

나 역시 술 마시고
노래하며 춤추는 존재,
어떤 무심한 손이
나를 쫓아버릴 때까지

―― 윌리엄 블레이크의 『존재의 노래』
중 「파리」 1-3연(1795)

인간의 기준으로 볼 때 그것은 인공적인 것일 수가 없었다. 그 것은 세상만큼이나 컸다. 하지만 너무도 이상하고 복잡하게 생겼 기 때문에 분명 어떤 중요한 목적을 가진 것으로 생각할 수밖에 없었다. 희고 푸른 커다란 별 주위 극궤도를 따라 미끄러져 다니 는 그것은 대접 모양의 수많은 조개들이 다닥다닥 붙은 거대한 불완전 다각형처럼 보였다. 각각의 조개는 하늘의 특정 부분을 향했다. 그렇게 하여 모든 성운이 관찰 대상에 포함되었다. 다각형 세상은 이온에 대해 수수께끼같이 작용했다. 그 세상은 아주 참을성이 많았고 영원히 참고 기다릴 수 있을 것 같았다.

바깥 세상으로 나온 신생아는 전혀 울지 않았다. 그저 가느다란 눈썹을 한 번 찌푸리고서 눈을 커다랗게 떴을 뿐이었다. 아기는 밝은 전등불, 흰색과 초록색 옷을 입은 사람들, 그리고 아래쪽에 누워 있는 여인을 보았다. 왠지 모르게 익숙한 여인의 목소리가 귓전을 울렸다. 아기의 얼굴에 떠오른 표정은 신생아들에게서 흔히 볼 수 있는 것이었다. 당황스러운 표정이라고나 할까.

* * *

두 돌이 되었을 때 아이는 두 팔을 머리 위로 뻗어 올리며 귀여운 목소리로 말하곤 했다.
「아빠, 위로」
아버지 친구들은 아이가 어쩌면 이렇게 예절바르냐며 놀랐다.
「예절바른 것이 아니라네. 전에는 안아올려 달라고 하고 싶을 때 마구 고함을 질러댔어. 그래서 내가 그렇게 고함지를 필요 없다고, 그저 〈아빠, 위로〉라고 말하면 된다고 했지. 애들도 그 정도는 다 알아들을 만큼 똑똑하다네. 그렇지 않니, 요 귀염둥이야?」
 아버지가 말했다.
 그렇게 해서 지금도 아이는 아버지의 어깨 위에 올라앉아 있었다. 현기증이 날 만큼 높은 곳이었기에 벌써 빠지기 시작하는 아버지 머리카락을 작은 손으로 단단히 움켜잡아야 했다.
 그 위에서 바라보는 세상은 훨씬 더 좋았다. 어른들의 다리 사이를 기어다니는 것과는 비교할 수 없이 안전하기도 했다. 그렇게 기어다니고 있다간 누군가의 발에 밟히게 될지도 모를 일이었다. 길을 잃을 수도 있었다. 아이는 움켜잡은 손에 힘을 더 주었다.
 원숭이들을 지나 모퉁이를 돌자 가느다란 다리에 기다란 목을 가진 거대한 동물이 나타났다. 머리에는 작은 뿔이 달려 있었다. 그 동물은 아버지 위에 올라앉은 아이보다도 훨씬 더 키가 컸고 그래서 마치 탑처럼 보였다.
 「저걸 보렴. 저 동물은 목이 워낙 길어 말이 입 밖으로 나오지 않는단다」
 아버지가 말했다. 아이는 벙어리로 태어날 수밖에 없는 그 큰 동물이 불쌍하다고 생각했다. 하지만 그런 신기한 존재를 구경한다는 건 즐거운 일이었다.

* * *

「자, 어서, 엘리」
 어머니가 부드러운 말투로 재촉했다.

「읽어보라니까」
　이모는 세 살밖에 안 된 엘리가 글을 읽을 줄 안다는 말을 믿지 않았다. 〈줄줄 읽어내리는 저 동화는 분명 미리 외워둔 것이 틀림없어〉라고 이모는 생각했다.
　세 사람은 화창한 삼월의 거리를 걷다가 상점 앞에 멈춰 섰다. 진열장 안에는 붉은 보석이 햇볕을 받아 반짝거리고 있었다.
「보…… 석…… 상」
　엘리는 천천히 상점 간판의 글씨를 읽었다.

* * *

　엘리는 가슴을 두근거리며 남몰래 창고로 들어갔다. 기억한 대로 선반 위에는 낡은 라디오가 놓여 있었다. 어찌나 크고 무거운지 그 라디오를 가슴에 안고 내려오던 엘리는 하마터면 넘어질 뻔했다. 라디오 뒤에는 〈위험. 분해 금지〉라고 씌어 있었다. 하지만 엘리는 전기를 연결하지 않으면 전혀 위험하지 않다는 것을 알고 있었다. 혀를 약간 빼물고 온 정신을 집중한 채 나사를 돌려 뒤판을 떼어냈다.
　예상과 달리 그 안에는 라디오가 켜지기만을 기다리는 작은 교향악단이나 꼬마 아나운서가 살고 있지는 않았다. 대신 작은 전구처럼 생긴 멋진 유리관들이 보였다. 사진에서 본 모스크바에 있는 성당의 양파 지붕을 닮은 유리관도 있었다. 유리관 아래쪽에는 받침대의 홈과 딱 맞도록 만들어진 가느다란 다리들이 달려 있었다. 뒤판을 떼어놓은 그대로 엘리는 라디오 전원을 켰다. 만지지도 않고 근처에 가지도 않는다면 절대 다칠 걱정은 없었다.

몇 분이 지나자 유리관이 발갛게 달아올랐다. 하지만 소리는 나지 않았다. 라디오는 벌써 몇 년 전에 고장난 상태였던 것이다. 안쪽을 살펴보니 혼자만 달아오르지 않고 있는 유리관 하나가 보였다. 엘리는 전원을 끄고 그 문제의 유리관을 뽑아냈다. 안쪽으로 네모난 금속판이 작은 철사들에 연결된 모습이 보였다.

 전기는 저 철사를 따라 흐르는구나 하고 엘리는 추측했다. 우선은 전기가 유리관으로 들어갈 수 있어야 했다. 아래쪽으로 튀어나온 다리 하나가 구부러져 있는 것이 눈에 띄였다. 잠시 끙끙거린 후 엘리는 그 다리를 똑바로 펼 수 있었다. 문제의 유리관을 집어넣고 다시 전원을 켜자 기쁘게도 유리관이 달아오르기 시작했다. 그리고 직직거리는 소리가 났다.

 엘리는 볼륨을 낮추고 이리저리 채널을 돌렸다. 갑자기 흥분한 아나운서의 목소리가 들려왔다. 하늘에 떠 있는 무슨 소런 기계가 끝없이 지구 주위를 돈다는 얘기 같았다. 끝없이 돈다고? 엘리는 잠시 생각하다가 다시 채널을 돌려 다른 방송을 찾아보았다. 문득 누군가에게 들킬지도 모른다는 생각에 겁이 난 엘리는 전원을 끄고 나사를 대충 조여 뒤판을 붙인 다음 라디오를 힘겹게 들어올려 선반 위에 올려놓았다.

 창고에서 나오자마자 어머니가 나타났다.

「잘 놀고 있니, 엘리?」

「네, 엄마」

 엘리는 태연한 표정을 지어 보였지만 가슴이 두근거리고 손바닥에 땀이 났다. 엘리는 뒷마당으로 가서 좋아하는 구석 자리에 앉았다. 그리고는 턱이 무릎에 닿도록 다리를 끌어당겨 앉은 채 라디오 내부에 대해 생각하기 시작했다. 저 많은 유리관들이 정말로 다 필요한 걸까? 하나씩 떼어내 본다면 어떻게 될까? 아버지는 그게 진공관이라고 말해 준 적이 있었다. 정말로 그 안은 공기가 하나도 없는 진공 상태일까? 그럼 교향악단의 연주나 아나운서의 목소리는 어떻게 라디오 안으로 들어가는 거지? 채널을 돌려 방송을 찾을 때 라디오 안에서는 무슨 일이 일어날까? 라디오 위에 씌어 있는 〈선국(選局)〉이란 무슨 뜻이지? 어째서 전원을 켜야 라디오가 작동하는 걸까? 전기가 어떤 식으로 라디오 안을 돌아다니는지 그려볼 수 있을까? 위험하지 않게 분해하는 방법은 뭘까? 그 다음에 다시 조립하려면 어떻게 해야 하지?

「엘리, 거기서 뭐하니?」

어머니가 빨래를 한 아름 안고 지나가면서 물었다.

「아무것도 아니에요, 엄마. 그냥 생각하고 있어요」

* * *

열 살이 되던 여름에 엘리는 미시간 주 북부 호숫가에 사는 사촌들 집에 가서 휴가를 보냈다. 끔찍하게 싫은 남자아이들이었다. 위스콘신 호숫가에 사는 사람들이 왜 다섯 시간씩 차를 타고 미시간의 호숫가로 가는지는 도무지 이해할 수 없는 일이었다. 더군다나 미시간에 있는 사촌들은 별 특별할 것도 없고 아직 애티를 벗지 못한 멍청이들이 아닌가. 사촌들은 겨우 열 살, 열한 살이었다. 다른 면에서는 그렇게 자상하고 사려 깊은 아버지가 왜 그런 애송이들과 놀라고 하는 것일까? 엘리는 사촌들을 피해 다니며 여름을 보냈다.

어느 무덥고 달도 뜨지 않은 밤, 엘리는 혼자 선착장으로 걸어갔다. 막 모터보트가 떠난 후였고 사촌네 배는 별빛이 반사되는 물 위에서 부드럽게 흔들리고 있었다. 멀리서 들리는 매미 소리와 건너편에서 아득하게 울리는 누군가의 고함 소리만 빼면 완벽한 적막이었다. 엘리는 별들로 꽉 찬 밤하늘을 올려다보았다. 가슴이 힘차게 뛰었다.

얼굴은 하늘을 향한 채 손으로만 땅을 더듬어 부드러운 풀밭을 찾아낸 엘리는 그 위에 누웠다. 별들이 반짝였다. 수천 개도 넘을 것 같았다. 대부분은 깜박거렸지만 일부는 깜박이지 않고 줄곧 빛났다. 자세히 살펴보면 빛깔도 조금씩 달랐다. 저쪽의 것은 약간 푸른빛이 도는 걸.

엘리는 몸 아래쪽에 있는 단단하고 믿음직한 대지를 다시 한번 손으로 만져보았다. 그러고는 천천히 몸을 일으켜 앉은 뒤 긴 호숫가를 사방으로 살펴보았다. 양쪽 물가가 보였다.

「세상은 납작하게만 보여」

엘리는 혼잣말을 했다.

하지만 실제로는 구 모양이다. 이 커다란 구는 하늘 한가운데에서 하루에 한 바퀴씩 돌고 있다. 엘리는 회전하는 그 구 위에 수백만 명이 붙어사는 모습을 상상했다. 서로 다른 말로 떠들어대고 이상하게 생긴 옷을 입기도 한다. 하지만 결국 모두가 다 함께 지구 위에 발을 딛고 사는 것이다.

엘리는 다시 드러누워 지구의 회전을 느껴보려고 했다. 약간 느껴지는 것 같기도 했다. 호수 건너편 높다란 나뭇가지 사이에서 밝은 별이 반짝거렸다. 눈을 가늘게 뜨고 보면 그 빛이 춤추듯 흔들렸다. 더 가늘게 뜰 수 있다면 빛의 길이와 모습이 더 많이 변할 것이었…….

그런 상상을 하고 있는 사이에 그 별은 나무 위쪽에 다다랐다. 몇 분 전만 해도 나뭇가지 사이에서 들락날락 거렸는데 말이다. 분명히 더 올라간 것이다. 별이 뜬다고 하는 건 저렇게 올라가는 걸 말하는 거구나 하고 엘리는 생각했다. 그건 지구가 반대 방향으로 돌고 있기 때문이다. 하늘 한쪽 끝에서는 별이 뜬다. 그게 동쪽이다. 반대편 엘리의 등 뒤에서는 별이 질 것이다. 그건 서쪽이었다. 매일 한 번씩 지구는 완전히 한 바퀴를 돌고 그러면 같은 별들이 같은 자리에서 다시 떠오르게 되지…….

하지만 지구처럼 커다란 것이 하루에 한 바퀴씩 회전하려면 그 속도는 엄청나게 빨라야 한다. 그러니까 지구 위의 사람들은 모두 상상할 수 없을 만큼의 속도로 빙글빙글 돌고 있는 셈이다. 이제 엘리는 머릿속이 아니라 실제 몸으로 지구의 회전을 느끼는 것만 같았다. 빠르게 움직이는 승강기를 타고 내려오는 기분이었다.

엘리는 목을 뒤쪽으로 한껏 젖혔다. 지구 위의 것은 아무것도 보이지 않고 까만 하늘과 별들만이 시야를 가득 채우게끔. 엘리는 대지가 자기를 든든하게 잡아주고 있다는 게 고마웠다. 그렇지 않다면 하늘로 날아올라 거대한 우주의 검은 공간에 빨려들고 말 것이 아닌가.

갑자기 두려워진 엘리가 비명을 질렀다. 근처를 헤매던 사촌들은 그 비명 소리를 듣고 엘리를 찾아낼 수 있었다. 엘리의 얼굴에는 늘 그렇듯 사촌들을 쉽게 동화시키는 놀라움과 당황스러움이 섞인 독특한 표정이 떠올라 있었다.

* * *

　영화보다는 책이 더 좋았다. 우선 책에는 내용이 훨씬 풍부했다. 책에 나온 그림과 영화 속 모습은 때로 엄청나게 달랐다. 물론 같은 것도 있었다. 피노키오는 책에서나 영화에서나 어깨끈이 달린 바지를 입고 무릎과 팔꿈치 같은 연결 부위에 은색 못이 박힌 모습이었다. 제페토 할아버지는 피노키오를 다 만들고 나서 등을 돌리고 앉았다가 한 방 얻어맞고 나뒹굴고 만다. 바로 그 순간 제페토 할아버지의 친구가 찾아와 마룻바닥에서 무엇을 하고 있느냐고 묻는다.
　「개미들한테 글자를 가르치고 있는 중이지」
　제페토 할아버지는 짐짓 태연하게 대답한다.
　이 장면이 엘리에게는 정말로 재미있었다. 그래서 엘리는 친구들에게 몇 번이고 그 장면을 이야기해 주었다. 하지만 그때마다 마음 한구석에는 의문이 생겼다. 개미들한테 글자를 가르칠 수 있는 걸까? 그러고 싶은 사람은 있을까? 피부를 타고 기어다니다가 물어대기도 할 개미 수백 마리랑 같이 앉아서? 개미가 정말 무언가 배울 수 있기는 한 것일까?

* * *

　한밤중에 일어나 화장실에 갈 때면 잠옷 바람으로 면도를 하고 있는 아버지를 만날 수 있었다. 윗입술에 면도 크림을 하얗게 묻히고 학처럼 목을 길게 뺀 아버지 말이다.
　「우리 귀염둥이 왔니?」

아버지는 이렇게 말하곤 했다. 엘리는 아버지가 그렇게 불러주는 것이 좋았다. 그런데 아버지는 왜 밤에 면도를 하는 걸까?

「그 이유는 말이다, 엄마가 알 게다」

아버지가 빙그레 웃었다. 몇 년이 지난 후에야 엘리는 그때의 아버지의 말뜻을 깨달았다. 아버지는 어머니랑 사랑을 나눌 준비를 했던 것이다.

* * *

수업이 끝난 후 엘리는 자전거를 타고 호숫가의 작은 공원으로 갔다. 자전거 앞에 달린 바구니에는 『무선통신 입문』과 『아서왕의 궁전에 간 코네티컷 양키』가 들어 있었다. 잠시 망설이던 엘리는 두번째 책을 골랐다. 마크 트웨인이 쓴 그 책의 주인공은 머리를 한 대 얻어맞고 기절했다가 아서왕 시대의 영국에서 깨어난다. 그건 꿈이나 환상일 수도 있었다. 하지만 현실일지도 몰랐다. 시간을 거슬러 과거로 여행하는 것이 가능한 일일까? 엘리는 턱을 무릎에 대고 앉은 채 좋아하는 부분을 찾아 책을 뒤적거렸다. 그건 주인공이 갑옷 입은 남자를 만나 함께 언덕 위에서 도시를 내려다보는 장면이었다.

「브리지포트인가?」 내가 물었다.

「캐멀롯(영국 아서왕의 궁전이 있었다는 전설의 도시 ── 옮긴이)이오」 그가 대답했다.

엘리는 푸른 호수를 바라보며 19세기의 브리지포트로도, 6세기의 캐멀롯으로도 보이는 도시를 상상했다. 갑자기 어머니가 나타났다.

「얼마나 찾았는지 모른다. 도대체 왜 이렇게 찾기가 힘든 거니, 엘리?」

어머니가 속삭였다.

「끔찍한 일이 일어났단다」

* * *

중학교에 간 엘리는 〈파이〉라는 걸 배웠다. 기둥 두 개에 지붕이 얹힌 고인돌 모양의 그리스 문자 〈π〉로 표시되는 수학적 개념이었다. 원둘레를 재고 그것을 원지름으로 나누면 파이가 되었다. 집에서 엘리는 실을 사용해 마요네즈 병뚜껑의 둘레와 지름을 쟀다. 둘레를 지름으로 나누었더니 3.21이 나왔다. 간단했다.

다음날 선생님은 π가 대략 7분의 22, 또는 3.1416이라고 설명했다. 하지만 정확한 값을 구해 보면 아무런 규칙 없이 무한히 계속되는 소수가 나온다고 했다. 무한히 계속된다고? 엘리는 생각에 잠겼다가는 손을 번쩍 들었다. 새 학년이 시작된 지 얼마 되지 않은 때였고 그건 그 해 엘리의 첫번째 질문이었다.

「소수가 끝없이 계속된다는 것을 어떻게 알 수 있나요?」

「실제로 끝없이 계속되기 때문이지」

선생님은 약간 당황한 듯 퉁명스러운 목소리로 대답했다.

「하지만 왜죠? 선생님은 어떻게 그걸 아시나요? 무한히 계속되는 소수를 세어보셨나요?」

「애로웨이 양」

출석부를 보고 이름을 찾은 선생님이 말했다.

「그건 바보 같은 질문이야. 넌 모두의 소중한 수업 시간을 낭비하고 있구나」

그때까지 바보 같다는 말을 한번도 들어본 적이 없었던 엘리는 그만 울음을 터뜨리고 말았다. 짝인 빌리가 부드럽게 손을 잡아 주었다. 얼마 전 아버지가 중고차 주행거리계를 조작한 일로 재판을 받았던 탓에 빌리는 공개적 모욕이 어떤 것인지 알고 있었던 것이다. 엘리는 흐느끼며 교실을 뛰쳐나왔다.

그날 방과 후 엘리는 자전거를 타고 근처 대학 도서관으로 가서 수학책들을 뒤져 보았다. 읽은 내용을 아무리 조합해 보아도 자기가 던진 질문은 전혀 바보 같은 것이 아니었다. 성경에 나오는 고대 유대인들은 π를 정확히 3이라고 생각했다. 수학에 대해 많은 것을 알고 있던 그리스인이나 로마인들도 π가 아무런 규칙 없이 영원히 계속되는 수라는 것은 몰랐다. 겨우 250년 전에 그러한 사실이 밝혀졌던 것이다. 어째서 선생님은 그런 질문을 하면 안 된다고 생각했던 걸까? π가 3.1416으로 시작된다는 점은 선생님이 옳았다. 엘리가 재보았던 마요네즈 병뚜껑은 조금 뒤틀려 있었을지도 모른다. 어쩌면 실로 둘레와 지름을 잰 것이 정확하지 않았을 수도 있다. 하긴 아무리 주의를 집중한다 해도 무한히 계속되는 소수를 재는 일이란 쉽지 않을 것이다.

하지만 또다른 가능성이 있었다. 원하는 만큼 정확하게 π를 계산할 수 있는 방법 말이다. 시간이 있는 한 더 작은 자리까지 소수를 계속 계산하면 된다. 어떤 책에는 π를 4로 나눈 식이 나와 있었다. 그중 일부는 전혀 이해할 수 없었지만 그래도 엘리는 감탄을 금치 못했다. 그 책에 따르면 $\pi/4$는 $1-1/3+1/5-1/7\cdots\cdots$

과 같다고 했다. 엘리는 분수의 더하기와 빼기가 반복되는 그 식을 서둘러 계산해 보았다. 더하기 빼기를 반복함에 따라 그 합은 $\pi/4$에서 조금 커졌다가 다시 조금 작아졌다가 했다. 그리고 계산을 하면 할수록 점점 더 $\pi/4$에 가까워졌다. 정확히 $\pi/4$가 되지는 못하지만 인내심을 발휘하면 근접하기는 하는 것이다. 세상에 있는 모든 원이 이런 분수식과 연결된다는 사실이 엘리에게는 기적처럼 여겨졌다. 어떻게 원들은 이 분수식을 아는 걸까? 엘리는 이 문제에 대해 나중에 좀더 공부를 해보아야겠다고 결심했다.

그 책에는 또다른 내용도 있었다. π가 〈초월수〉라는 것이다. π는 무한히 계속되는 식이 아닌, 즉 유한한 개수의 보통수로 이루어진 식과는 같은 값을 가질 수 없다고 했다. 엘리는 이미 혼자서 대수학을 약간 공부한 상태였고 그래서 그게 무슨 뜻인지 대강 이해할 수 있었다. 그런데 초월수에는 π만 있는 것이 아니었다. 무한히 많은 초월수가 존재하고 있는 것이다. 한 걸음 더 나아가 보통수보다 초월수가 훨씬 더 많다고 했다. 비록 엘리는 π를 통해 이제 처음 초월수를 만났지만 말이다. π는 이렇게 무한과 연결되어 있었다.

엘리는 무언가 마법의 세계에 빠져든 것 같았다. 보통수들 사이에는 무한히 많은 초월수가 숨어 있는 것이다. 그들 초월수는 수학을 깊이 공부하지 않는 한 그 존재조차 알 수 없다. π 같은 특정 초월수는 일상생활에서 예기치 않게 튀어나올 수도 있다. 하지만 대부분은 숨어서 자기 볼일에만 바쁠 뿐 고집 센 수학 선생님 눈에는 띄지 않는 것이다.

* * *

   엘리는 처음 본 순간부터 존 스터튼이 싫었다. 아버지가 돌아가신 지 겨우 2년밖에 되지 않았다는 점을 제쳐두고라도 어떻게 어머니가 그런 사람과 결혼할 생각을 할 수 있었는지 엘리는 도저히 이해할 수 없었다. 존 스터튼은 잘생긴 남자였다. 그리고 마음이 내키면 친절하고 다정한 태도를 꾸며 보이기도 했지만 실제로는 차갑고 까다로웠다. 주말이면 학생들을 불러 새로 이사한 집 마당을 가꾸게 한 뒤 나중에 돌려보낸 후에는 그 학생들을 빈정거렸다. 그리고 고등학교 신입생인 엘리에게는 자기 학생들에게 눈길을 주지 말라고 주의를 주었다. 존 스터튼은 스스로가 아주 중요한 인물이라는 듯 늘 우쭐거렸고 교수라는 자기 지위를 무기로 평범한 상점 주인으로 죽은 엘리의 아버지를 은근히 무시했다. 존 스터튼은 라디오나 전기에 관심이 많은 엘리가 여자답지 못하며 그래서는 시집가기만 어려울 뿐이라고 잘라 말했다. 물리학 개념 같은 것을 물어보려 하면 그건 엘리에게 아무 의미도 없는 일이라고 빈정거렸다.

   「똑똑한 척하고 싶은 모양이군」

   이렇게 말하면서 말이다. 존 스터튼은 엘리에게 이·공학을 공부할 능력이 없다고 말하면서 그 사실을 받아들이라고, 그 모든 게 엘리 자신을 위해서 하는 말이라고 했다. 나이를 먹고 나면 자기에게 감사하게 될 것이라고도 했다. 물리학을 전공해 교수가 된 자기만큼 그게 얼마나 어려운 일인지 잘 아는 사람은 없다는 설명이었다. 그런 모욕 때문에 오히려 엘리는 전에는 한번도 생각해 보지 않았던 과학자의 길을 가게 되었다. 물론 계부는 엘리가 전에는 이학을 전공할 생각이 없었다는 말을 믿으려 들지 않았다.

존 스터튼은 돌아가신 아버지와 전혀 달랐다. 신사도 아니었고 유머 감각도 전혀 없었다. 누구든 자신을 존 스터튼의 친딸로 본다면 엘리는 분명 매우 화를 냈을 것이다. 어머니와 계부는 엘리의 성을 애로웨이에서 스터튼으로 바꾸라고 말한 적이 없었다. 어떤 대답이 나올지 미리 알고 있었던 것이다.

물론 그에게도 인간적인 따뜻함이 전혀 없지는 않았다. 한번은 편도선 수술을 끝내고 병실에 누워 있는 엘리에게 멋진 만화경을 선물하기도 했다.

「언제 수술하게 되죠?」

엘리가 잠에서 깨어나 물었다.

「벌써 끝났지」

존 스터튼이 대답했다.

「곧 회복될 거야」

엘리는 자기가 알지도 못하는 사이에 의사들이 자기 시간을 훔쳐가 버렸다고 생각해 화를 냈다. 스스로도 유치하다고 여기면서도 말이다.

어머니가 정말로 존 스터튼을 사랑하는지는 수수께끼였다. 어쩌면 어머니는 외로움을 못 이겨 결혼해야 했던 것인지도 모른다. 돌봐 줄 사람을 찾아서 말이다. 엘리는 자기는 절대 남에게 의존하며 살지 않겠다고 다짐했다. 아버지가 죽고 어머니가 다른 남자의 아내가 되어 멀어지자 엘리는 외톨이가 되어버렸다. 더 이상 엘리를 귀염둥이라고 불러줄 사람은 없었다.

엘리는 탈출을 꿈꾸었다.

「브리지포트인가?」 내가 물었다.
「캐멀롯이오」 그가 대답했다.

2장
간섭광

처음 사물의 이치를 깨달아 알게 된 이후로
배움에 대한 제 욕망은 너무도 강하고 격렬해서
아무리 거센 비난을 받는다 해도 혹은 스스로 아무리 강한
결심을 한다 해도 아무 소용이 없었습니다.
신이 내리신 자연스러운 이 욕망은 버릴 수가 없는 것입니다.
신만이 그 이유를 알고 계실 것입니다.
배움에 대한 욕망을 버리고
그저 신이 정하신 바를 따를 정도의
평범한 지혜를 내려 달라고 얼마나 간구했는지 역시
신만이 알고 계십니다.
── 후아나 이네스 데 라 크루즈의 「푸에블라 주교에 대한 답변」
(1691, 푸에블라 주교는 여성인 주제에
학문을 한다고 크루즈를 공격했다.)

이제 독자들에게 다음과 같은 주장에 대해
생각해 보라고 권하려 한다.
일견 역설적이고 또 파괴적으로까지 보일 수 있는 주장이다.
〈어떤 명제든 그것이 참이라고 가정할
아무 근거가 없다면 받아들일 수 없다.〉
일단 여기서 반드시 언급해야 할 점이 있다.
이런 주장이 일반화된다면 우리의 사회 생활이나
정치 체계가 완전히 뒤바뀐다는 것이다.
두 가지 모두 이 주장의 반대편에 서기 때문이다.
── 버트런드 러셀의 『회의론』 1권(1928)

희고 푸른 별의 적도 부분을 둘러싸고 있는 것은 궤도를 따라 회전하는 바위와 얼음, 금속과 유기물로 이루어진 넓은 고리였다. 고리 바깥쪽은 붉은빛을 띠었지만 별에 가까울수록 푸른빛이었다. 세상만큼이나 커다란 다면체는 고리의 빈 부분을 뚫고 안으로 들어갔다가 반대편으로 나왔다. 행성 안에서 그것은 얼음 덩어리와 요동 치는 산맥들 때문에 조금씩 그림자가 졌다. 하지만 지금은 별의 반대편 극점 위로 궤도를 따라 올라오는 태양빛이 버섯 모양의 돌기 수백만 개를 비추고 있었다. 세심한 관찰자라면 그중 하나가 약간 위치를 바꾸는 모습을 알아차릴지도 모른다. 하지만 그래도 거기서 전파 파동들이 터져 나와 우주 깊숙이 뻗어가는 것은 보지 못할 것이다.

지구상에 인류가 살기 시작한 이래 밤하늘은 인류의 친구이자 영감을 주는 존재였다. 별에서 위안을 얻는 경우도 많았다. 별들은 하늘이 인간에게 도움과 가르침을 주기 위해 만들어졌음을 보여주는 것으로 여겨졌다. 이런 감상적인 기만은 전세계에 널리 퍼져 나갔다. 그 생각에서 완전히 자유로운 문화는 하나도 없다. 어떤 사람들은 하늘에서 종교적 근거를 찾으려 했다. 다른 사람들은 우주의 아름다움과 규모에 그저 놀란 채 스스로를 초라하게 여기기도 했다. 또 환상의 우주 여행을 꿈꾸는 부류도 있었다.

인간이 우주의 규모를 깨닫고 은하계 하나만 해도 자신의 상상 범위를 초월할 정도로 광대하다는 점을 알게 된 바로 그 순간부터 그 후손들은 별을 보지 못하게 되어 버렸다. 수백만 년 동안 인간은 천구를 관찰하며 일상 생활에 필요한 지식을 얻어왔다. 하지만 최근 몇천 년 사이에 그들은 도시로 모여 들어 건물을 지어댔다. 수십 년 전부터는 인구의 대부분이 시골 생활을 등졌다.

기술이 발전하고 도시가 오염될수록 밤하늘에서는 별이 사라졌다. 새로운 세대는 선조들이 보고 감탄했던 하늘, 현대의 과학 기술을 낳은 하늘을 전혀 모르고 성장한다. 천문학이 황금 시대를 맞으면서 대부분의 사람들은 알아차리지도 못하는 사이에 하늘로부터 멀어졌고 그 우주 소외 현상은 우주 탐사의 여명기를 맞으면서야 끝이 났다.

* * *

엘리는 금성을 올려다보며 지구와 마찬가지로 동식물과 문명으로 가득 찬 세계를 상상했다. 하지만 그 모든 것이 이 지구에서와는 다를 것이다. 막 해가 지고 나면 엘리는 동네 바깥으로 나가 밤하늘을 관찰하면서 깜박임이 없는 그 별을 자세히 살폈다. 머리 위의 구름이 아직까지 햇빛을 반사하며 번쩍이는 것과 달리 그 별은 약간 노란빛을 띠고 있었다. 엘리는 그 별에서 무슨 일이 일어나고 있을지 상상했다. 그 별에 사는 다른 누군가도 발끝으로 서서 아래를 내려다보고 있을지 모른다. 때로 엘리에게는 정말로 그런 모습이 보이는 것 같기도 했다. 노란 안개가 갑자기 걷히고 나면 수정으로 만들어진 도시가 불현듯 나타나는 것이다. 수정으로 지은 탑들 사이로 날아다니는 자동차들이 이리저리 질주한다. 때로는 그런 차 한 대에 올라탄 채 다른 차들을 바라보기도 했다. 아니면 그 별의 하늘에서 푸르게 빛나는 지구를 바라보며 지구에는 어떤 삶이 있을까 궁금해 하는 소녀가 되어 보기도 했다. 그건 떨쳐버릴 수 없는 생각이었다. 무더운 열대의 행성에는 지능을 가진 존재가 살고 있을 것이었다. 마치 옆집 이웃처럼 말이다.

　엘리는 학교에서 강요하는 기계적인 암기 학습이 싫었다. 그래서 어쩔 수 없이 꼭 필요한 최소한의 숙제만 하고 다른쪽에 관심을 쏟았다. 그리고 가능한 한 많은 시간을 학교 공작실에서 보냈다. 음침하고 답답한 공작실은 한때 손으로 하는 기술 교육이 강조되던 시절에 마련되었다. 공작실에는 선반(旋盤), 드릴 등 아무리 엘리가 잘 다룰 수 있다 해도 단지 여자라는 이유로 접근이 금지된 장비들이 가득 차 있었다. 엘리는 간신히 전기 장비를 만질 수 있도록 허락을 받아냈다. 처음에 엘리는 널려 있는 부품들로 라디오를 조립했고 다음에는 더 흥미로운 일에 손을 댔다.

　바로 암호 기계를 만드는 것이었다. 조잡했지만 제대로 움직이는 기계였다. 영어 문장을 넣으면 간단한 암호 전환기를 거쳐 그냥은 도저히 이해할 수 없는 암호로 바뀌곤 했다. 반대로 암호화된 문장을 집어넣어 규칙을 찾고 영어 문장으로 되돌리는 기계를 만드는 것은 훨씬 더 어려웠다. 암호 해독에는 가능한 모든 경우를 다 생각해 대입해 보는 방법과(암호문의 A가 B, C, D 등일 가능성을 모두 살피는 식으로 말이다) 아니면 영어에서 상대적으로 많이 쓰이는 글자들을 찾아내는 방법이 있었다. 공작실 인쇄기술부의 식자(識者)용 글자 상자 크기를 보면 어떤 글자가 가장 자주 쓰이는지 알 수 있었다. 영어에서 가장 많이 쓰이는 글자는 E였다. 다음은 T-A-O-I-N-S-H-R-D-L-U의 순이었다. 따라서 긴 문장을 암호 해독하는 경우, 가장 많이 나타나는 글자가 E일 가능성이 높았다. 또 일부 자음들은 함께 붙어다니는 경향이 있었다. 모음은 자음보다 훨씬 덜 규칙적이었다. 세 글자로 된 단어 중 가장 자주 나타나는 단어는 정관사 〈the〉였다. 따라서 T와

E 사이에 있는 글자는 H일 가능성이 높았다. 그게 아니라면 R이 나 모음이라고 생각할 수 있었다. 엘리는 교과서에 나온 문장들을 하나씩 살펴보며 글자 수와 자주 나오는 철자를 셌고 이런 식으로 규칙을 찾아냈다. 엘리는 시간이 한참 지난 후에야 글자 사용 빈도 분석표가 이미 만들어져 책으로 나와 있다는 것을 알게 되었다. 엘리의 암호 해독기는 그저 개인적인 즐거움을 위한 것이었다. 엘리는 친구에게 비밀 편지를 보내기 위해 자신의 기계를 사용하지는 않았다. 과연 누구에게 이 암호나 전기 기계 얘기를 털어놓을 수 있을지 확신이 서지 않았던 것이다. 남자애들은 신경질적이거나 거칠었고 여자애들은 엘리를 이상한 눈으로 보며 수군거렸다.

* * *

미군은 베트남이라는 머나먼 나라에서 전쟁을 하고 있었다. 매달 더 많은 남자들이 거리나 농장에서 차출되어 전장으로 떠나는 것 같았다. 전쟁의 원인에 대해 공부한 후 엘리는 정치인들의 연설을 들을 때마다 점점 더 화가 났다. 〈대통령과 의회는 거짓말을 하면서 사람을 죽이고 있어〉라고 엘리는 생각했다. 그런데 다른 사람들은 어째서 모두들 입을 다물고 있는 걸까. 계부가 조약 이행이나 도미노 현상, 벌거벗은 공산당 놈들의 습격 따위에 대해 열변을 토하면 할수록 엘리의 태도는 더 단호해져 갔다. 엘리는 근처 대학의 반정부 집회에 참석하기 시작했다. 거기서 만나는 사람들은 더 똑똑하고 다정했으며 고등학교에서 만나는 덜떨어진 친구들보다 솔직하고 생기가 있었다. 존 스터튼은 처음에는 주의를 주다가 나중에는 대학생들을 만나지 못하게 했다. 대학생들은 엘리를 친구로 여기지 않으며 그저 이용하려 하는 것이라고 계부는 설명했다. 그리고 엘리가 겉멋이 들어 실제로 있지도 않은, 또한 앞으로도 있을 리 없는 철학을 내세우고 있을 뿐이라고 했다.

엘리와 계부가 설전을 벌이고 있을 때 어머니는 거의 끼어드는 법이 없었다. 하지만 딸과 단둘이 있게 되면 계부에게 순종하라고 애원하곤 했다. 엘리는 이제 존 스터튼이 친아버지가 남긴 보험금을 탐내 어머니랑 결혼한 것이 아닐까 하는 생각이 들었다. 달리 무슨 이유가 있었겠는가? 그가 가족을 사랑한다는 표시는 전혀 없었다. 어느 날인가는 어머니가 모두를 위해서 성경 공부반에 나가달라는 부탁을 해왔다. 종교에 대해 비판적이었던 친아버지가 살아 계셨을 때라면 성경 공부 같은 말은 가족간의 대화에 등장할 수도 없었다. 도대체 어떻게 어머니는 존 스터튼 같은 사람이랑 결혼을 할 수 있었을까? 엘리는 수천 번도 넘게 자문했다. 성경 공부를 하게 되면 마음을 가라앉히는 데 도움이 될 것이라고 어머니는 말했다. 보다 중요하게는 앞으로 엘리가 고분고분해지리라는 확신을 계부에게 보일 수 있을 것이었다. 어머니에 대한 사랑과 동정심을 발휘해 엘리는 그렇게 하겠다고 약속했다.

그렇게 해서 거의 한 학년 내내 일요일마다 엘리는 근처 교회의 성경 공부반에 참여했다. 무질서한 복음주의에 오염되지 않은 훌륭한 개신교 종파 교회였다. 성경 공부반에는 고등학생이 몇몇 있었지만 대부분은 중년 아주머니가 주축이 된 어른들이었다. 토론을 이끄는 사람은 목사 사모님이었다. 엘리는 한번도 성경을 제대로 읽어본 적이 없었다. 돌아가신 아버지가 성경은 〈절반은 야만적인 역사고 절반은 동화〉라고 주장하는 말에 막연히 찬성했기 때문이었다.

처음으로 성경 공부반에 나가기 전 엘리는 열린 마음을 가지려고 노력하면서 『구약성서』를 훑어보았다. 「창세기」 처음 두 장에는 천지창조에 대한 모순적인 이야기가 실려 있었다. 엘리는 태양이 만들어지기도 전에 어떻게 빛과 낮이 존재할 수 있는지 이해할 수 없었다. 또 카인이 결혼한 상대가 누구인지도 정확히 알 수 없었다. 롯과 딸들 이야기, 아브라함과 사라, 야곱과 이삭의 이야기는 재미있었다. 겁쟁이들은 현실 세계에도 많았다. 하지만 아들들이 늙은 아비를 속이고 재산을 빼앗는가 하면 남편이 아내를 왕에게 바치고 심지어 딸들을 강간하도록 부추기기도 하는 성경 속 이야기들이 단 한마디도 비난받지 않는다는 점은 이상했다. 죄악은 오히려 당연시되고 칭찬받기까지 했다.

토론이 시작되었을 때 엘리는 이런 문제들에 대해 열띤 주장을 펼칠 작정이었다. 그리하여 하느님의 뜻을 분명하게 깨닫고 싶었다. 아니 최소한 어째서 이런 범죄 행위들이 성경에서 일언반구도 없이 받아들여지는지 이유는 알아야 할 것이었다. 하지만 결과는 대실패였다. 목사 사모님은 부드럽지만 단호하게 화제를 돌렸고 그 주제는 다시는 거론되지 못했다. 파라오의 딸이 거느린 시녀들이 어떻게 한눈에 아이가 헤브라이인이라는 것을 알았느냐고 엘리가 질문을 던졌을 때 사모님은 한숨을 내쉬며 이상한 질문은 자제해 달라고 말했다. 그 순간 엘리는 아무리 해도 자기가 원하는 식의 토론은 이루어질 수 없다는 것을 깨달았다.

『신약성서』에 이르자 엘리는 더욱 당황스러웠다. 마태와 누가는 다윗 왕으로부터 이어지는 예수의 선조였다. 하지만 마태 쪽에서 보면 다윗과 예수 사이에는 28세대가 있었고 누가 입장에서는 43세대였다. 그리고 두 계보에서 일치하는 이름은 거의 없었다. 그렇다면 어떻게 마태와 누가의 두 복음 모두가 신의 말씀이 될 수 있을까? 모순적인 가계(家系)는 이사야서를 나중에 끼워맞추었기 때문일 거라고 엘리는 생각했다. 화학 실험실에서 쓰는 표현대로 데이터를 〈구워낸〉 것이다. 엘리는 산상교훈에 깊은 감동을 받았지만 가이사의 것을 가이사에게 주라는 훈계에는 퍽 실망했다. 사모님이 〈나는 '평화'가 아닌 '칼'을 주려고 왔다〉는 구절의 의미를 묻는 엘리의 질문을 두 번씩이나 슬쩍 피했을 때는 울고 싶은 것을 억지로 참았다. 결국 엘리는 실망하는 빛이 역력한 엄마에게 최선을 다했지만 더 이상은 절대로 성경 공부를 하지 않겠다고 말할 수밖에 없었다.

* * *

엘리는 침대에 누워 있었다. 한여름의 무더운 밤이었다. 〈당신과 함께하는 하룻밤, 그것이 내가 간청하는 것이라오〉라는 엘비스 프레슬리의 노래가 들려왔다. 고등학생 남자애들은 끔찍할 정도로 어렸고 계부의 방해 때문에 집회 때 만나는 대학생들과 가까워질 수도 없었다. 하긴 존 스터튼은 적어도 한 가지 점에서는 옳았다. 대학생들은 거의 예외 없이 성적인 관계에 집착했다. 그리고 생각했던 것보다 감정적으로 훨씬 더 나약했다. 어쩌면 그 두 가지는 서로 긴밀히 연결되어 있는지도 몰랐다.

고등학교를 졸업하게 된 엘리는 그만 집을 떠나야겠다고 굳게 결심했지만 대학에 입학할 수 있을지는 미지수였다. 계부가 대학 등록금을 줄 리는 만무했고 마음 약한 어머니의 중재 노력도 아무 소용이 없을 것이었다. 다행히 엘리는 대학 입학 평가 시험에서 높은 점수를 받았고 선생님들로부터 일류 대학에 장학생으로 갈 수 있으리라는 반가운 소식을 전해 들었다. 선다형 중에서 미리 점찍어 놓았던 문제들이 많이 나온 덕분이었다. 선다형 문제를 풀 때는 요령이 있다. 우선 가능성이 높은 답안 두 개를 골라낸다. 그렇게 해서 열 문제를 정확히 맞출 확률은 천분의 일 정도가 될 것이다. 스무 문제라면 확률은 백만 분의 일이다. 시험을 치르는 아이들은 백만 명이 넘었다. 그렇다면 어느 누군가에게는 그 기막히게 좋은 운이 돌아가는 법이었다.

 매사추세츠 주에 있는 케임브리지 시 정도면 존 스터튼의 영향력을 충분히 피할 만큼 멀면서도 방학 때 어머니를 만나러 올 수는 있을 정도로 가까워 보였다. 어머니에게도 대학 선택은 딸을 내버린다는 생각과 남편을 성가시게 하지 않는다는 생각 사이의 어려운 타협이었다. 하지만 엘리는 매사추세츠 공대(MIT)를 마다하고 하버드를 선택했고 스스로도 그 결정에 놀랐다.

 보통 키에 검은 머리의 엘리는 오리엔테이션 기간 중에 하버드 대학에 도착했다. 입술을 한쪽으로 기울인 채 짓는 미소와 배움에 대한 열정 때문에 눈에 띄는 학생이었다. 엘리는 가능한 한 많은 것을 배우려고 했고 주요 관심 대상인 수학, 물리학, 공학 외에도 다양한 수업을 들었다.

 거의 남학생들로 이루어진 강의실에서 물리학에 대해 토론을 벌이기는 쉽지 않았다. 처음에는 교수나 학생이나 의식적으로 엘리의 발언을 무시하는 듯했다. 엘리가 무슨 말을 하면 잠시 침묵이 흐르다가는 아무 일도 없었다는 듯 다시 토론이 이어지는 것이다. 엘리의 의견에 감탄을 표하고 심지어 칭찬하는 경우도 드물게 있긴 했지만 그런 때도 곧 이전 토론 주제로 되돌아가기 일쑤였다.

엘리는 자기가 영 바보 같은 소리만 하는 것은 아니라고 확신했고 무시당하고 싶지 않았다. 그런 대접을 받는 데는 목소리가 너무 부드러운 탓도 있는 듯했다. 그래서 엘리는 물리학 전문가용 목소리를 개발해냈다. 분명하고 자신감에 차 있으며 일상 대화에서 사용하는 것보다 조금 큰 목소리 말이다. 그런 목소리로는 올바른 이야기만 해야 했고 그래서 엘리는 신중하게 때를 기다렸다. 물리학 전문가용 목소리로 한참 동안 이야기하기란 쉬운 일이 아니었다. 언제 갑자기 웃음이 터져 나올지 모르기 때문이었다. 그래서 우선은 급하고 짧게 끊어지는 말투로 이목을 집중시킨 뒤 평상시 목소리로 돌아가 말을 이어가는 전략을 택하게 되었다. 새로운 강좌가 시작되어 낯선 수강생들을 만날 때마다 정식으로 토론에 참여하게 되기까지 비슷한 과정을 겪어야 했다. 남학생들은 한결같이 엘리의 어려움을 인식조차 하지 못했다.

실험이나 세미나 중에 강사가 〈자, 신사 여러분, 계속합니다〉라고 말하다가 불현듯 〈아, 미안합니다, 애로웨이 양. 잠시 남학생으로 착각하고 말았군요〉라고 덧붙이는 경우도 종종 있었다. 이건 가장 큰 찬사 중 하나였다. 강사나 남학생들의 마음속에서 엘리가 더 이상 여성으로 보이지 않는다는 뜻이었으니 말이다.

엘리는 지나치게 공격적이 되거나 혹은 정반대로 사람 만나기를 혐오하게 되지 않으려고 노력했다. 세상은 너무도 남성 중심적인 것 같았다.

엘리는 부모님의 통제를 벗어나게 되었다는 점에 대해 누구보다도 더 기뻐했다. 새로 찾게 된 지적, 사회적, 성적 자유들은 정말 좋았다. 친구들은 당시 유행에 따라 이상하게 생긴 옷이나 남녀 구분이 없는 옷을 즐겨 입었지만 엘리는 여성스러운 옷차림을 유지했고 얄팍한 지갑이 허용하는 한도 내에서 화장도 했다. 정치적 성향을 드러내고 싶다면 보다 효과적인 다른 방법도 많다는 것이 엘리의 생각이었다.

결국 주변에는 친한 친구 몇 명과 수많은 적이 생겨났다. 적들은 엘리의 옷차림, 정치적 종교적 시각, 혹은 자기 의견을 주장하는 열띤 태도 같은 것을 싫어했다. 과학에 대한 재능과 열정도 평범한 여학생들이 곱지 않은 시선을 보내는 이유가 되었다. 물론 개중에는 엘리를 여성도 과학계에서 충분히 뛰어난 실력을 보여줄 수 있다는 산 증거로 높이 평가하는 부류도 있었다.

성 해방의 물결 속에서 엘리도 서서히 열정을 키워갔지만 제대로 연인 관계를 만들지는 못했다. 엘리와 남자 친구들의 관계는 길어야 몇 달 정도 계속될 뿐이었다. 관계를 길게 유지하려면 자신의 관심과 의견을 억눌러야 했지만 그건 엘리가 고등학교 시절부터 단호히 거부해온 일이었다. 엘리는 체념 섞인 감옥살이를 하고 있는 어머니처럼은 되지 않겠다는 결심을 했다. 그리고 학문과 동떨어져 사는 남자들은 어떨지 궁금해 하기 시작했다.

여성은 두 부류로 나누어지는 듯했다. 한쪽 부류는 진지한 생각이란 전혀 없이 무조건 애정을 퍼부어댔다. 또다른 부류는 〈괜찮은〉 남자를 〈낚아채기〉 위해 모든 수단을 다 동원했다. 〈괜찮은〉이라는 말은 얼마나 기준이 모호한 것일까 하고 엘리는 생각했다. 그건 실제로 그 우스꽝스러운 놀음에 참여하는 여자들이 만들어내는 기준이 아닌가. 대부분의 여성들은 정열과 편안한 인생 사이에서 적당히 타협하려는 것 같았다. 이성(理性)이 미처 인식하지 못하는 사이에 사랑과 이기심은 서로 적당히 어울리고 있는지도 모를 일이었다. 남성에 대한 계산된 속박이란 엘리에게는 소름끼치는 일이었다. 이 문제에 있어서만은 무의식적인 자연스러움을 따르고 싶었다. 엘리가 제시를 만난 것은 그 즈음이었다.

* * *

데이트를 하다가 켄모어 광장 너머의 그 지하 술집에 가게 된 것은 정말 우연이었다. 제시는 거기서 기타를 연주하며 노래를 부르고 있었다. 그가 노래하는 방식, 움직이는 동작 하나하나는 엘리에게 그때까지 자신이 가지지 못한 것이 무엇이었는지를 명확히 알려주었다. 다음날 밤 엘리는 혼자서 다시 그 술집으로 갔다. 그리고 무대에서 가장 가까운 자리에 앉아 그에게서 잠시도 눈을 떼지 않았다. 두 달 후 두 사람은 동거를 시작했다.

제시가 하트퍼드나 방고에 있는 술집에 출연하게 되었을 때에나 엘리는 다른 일을 할 수 있다. 낮 시간에 엘리는 다른 학생들과 어울렸다. 측정용 자를 자랑스럽게 허리띠에 매달고 다니는 마지막 세대의 남자애들, 셔츠 주머니에 플라스틱 펜 케이스를 넣은 남자애들, 신경질적인 웃음소리를 내는 잘난 척하는 남자애들, 깨어 움직이는 시간은 1초도 남김없이 과학자가 되는 데 할애하는 진지한 남자애들 등등과 함께 말이다. 스스로를 단련하여 자연의 신비로움을 깨우치는 데 몰두한 그들은 평범한 인간사에는 거의 무력했다. 그래서 현실 세계의 관점에서 볼 때 그들은 아는 것은 많을지 몰라도 그저 가엾은 존재였다. 어쩌면 과학에 대한 헌신이 너무도 많은 시간을 요구하는 탓에 둥글고 원만한 인간이 되는 데 필요한 여유 시간이 아예 남지 않았는지도 몰랐다. 혹은 그런 사회성의 결핍이 결국 그들을 과학이라는 영역으로 밀어넣었을 수도 있었다. 어쨌든 과학이라는 것을 제외하고 나면 엘리에게 그들은 전혀 친구로 여겨지지 않았다.

밤이 되면 제시가 있었다. 무대 위에서 광란하며 울부짖는 그의 모습에서 엘리는 자연적인 힘을 느끼며 완전히 마음을 빼앗겼다. 엘리가 기억하는 한 함께 지낸 한 해 동안 제시가 잠자리를 요구한 적은 단 한번도 없었다. 제시는 물리학이나 수학을 전혀 몰랐지만 우주의 내부에 대해서는 깊고 넓은 통찰력을 가지고 있었다. 그건 당시의 엘리도 마찬가지였다.

엘리는 자기의 두 세계를 조화시키고자 했다. 음악가와 물리학자의 환상이 조화롭게 어우러질 수 있다고 보았던 것이다. 하지만 그런 밤들은 조화를 이루지 못했고 그나마 얼마 안 가 끝나버리고 말았다.

어느 날 제시는 아이를 갖고 싶다고 했다. 이제 정착해서 안정된 직장을 가지려 한다고 진지하게 말했다. 그는 결혼까지도 생각하고 있었다.

「아이라고?」

엘리가 물었다.

「하지만 난 학교에 다녀야 하는 걸. 아직도 몇 년이 더 남았어. 아이를 가지게 되면 학교를 다닐 수 없을 거야」

「맞아」

제시가 대답했다.

「하지만 생각해 봐. 학교는 다닐 수 없겠지만 아이가 있잖아. 다른 게 생기는 거야」

「제시, 난 학교를 다녀야 해」
엘리가 말했다.

제시는 어깨를 으쓱해 보였다. 엘리는 그 어깨의 움직임으로 둘이 함께해온 생활이 끝을 맞았음을 느꼈다. 동거는 몇 달 더 지속되었다. 하지만 이미 상황은 변해 있었다. 결국 작별의 입맞춤을 나눈 후 제시는 캘리포니아로 떠났다. 엘리는 두 번 다시 제시의 소식을 듣지 못했다.

* * *

1960년대 후반 소련은 금성 표면에 우주선을 착륙시키는 데 성공했다. 인류의 손으로 만들어진 우주선이 사상 최초로 다른 행성에 내려앉았던 것이다. 십년도 더 전에 미국의 한 전파천문학자는 금성이 거대한 전파 방출 원천이라는 사실을 발견했다. 이에 대한 가장 일반적인 설명은 금성이 행성 온실 효과를 통해 거대한 대기 속에 열을 가두어 두었다는 것이었다. 이 설명에 따르면 행성 표면은 금방이라도 질식할 것처럼 뜨거워야 했다. 수정으로 지은 도시나 지구를 내려다보며 궁금해 하는 금성인이 살기에는 너무 뜨거운 것이다. 엘리는 뭔가 다른 설명이 나오지 않을까 기대했고 전파 방출은 온화한 기후의 금성 표면 위 훨씬 더 높은 곳에서 이루어지는 것이 아닐까 헛된 공상을 하기도 했다. 하버드와 매사추세츠 공대의 천문학자들은 금성 표면이 펄펄 끓고 있다는 것 외에는 전파 데이터를 설명할 방법이 없다고 주장했다. 엘리는 거대한 온실 효과라는 개념을 믿을 수 없었고 믿기도 싫었다. 그건 행성이 자멸하는 것과 다름없지 않은가. 하지만 우주 탐사선 베네라 호가 금성에 착륙해서 온도를 재어보았을 때 표면 온도는 실제로 납이나 주석이 금방 녹아버릴 정도로 높았다. 엘리는 수정 도시가 녹아버려 금성 표면을 규산염 눈물로 뒤덮었다고 상상하기 시작했다. 물론 전에는 금성 온도가 그 정도로 높지 않았을 테니 그건 잘못된 상상이었다. 하지만 스스로 인정하듯 엘리는 어쩔 수 없이 낭만적인 성격이었다.

동시에 엘리는 전파천문학이 얼마나 매력적인가에 감탄하지 않을 수 없었다. 천문학자들은 집에 앉아 금성을 향해 전파망원경을 맞추는 것만으로 그로부터 13년 후 베네라 호가 실제로 확인한 것과 거의 비슷할 정도로 정확하게 금성의 표면 온도를 측정해낸 것이다. 엘리는 기억속의 가장 어린 시절부터 전기·전자 분야에 관심을 가져 왔다. 하지만 전파천문학에 깊이 빠져든 것은 그때가 처음이었다. 자기 행성에 편안히 앉아 망원경을 조정해 놓는다. 그러면 다른 세계에 대한 정보가 저절로 날아들어 오는 것이다. 정말이지 기막히게 멋진 방법이 아닐 수 없었다.

엘리는 하버드 근처의 초라한 전파망원경 관측소를 찾아갔다. 결국에는 관측과 데이터 분석을 도와달라는 부탁을 받았다. 그래서 여름방학 동안 웨스트버지니아 그린뱅크 국립 전파천문학 관측소 소속 유급 연구보조원으로 일하게 되었다. 그곳에서 엘리는 1938년 그로트 레버가 일리노이 주 휘튼의 뒷마당에서 조립한 전파망원경의 실물을 보게 되었다. 열정적인 아마추어가 얼마나 대단한 업적을 남길 수 있는지를 상기시키는 기념물이었다. 그로트 레버는 근처에서, 아무도 차에 시동을 걸지 않고 고주파 치료 장비인 투열요법기가 작동하지 않는 시간을 기다려 은하계 중심으로부터 방출되는 전파를 추적할 수 있었다. 은하계 중심은 너무도 멀었던 반면 투열요법기는 훨씬 더 가까웠던 것이다.

　인내심이 필요한 연구 관찰, 간간이 이어지는 새로운 발견 등 전파천문학은 여러모로 엘리의 마음에 들었다. 연구원들은 우주 저 먼 곳을 관찰하면서 어떻게 해야 은하계 밖의 전파원을 더 많이 추적할 수 있을지 알아내고자 했다. 엘리 역시 들릴 듯 말듯 약한 전파 신호를 추적하는 더 나은 방법이 무엇일까 고민하기 시작했고 하버드를 수석으로 졸업한 이후 미국의 반대편 끝인 칼텍 연구소로 가 전파천문학 석사과정을 밟게 되었다.

* * *

　일년 동안 엘리는 데이비드 드럼린 밑에서 훈련을 받았다. 드럼린은 머리 좋기로 세계적으로 유명했다. 하지만 모든 분야에서 정상에 선 사람들이 흔히 그렇듯 자신을 능가하는 누군가가 어디서 튀어나올지 몰라 늘 전전긍긍하는 유형이었다. 드럼린은 엘리에게 전파천문학 분야의 핵심 이론을 가르쳤다. 그가 여자들에게 인기가 있다는 소문은 이해하기 어려웠다. 엘리가 보기에 그는 화를 잘 냈고 무자비할 정도로 자기 집착이 심했다. 드럼린은 엘리가 너무 낭만적이라고 말하곤 했다. 우주는 스스로의 법칙에 따라 엄격하게 질서정연하다는 것, 우리는 우주가 움직이는 대로 생각해야지 낭만적인 기질, 특히 소녀 취향의 감정을 우주에 억지로 투영해서는 안 된다는 것, 자연의 법칙이 금하지 않는 것들에 대해서만 인간의 재량권이 허용된다는 것 등이 그가 말하는 요지였다. 하지만 조금 더 설명이 계속되다 보면 자연의 법칙은 실상 거의 모든 것을 금지하고 있었다. 엘리는 강의에 열중한 드럼린을 응시하며 그의 기묘한 성격을 파악해 보려 했다. 눈앞에 보이는 남자는 아주 건강했다. 머리는 조금 일찍 세어 회색이었고 빈정거리는 듯한 미소를 띤 얼굴에는 반달 모양의 안경이 자리를 차지하고 앉아 있었다. 턱은 평평했고 나비넥타이를 맸으며 목소리에는 비음이 섞인 데다가 사투리가 약간 남은 말투였다.

드럼린은 대학원 학생들과 젊은 강사진을 저녁 식사에 즐겨 초대했다(학생들의 방문을 기분 좋게 여기기는 했지만 함께 저녁까지 먹는 것은 낭비라고 여겼던 계부와는 달랐다). 드럼린은 학문적 대화에서 극단적으로 편협했고 자신이 확실한 전문가로 인정받는 쪽으로만 화제를 이끌었다. 반대 의견 같은 것은 즉각 묵살되었다. 저녁 식사를 마치고 나면 드럼린의 스쿠버다이빙 슬라이드를 볼 차례였다. 슬라이드 속의 드럼린은 종종 카메라에 얼굴을 들이밀며 미소를 지었고 손을 흔들기도 했지만 물속이라서 흐릿한 모습이었다. 때로는 동료인 헬가 보크 박사가 찍은 바다 밑 풍경이 펼쳐졌다(드럼린의 부인은 언제나 이 슬라이드를 보는 것에 반대했다. 사실 그럴 만도 했던 것이 자리에 모인 사람들 대부분은 이미 전에 슬라이드를 보았던 것이다. 처음 보는 슬라이드는 하나도 없었다. 하지만 드럼린은 헬가 보크 박사의 몸매가 근사하다는 둥 힘이 좋겠다는 둥 엉뚱한 대답으로 말을 돌렸고 그러면서 부인의 경멸에 찬 시선을 받아넘겼다). 학생들은 슬라이드를 주시하며 전에 미처 보지 못하고 지나쳤던 것은 없었는지 재미삼아 찾아보곤 했다. 물론 몸을 비틀거나 땅콩을 집어먹는 데만 몰두하는 축도 있기는 했다.

잘 가는 근처 벼랑가로 태워 달라고 드럼린이 부탁을 해오는 경우에는 대학원생 두세 명이 신나는 오후 시간을 보내게 되었다. 드럼린은 태연한 표정으로 행글라이더에 몸을 의지한 채 벼랑에서 수십 미터 아래 고요한 대양으로 뛰어내렸다. 학생들의 다음 임무는 차를 몰고 해안선으로 내려가 선생을 구출하는 것이었다. 드럼린은 늘 의기양양한 표정으로 불쑥 등장하곤 했다. 그러면서 늘 한번 같이 뛰어내려 보지 않겠느냐고 학생들에게 권유했다. 물론 그 권유를 받아들이는 사람은 거의 없었다. 명백히 드럼린은 선생으로서의 우월한 지위를 즐거이 향유하고 있었다. 다른 선생들은 대학원생들을 미래를 위한 자원으로, 다시 말해 자신들의 가르침을 다음 세대에 전할 주자로 보았다. 하지만 드럼린은 전혀 다른 견해를 가졌다. 그가 보기에 대학생들은 총잡이였다. 그중 누가 언제 〈서부 최고의 총잡이〉 자리를 놓고 선생에게 도전장을 낼지 알 수 없는 일이었다. 따라서 학생들은 늘 학생의 자리에 머물러야 했다. 그때까지는 엘리가 드럼린의 견제를 받지는 않았지만 머지않아 그런 일이 일어날 것은 확실했다.

엘리가 칼텍 연구소 2년 차 연구원이 되었을 때 피터 발레리언이 일년 동안의 해외 연구 휴가를 마치고 돌아왔다. 그는 점잖고 선입견이 없는 사람이었다. 다른 사람은 물론이고 그 자신마저도 스스로를 특별히 명석하다고는 보지 않았다. 하지만 그는 전파천문학 분야에서 끊임없이 중요한 업적을 남기고 있었다. 누가 비결이라도 물으면 그는 늘 〈물고 늘어진〉 덕분이었다고 대답하곤 했다.

발레리언은 지능이 높은 외계 생명체가 반드시 존재할 것이라고 믿었다. 그런 믿음이 과학자로서의 명성에 충분히 오점을 남길 수 있다는 사실을 알고 있었음에도 불구하고 말이다.

교수들은 저마다 무언가에 빠져 있는 셈이었다. 드럼린은 행글라이딩, 발레리언은 외계 생명체, 또다른 사람들은 반나체 여종업원이 있는 술집, 벌레를 잡아먹는 식물, 초월적인 명상 등등에 매달리고 있었던 것이다. 발레리언은 지능이 높은 외계 생명체에 대해 다른 누구보다도 더 오래, 끈질기게, 그리고 상세하게 생각을 해온 사람이었다.

엘리는 발레리언을 더 잘 알게 될수록 그런 외계 생명체에 대한 관심이 그의 단조로운 일상과 판이하게 대비되는 일종의 매혹적인 로맨스와도 같은 것임을 깨달았다. 외계 생명체란 발레리언에게 있어서는 일이 아니라 놀이였다. 그의 상상력은 날로 앞서 나갔다.

엘리는 발레리언의 이야기를 듣는 것이 좋았다. 그건 마치 『이상한 나라의 앨리스』의 이상한 나라, 아니면 자신이 꿈꿨던 수정 도시로 들어가는 듯한 기분을 갖게 했던 것이다. 아니 실제로는 그보다 더 멋있었다. 그의 치밀한 설명을 듣다 보면 정말로 그런 일이 존재하고 일어나고 있다는 생각이 들었다.

어느 날인가 엘리는 상상이 아니라 실제로 거대한 전파망원경에 메시지가 들어올 수 있을지도 모른다는 생각에 잠겼다. 발레리언은 드럼린과 마찬가지로 가정(假定)은 반드시 분명한 물리적 현상을 바탕으로 해야 한다고 반복해서 강조했다. 그것은 얼토당토않은 생각들 속에서 드물게 존재하는 쓸 만한 가정들을 골라내기 위한 일종의 기준이었다. 외계 생명체와 그들의 기술 또한 자연의 법칙을 철저히 따라야 했고 이렇게 되면 매력적인 여러 가정들이 부정될 수밖에 없었다.

하지만 이 기준을 통과하고 가장 회의적인 측면의 물리학적, 천문학적 분석을 이겨낸 가정이라면 정말로 사실일지도 몰랐다. 물론 확신할 수는 없었다. 미처 살피지 못 하고 놓쳐버린 점들, 언젠가 더 똑똑한 사람들이 생각해낼 그런 가능성들이 있을 테니 말이다.

발레리언은 우리가 시간과 문명, 그리고 생물학적 요인들에 얼마나 많은 제한을 받고 있는지, 따라서 근본적으로 우리가 다른 생명체의 문명을 상상하기가 얼마나 어려운 것인지를 강조했다. 전혀 다른 세상에서 진화했을 그들은 우리와 매우 다를 것이 분명했다. 우리보다 훨씬 더 진보한 존재로서 도저히 가늠조차 불가능한 기술과 새로운 물리학 법칙을 지니고 있을 수도 있었다. 우리가 물리학의 모든 주요 법칙들을 이미 발견했다는 생각은 정말 말도 안 되는 착각이라고 그는 말하곤 했다. 21세기 물리학, 22세기 물리학, 심지어 40세기의 물리학이 있을 수도 있는 것이다. 서로 다른 기술 문명이 어떤 식으로 소통하게 될 것인지에 대해 우리는 추측조차 하지 못하는 상태에 놓여 있다…….

하지만 분명 외계 생명체는 인류가 그들보다 얼마나 뒤떨어진 존재인지를 알고 있을 것이라고 발레리언은 확신했다. 그리고 우리가 조금씩 진보하는 것 또한 잘 알고 있다고 했다. 인류는 두 발로 딛고 선 지 얼마 되지 않았고 기껏해야 지난주 수요일에 불을 발견했으며 또 어제에 이르러서야 비로소 뉴턴의 동력학이니 맥스웰의 등식이니 전파망원경이니 물리학 법칙들의 통합이니 하는 것들에 대해 생각하게 된 셈이었다.

발레리언은 외계 생명체가 우리가 전혀 이해하지 못할 정도로 어려운 방식으로 소통을 시도하지는 않을 것이라고 말했다. 바보, 멍청이와 이야기하려면 바보, 멍청이가 알아들을 수준으로 말을 걸어야 할 테니 말이다. 바로 그 때문에 외계로부터 메시지가 오기만 한다면 엄청난 가능성이 열리는 것이다. 여기서 특별히 두뇌가 명석하지 못하다는 점은 오히려 도움이 될 것이었다. 외계인들은 표준적인 지구의 바보, 멍청이를 수신자로 삼을 테니 말이다.

박사학위 논문의 주제로 엘리는 전파망원경에 사용되는 고감도 수신기 개발을 선택했고 논문 심사 위원회 교수들의 허락을 받았다. 이 주제는 전자공학에 대한 엘리의 재능을 십분 살리면서 동시에 이론 중심의 드럼린으로부터 살짝 비켜가도록 했고 한편으로는 발레리언과의 토론도 계속하게끔 해주었다. 어쨌든 외계 생명체 탐사 작업에 무작정 뛰어드는 위험은 피해야 했다. 그것은 박사학위 논문의 주제가 되기에는 너무 모호했던 것이다. 계부는 엘리의 다양한 관심들을 비현실적인 열정이라거나, 전혀 쓸모없는 생각이라고 나무랐다. 또 이런 저런 경로를 통해 논문 주제를 알게 되었을 때는 (당시 엘리는 그와 직접 말을 나누는 일이 일체 없었다) 아무 의미 없는 짓이라는 말로 일축해 버렸다.

엘리는 루비 마이크로파 증폭기에 매달렸다. 루비는 거의 완벽하게 투명한 알루미나(산화알루미늄, 즉 알루미늄의 산화물——옮긴이)가 주성분이었다. 붉은색은 알루미나 결정체에 산재된 작은 크롬 불순물에서 나왔다. 강력한 자기장을 루비에 갖다 대면 크롬 원자들의 에너지가 〈들뜬상태〉가 된다. 혹은 물리학적 표현으로 〈활성화〉가 된다. 엘리는 증폭기 속에서 들뜬상태가 된 작은 크롬 원자들이 약한 전파 신호를 증폭시키는 그 모습이 좋았다. 자기장이 강력하면 강력할수록 크롬 원자들의 활성 정도도 높아졌다. 이렇게 해서 증폭기는 선택된 특정 전파 주파수에 각별히 민감하게끔 조정될 수 있었다. 엘리는 크롬 원자들에 더하여 란

탄 불순물까지 포함하는 루비를 만드는 방법을 발견했다. 이렇게 되면 증폭기는 좀더 좁은 주파수 영역의 훨씬 약한 신호들까지도 탐지해 낼 수 있었다. 엘리의 탐지기는 액체 헬륨 속에 담겨야 했다. 엘리는 자기가 만든 새로운 장치를 오웬스 계곡에 있는 칼텍 연구소 소유의 전파망원경에 설치했고 천문학자들이 말하는 절대 온도 3도의 〈흑체복사〉, 다시 말해 우주 탄생을 낳은 대폭발이 남긴 전파 스펙트럼의 흔적을 탐지해 냈다.

「이게 제대로 얻어진 것인지 봐야지」

엘리는 혼잣말을 했다.

「공기 중에 있는 비활성 기체를 가져다가 액체로 만들고 루비 속에 불순물을 약간 집어넣은 후 자석을 갖다 댄 거지. 그리고 천지창조 때의 불을 탐지했단 말야」

엘리는 놀랍다는 듯 고개를 흔들었다. 그 밑에 깔려 있는 물리학을 모른다면 누구라도 그것을 가장 어처구니없는 엉터리 마술이라고 일축해 버릴 것이다. 아무리 탁월한 과학자라 한들 그가 천년 전의 사람이라면, 따라서 그가 공기와 루비와 천연 자석에 대해서는 알아도 액체 헬륨이나 초전도 플럭스 펌프에 대해 완전히 백지 상태라면 도대체 어떻게 이런 현상을 설명할 수 있겠는가. 그뿐만이 아니었다. 과거의 과학자들은 전파 스펙트럼에 대해 어렴풋하게라도 알지 못했다. 아니 심지어 스펙트럼이라는 개념조차 그저 막연히 무지개를 보고 짐작하는 수준일 뿐 빛이 파장이라는 사실은 꿈도 꾸지 못했다. 이렇게 보면 우리 역시 천년 정도 앞선 문명을 도저히 이해하지 못할 것이 당연했다.

쓸 만한 루비들을 골라내고 나면 커다란 루비 무더기가 생겨났다. 보석이라고 할 만한 것은 하나도 없었고 대개는 자그마했다.

엘리는 그중 몇 개를 골라 장식용으로 썼다. 즐겨 입는 어두운 색깔의 옷에 루비는 잘 어울렸다. 세심하게 깎았음에도 불구하고 그 루비를 끼운 반지나 브로치는 누구 눈에든 독특하게 보였다. 특정 각도에서 빛이 급격히 내부로 반사되는 형태라든지 루비 본연의 붉은색 안쪽에 보이는 복숭아색 흠집 따위 때문이었다. 과학자가 아닌 친구들에게 엘리는 루비를 좋아하지만 살 돈이 없어서 그런다고 설명을 했다. 그건 마치 녹색 식물 광합성의 생화학적 통로를 처음 발견한 후 내내 솔잎이나 파슬리의 잔가지를 옷깃에 달고 다녔다는 과학자의 행동과도 비슷했다. 동료들은 점차 엘리를 존경하게 되면서 그것을 그저 엘리의 자그마한 기벽으로 받아들였다.

* * *

거대한 전파망원경들은 인적이 드문 곳에 설치된다. 그 이유는 폴 고갱이 타히티 섬으로 여행을 떠나게 된 것과 같았다. 망원경들은 문명으로부터 멀리 떨어진 곳에 있어야 잘 작동하는 것이다. 민간용 혹은 군수용으로 전파가 사용되는 경우가 늘어남에 따라 전파망원경은 몸을 숨겨야 했다. 푸에르토리코의 어느 이름 없는 계곡에 은거하거나 뉴멕시코 혹은 카자흐스탄쯤에 있는 광활한 사막으로 망명을 가야 했던 것이다. 전파 간섭이 날로 증가하고 있는 터라 아예 지구를 떠나 다른 행성에 망원경을 설치해야 한다는 말도 설득력을 얻는 상황이었다. 그렇게 세상으로부터 격리된 관측소에서 일하는 과학자들은 완고하고 단호한 경향이 있다. 그래서 아내나 남편으로부터 버림받기 일쑤였고 아이들은 틈만 있으면 집을 떠나려고 한다. 하지만 천문학자들은 그 모든 어려움을 이겨낸다. 스스로를 몽상가라고 생각하는 것은 아니다. 격리된 관측소에서 머물며 일하기로 한 연구원들은 오히려 실제적인 경험론자일 가능성이 높다. 그리고 안테나 모양이나 관측 자료 분석에 대해서는 알아도 퀘이사(준성〔準星〕, 태양계로부터 40-100억 광년 거리에서 강력한 전파 에너지를 내는 천체——옮긴이)나 펄서(강한 자기장을 가지고 고속 회전을 하며, 주기적으로 전파나 X선을 방출하는 천체——옮긴이) 같은 것에 대해서는 별로 알지 못하는 그런 전문가들이기 십상이다. 대개가 어렸을 때부터 별에 대해 꿈꿔온 부류는 아니었다. 그때는 집 차고에서 자동차를 수리하는 데 정신이 팔려 있었을 테니까.

박사학위를 받은 후 엘리는 아레시보 관측소에서 연구원으로 일하게 되었다. 연구소가 보유한 지름 305미터 이상의 거대한 접시 모양 안테나는 북서부 푸에르토리코의 산기슭 카르스트(침식된 석회암 지대——옮긴이) 계곡에 고정되어 있었다. 지구에서 가장 규모가 큰 전파망원경과 함께 지내게 된 엘리는 근처의 행성과 별들, 은하계와 펄서 및 퀘이사 등 가능한 한 많은 천체 관측에 자기 증폭 탐지기를 사용해 보고 싶은 마음이 간절했다. 관측소 상근 연구원 자격 덕분에 엘리는 상당한 관측 시간을 배정받을 수 있었다. 그 거대한 전파망원경을 사용하는 데는 엄청난 경쟁이 뒤따랐다. 도저히 수용이 불가능할 만큼 많은 수의 중요한 연구 계획이 있었기 때문이었다. 따라서 상근 연구원에게 배정되는 망원경 사용 시간은 더할 나위 없이 소중한 것이었다. 또한 그것은 천문학자들이 신도 버린 척박한 땅에 다른 모든 것을 희생하며 머무르도록 하는 유일한 이유가 되기도 했다.

엘리는 근처 별들을 뒤져 지능을 가진 외계 생명체가 보내오는 신호를 잡아내고자 했다. 자기를 이용하는 탐지기는 몇 광년 떨어진 행성에서 방출되는 전파를 찾을 수 있을 것이었다. 거기서 인류와 의사소통을 원하는 앞선 생명체들은 분명 우리보다 훨씬 더 강력한 전파 송신 능력을 갖추고 있을 테니까. 아레시보 전파 망원경이 1메가와트의 전파를 우주의 특정 지점에 송신할 수 있다는 점을 감안한다면 우리보다 조금만 앞선 문명만 해도 수백 메가와트 이상의 송신 능력을 지녔을 것이 분명하다고 엘리는 생각했다. 지구를 향해 의도적으로 수백 메가와트의 전파를 송신하는 외계인들이 은하계 내부에만 존재해 준다면 아레시보는 능히 그들을 찾아낼 수 있었다. 곰곰이 생각에 잠겨 있던 엘리는 불현듯 지능을 가진 외계 생명체 탐사라는 문제에서 기존에 이루어진 작업보다 앞으로 이룰 수 있는 것이 얼마나 더 많은지 깨닫고 놀라지 않을 수 없었다. 이 문제에 투입된 자원은 형편없이 적었다.

지역 주민에게 아레시보 관측소는 〈엘 레이더〉라는 이름으로 알려져 있었다. 엘 레이더가 어떤 역할을 하는지는 불분명했지만 간절히 원하던 일자리를 백 개 이상이나 마련해 주었다는 점만으로도 존재 의미는 충분했다. 주민 중 젊은 여자들은 남자 천문학자들과 접촉이 허용되지 않았다. 하지만 에너지를 주체하지 못하고 안테나 주위를 원형 운동장 삼아 달리는 젊은 천문학자들의 모습은 밤낮으로 볼 수 있었다. 최초의 여성 연구원으로서 엘리는 도착하자마자 관심의 대상이 되었다. 처음에는 특별히 싫을 것도 없었던 그 관심은 곧 연구에 방해가 되기 시작했다.

주위 풍광은 너무도 아름다웠다. 황혼 무렵이면 유리창 밖으로 계곡의 반대편, 송전탑들 위로 움직이는 비구름을 볼 수 있었다.

송전탑은 모두 세 개였는데 엘리의 증폭 장치도 그중 하나에 매달려 있었다. 별로 그럴 일은 없을 듯했지만 혹시라도 이곳에서 길을 잃고 헤맬지도 모르는 비행기들을 위해 송전탑 꼭대기에서는 경고 불빛이 붉게 빛났다. 새벽 네시가 되면 엘리는 맑은 공기를 마시기 위해 바깥으로 나갔고 수천 마리씩 떼를 지어 울어대는 개구리들이 과연 무슨 말을 하고 싶은 것인지 궁금해 하곤 했다. 지역 주민들 사이에서 그 개구리는 울음소리를 본 따 〈코키스〉라고 불렸다.

일부 천문학자들은 관측소 근처에서 살았다. 하지만 스페인어도 모르면서 낯선 문화에 적응하며 산다는 것은 쉬운 일이 아니어서 외로움에 휩싸인 채 가족 모두가 자포자기 심정에 빠지는 경우가 많았다. 때로는 근방에서 유일하게 영어 학교를 가진 라메이 공군 기지를 주거지로 선택하는 천문학자들도 있었다. 하지만 90분이나 운전하며 출퇴근해야 한다는 것 또한 격리감을 고조시켰다. 관측소가 중대한 군사적 역할을 수행하는 것으로 오해한 푸에르토리코 분리주의자들은 지속적으로 공격을 가했고 이 역시 언제 터져 나올지 모르는 불만과 불안을 가중시켰다.

몇 달이 지나 발레리언이 찾아왔다. 강연차 왔다고 했지만 엘리가 어떻게 지내는지 살펴보고 격려하려는 목적도 있는 것이 분명했다. 엘리의 연구 진척 상황은 매우 양호했다. 새로운 행성간 분자 구름 복합체로 여겨지는 것을 발견했고 게성운 한가운데에 위치한 펄서에 대한 시분석 자료도 확보한 상태였다. 또한 지구에서 가까운 별들 십여 개를 대상으로 당시로서는 가장 정밀한 수준의 신호 탐사를 완료했다. 하지만 이렇다할 신호를 잡아내지는 못했다. 의심해 볼 만한 규칙성이 한두 개 발견되기는 했다.

하지만 다시 한번 정밀 관찰에 들어간 후에는 이상한 점을 찾을 수 없었다. 많은 수의 별들을 관찰하다 보면 일순간 일정한 유형의 소리가 잡힌다. 뛰는 가슴을 진정하고 다시 확인해 보라. 반복되지 않는다면 그건 가짜다. 이런 식의 훈련은 정작 찾고 있는 대상을 발견했을 때 평온한 마음을 유지하기 위해 꼭 필요한 것이었다. 엘리는 가능한 한 무감각한 마음을 가지기로 했다. 하지만 자신을 이끌어가고 있는 어떤 경이의 감정은 잃어버리지 않았다.

공동 냉장고에 들어 있는 빈약한 식료품을 가지고 엘리는 그럭저럭 소풍 도시락을 쌌다. 그리고 접시 모양 안테나 바로 옆에 발레리언과 함께 앉았다. 멀리서 안테나를 수리하고 있는 일꾼들이 보였다. 일꾼들은 안테나의 알루미늄 표면을 망가뜨리거나 아래쪽으로 떨어지는 일이 없도록 특별히 제작된 신발을 신고 있었다. 발레리언은 엘리의 연구 성과를 기뻐해 주었다. 두 사람은 아는 사람들에 대해, 또 최신 과학계 동향에 대해 이야기를 나누었다. 그러다가 화제는 지능을 가진 외계 생명체에 대한 연구, 그즈음 세티SETI(외계 지적 생명체 탐사)라고 불리기 시작한 분야 쪽으로 옮겨졌다.

「모든 시간을 다 바쳐 그 일을 해볼 생각은 없나요, 엘리?」

발레리언이 물었다.

「그 문제는 별로 생각해 보지 않았어요. 그게 도대체 가능한 일일까요? 지능을 가진 외계 생명체 탐사만을 전담하는 관측소는 세계 어디에도 없어요. 적어도 제가 아는 한은요」

「지금은 없지만 앞으로는 생길 수도 있어요. 어쩌면 기존 관측소에 수십 개의 안테나들을 추가로 설치해서 외계 생명체 관측 업무를 맡길지도 모르고요. 물론 일반적인 전파천문학 연구도 일부는 담당해야 할 테지만, 대단한 간섭관측기(별이 발하는 빛의 간섭 현상을 이용해서 거성의 지름이나 이중성의 각의 거리를 재는 기구——옮긴이) 역할을 할 수 있으니까 말이죠. 워낙 돈이 많이 드는 일이니까 일종의 정치적인 지원이 필요한 일이긴 해요. 잘해야 몇 년 후에야 가능하겠지만 어쨌든 하나의 가능성으로 염두에 두고 있을 필요는 있지요」

「이제까지 전 태양 스펙트럼 유형의 가까운 거리에 있는 별들 마흔 개 가량을 관찰했어요. 21센티미터 수소선(線)도 살펴보았는데, 아시다시피 수소선은 종종 〈명백한 표시〉라고 불리잖아요. 수소는 우주에 가장 풍부하게 존재하는 원자니까요. 제 탐지 장치는 최고로 민감한 것이었어요. 하지만 신호는커녕 흔적도 발견하지 못했지요. 어쩌면 저 외계에는 아무도 없는지도 몰라요. 외계 생명체 탐사란 시간 낭비일 뿐일 수도 있어요」

「금성 위의 생명체처럼 말인가요? 당신이 간직해 온 환상이 깨진 건 물론 가슴 아픈 일이지만 금성은 전 우주를 두고 보면 작디 작은 하나의 행성일 뿐이죠. 은하계 안에는 수천억 개 이상의 별이 있어요. 당신이 관찰한 것은 그저 한 줌 정도에 불과해요. 그래도 포기하기에는 너무 이르지 않을까요? 전체의 십억분의 일을 보았을 뿐이니까 말이죠. 다른 주파수까지 고려한다면 그보다도 더 작은 부분일 거예요」

「무슨 말씀인지 알아요. 하지만 그들이 어디엔가 존재한다면 어느곳에든 있는 것이나 마찬가지라는 생각은 안 하시나요? 정말로 진보한 생명체라면 설사 천 광년 떨어진 곳에 살고 있다 하더라도 우리 뒷마당에까지 기지를 만들어 놓았을 거예요. 그렇지 않다면 죽는 날까지도 외계 생명체 탐사는 끝나지 않을 거예요」

「이제 당신은 데이비드 드럼린 선생처럼 말하기 시작하는군요. 살아 있는 동안 발견할 수 없다면 아예 관심을 가지지 않겠다는 식이니 말이에요. 외계 생명체 탐사는 이제 겨우 시작 단계에 불과해요. 얼마나 많은 가능성이 있는지 당신도 잘 알 겁니다. 긍정적으로 생각해야 할 때지요. 인류 역사에서 우리가 이전 어느때에 살았더라도 아마 평생 이 문제를 궁금해 하기만 할 뿐 해답을 찾기에는 속수무책이었을 거예요. 하지만 지금은 달라요. 지금은 누구든 외계 생명체를 찾아볼 수 있는 능력을 가진 최초의 시대란 말입니다. 당신은 다른 행성의 문명을 찾아내기 위해 탐지기를 만들었어요. 물론 성공은 보장된 것이 아니지만 이보다 더 중요한 질문을 생각해 낼 수 있어요? 저 외계에서 누군가 우리에게 신호를 보내고 있다고 상상해 봐요. 그런데 지구에서는 아무도 듣지 못하는 거요. 이건 말도 안 되는 일이죠. 들을 능력이 있는데도 의지가 없어 듣지 못한다면 어떻게 우리 문명을 부끄러워하지 않을 수 있겠어요?」

* * *

왼쪽 세계의 256개 이미지가 왼쪽으로 스쳐 지나갔다. 오른쪽 세계의 256개 이미지도 오른쪽에서 흘러갔다. 그는 전체 512개 이미지를 통합하여 주위 상황을 파악했다. 지금 있는 곳은 물결 치는 거대한 이파리들의 숲이었다. 어떤 이파리는 녹색이었고 다른 것은 누르스름했다. 대부분은 자기보다 크기가 컸다. 하지만 그는 힘들이지 않고 기어올라 이파리들을 넘어갔다. 때로는 구부러진 이파리 위에서 아슬아슬하게 균형을 잡아야 했고 아래쪽에 누운 이파리로 떨어지기도 했지만 곧 다시 여행을 계속했다. 제대로 길을 가고 있는 것이 틀림없었다. 길을 따라 이어진 흔적은 만들어진 지 얼마 되지 않은 것이었다. 흔적을 따라가는 것이 가장 중요했다. 장애물 따위야 수천 수백 개가 있다 해도 넘어가면 될 일이었다. 밧줄이나 피톤(밧줄과 연결되는 등산용 못——옮긴이) 따위는 필요치 않았다. 그의 몸이 곧 훌륭한 장비나 다름없었으니까. 눈앞에 땅이 펼쳐졌다. 길을 표시하는 흔적에서 향긋한 냄새가 났다. 조금 전 정찰병이 남긴 것이었다. 길 끝에는 식량이 기다리고 있을 것이다. 늘 그랬다. 식량을 발견한 정찰병은 길을 표시해 둔다. 그런 후 자기와 다른 동료들이 길을 따라가 식량을 가져오면 된다. 식량은 그와 비슷한 생명체이기도 했고 결정을 이룬 덩어리이기도 했다. 어떤 때는 너무 커서 온 부족이 다 동원되어야 하는 경우도 있었다. 모두가 힘을 합쳐 잎사귀 위로 식량을 올리고 집으로 끌어당기는 것이다. 그는 기대에 부풀어 아래턱을 움직이며 입맛을 다셨다.

　　　　　　　　＊　＊　＊

「제일 불안한 문제는」
엘리가 말을 이었다.
「외계 생명체가 의사소통을 시도하지 않을지도 모른다는 거예요. 물론 그럴 능력은 충분하겠지요. 하지만 그렇게 하지 않는 거예요. 필요가 없으니까요. 그건 마치……」
엘리는 잔디 위에 펴놓은 식탁보 가장자리를 내려다보았다.
「이 개미들 같은 거지요. 개미들 역시 세상의 일부를 이루고 있어요. 아주 바쁘게 살아가지요. 나름대로 주위 환경에 대해서도 잘 인식하고 있고요. 하지만 우리는 개미들과 대화를 나누려 하지 않잖아요. 아마 그래서 개미들은 사람에 대해 전혀 알고 있지 못할 거예요」

특히 모험 정신이 강한 커다란 개미 한 마리가 식탁보 위로 기어오르더니 빨갛고 하얀 대각선 무늬를 따라 전진했다. 잠시 망설이다가 엘리는 조심스레 녀석을 집어 올려 풀밭으로 던졌다. 그들이 속한 세상으로 말이다.

3장
백색잡음

들어본 멜로디는 달콤하다.
하지만 들어보지 못한 것은 더욱 달콤하다.
—— 존 키츠의 「그리스 항아리에 부치는 노래」(1820)

가장 지독한 거짓말은 때로 침묵으로 표현된다.
—— 로버트 루이스 스티븐슨의 『젊은이를 위하여』(1881)

파동은 별들 사이로 어둠을 뚫고 몇 년 동안이나 이동한다. 가스나 먼지로 이루어진 구름에 부딪치게 되면 일부 에너지가 거기 흡수되거나 흩어진다. 하지만 나머지는 다시 원래 방향으로 여행을 계속한다. 파장 앞에는 희미한 노란빛이 있다. 빛은 서서히 점점 더 두드러지게 밝아진다. 인간의 눈에는 여전히 점에 불과하지만 그것은 검은 하늘에서 가장 밝은 물체이다. 파동은 거대한 눈송이 무리와 만나게 될 것이다.

삼 십대 후반의 날씬한 여인이 아르고스 본관 건물로 들어서고 있었다. 서로 사이가 좀 떨어진 편인 커다란 두 눈은 각진 얼굴 골격을 부드럽게 만들어주는 역할을 했다. 길고 검은 머리카락은 목덜미 부분에서 느슨하게 묶여 있었다. 편안한 티셔츠와 긴치마 차림인 여인은 1층 복도를 따라 걸어가다가 〈소장 엘리 애로웨이〉라고 쓰인 문 앞에 섰다. 지문 감지기에 손을 얹자 비전문가가 만들었음이 분명한 기묘한 붉은 보석 반지가 눈에 띄었다. 탁상용 스탠드를 켠 여인은 서랍을 열어 이어폰을 끄집어냈다. 책상 뒤쪽 벽에는 프란츠 카프카의 『우화』에서 인용한 글이 붙어 있었다.

이제 사이렌(그리스 신화에 등장하는 바다의 요정으로 상반신은 여자이고 하반신은 새의 모습이다. 이 요정의 아름다운 노랫소리에 지나던 뱃사람들이 홀려 배가 난파당했다고 한다——옮긴이)들은 노래보다 더 무서운 무기를 가지게 되었으니 그것이 바로 침묵이었다······.

사이렌들의 노래에서 빠져나올 수 있는 사람은 몇몇 있을지 모르나 그 침묵으로부터는 결코 빠져나올 수 없으리라.

잠시 후 여인은 손을 흔들어 스탠드를 끈 뒤 어두워진 방안을 가로질러 문 쪽으로 갔다. 통제실로 간 여인은 모든 것이 정상인지 재빨리 확인했다. 창밖으로 뉴멕시코 사막을 가로질러 수십 킬로미터에 걸쳐 뻗어나간 131개 전파망원경들의 일부가 내다보였다. 망원경들은 하늘을 향해 팔 벌리고 선 독특한 종류의 꽃 같았다. 점심 시간이 막 지난 때였다. 여인은 전날 밤늦게까지 깨어있었다. 전파천문학은 낮에도 연구가 가능했다. 가시광선과 달리 전파 파동은 태양 때문에 흩어지거나 하지 않기 때문이다. 태양과 아주 가까운 지점을 향하지 않는 한 전파망원경을 통해 보는 하늘은 낮에도 검었다. 그 칠흑 속에서 파동만이 빛나게 되는 것이다.

지구 위 저 하늘에는 전파로 가득 찬 우주가 있다. 그 파동을 연구함으로써 행성과 별들 그리고 은하들에 대해, 별들 사이를 떠다니는 거대한 유기 분자 구름의 성분에 대해, 그리고 우주의 운명에 대해 알 수 있다. 하지만 그 모든 전파의 방출은 자연적이었다. 물리적 과정, 은하자기장 안에서 춤추는 전자, 행성간 분자들의 상호 충돌, 혹은 태초의 대충돌이 남긴 메아리 등에서 기인된 것이다.

기껏해야 몇십 년가량 된 전파천문학의 역사에서 머나먼 우주로부터 진짜 신호, 그러니까 지능을 가진 외계 생명체가 인공적으로 만들어 보낸 신호는 한번도 발견되지 않았다. 가짜 신호들은 많았다. 퀘이사 아니면 펄서에서 나오는 파동이 시간적인 규칙성을 보이면 학자들은 이것이 누군가로부터의 안내 신호, 혹은 별들 사이를 오가는 우주 선박을 위한 등대 신호일지 모른다는 낭만적인 흥분에 휩싸였다. 하지만 곧 그렇지 않다는 것이 드러났다. 퀘이사들은 엄청난 에너지의 원천인 듯했고 은하들 한 중간의 거대한 블랙홀과 연결된 것으로 추측되었다. 그중 많은 수는 우주 탄생 시점까지 절반 가까이 거슬러 올라가는지도 몰랐다. 펄서들은 도시 하나 크기만한 원자핵을 빠른 속도로 회전시키고 있었다. 지능을 가진 생명체가 만들어낸 수수께끼 같은 메시지들도 수없이 많았다. 다만 외계로부터 온 것이 아니었을 뿐이다. 하늘은 극비 군사 레이더 체제와 통신 위성들로 빽빽했다. 민간 전파천문학자의 힘으로는 도저히 어찌해 볼 수 없는 수준이었다. 그런 시설들은 국제 협약쯤이야 가볍게 무시했고 때로는 실제로 위법 행위를 하기도 했다. 하지만 호소할 곳도, 처벌할 방법도 없었다. 책임을 인정하는 나라는 하나도 없었다. 그런 와중에 외계로부터의 뚜렷한 신호는 한번도 잡히지 않았다.

헤아릴 수 없이 많은 행성들이 있었고 생물학적 진화가 일어나기에 충분할 만큼의 세월이 흘렀기 때문에 은하계에 지능을 가진 생명체가 인류밖에 존재하지 않는다고 생각하기란 어려웠다. 아르고스 연구소는 전파천문학을 기반으로 외계 생명체를 탐색하는 세계 최대 시설이었다. 파동은 광속으로 움직였다. 파동의 발생과 탐지는 모두 쉬운 일이었다. 지구인과 비슷한 수준의 뒤처진 기술 문명이라 해도 물리적 세계의 탐색에 나서자마자 곧 전파와 맞부딪칠 것이었다. 불과 몇십 년 전 전파망원경이 개발된 이후 인류가 축적한 기초적인 전파 기술 정도만 활용한다 해도 은하계 중간에 위치한 문명과 대화를 나누는 것은 가능한 일이었다. 하지만 하늘에는 조사해야 할 공간이 너무도 넓었고 외계 문명이 통신에 사용할 가능성이 있는 주파수도 워낙 많았다. 체계적인 계획에 따른 끈기 있는 관찰이 필요했던 것이다. 아르고스가 완전 가동을 시작한 지 4년이 넘었다. 그동안 잘못된 신호 인식, 착각, 거짓 경보 등은 많았다. 하지만 진짜 메시지는 없었다.

* * *

「안녕하세요, 애로웨이 박사님」
　홀아비 생활을 하는 기술자가 다정한 미소를 보냈다. 엘리는 고개를 끄덕이며 답했다. 아르고스 연구소가 보유한 망원경 131개는 모두 컴퓨터로 제어되었다. 천천히 나름의 체계에 따라 하늘을 훑어나가면서 기계적인 혹은 전자적인 문제가 있지 않은지 확인하고 여러 망원경이 잡아낸 데이터를 비교하는 것은 모두 컴퓨터의 몫이었다. 엘리는 벽 전체를 뒤덮고 있는 십억 개의 분석기와 분광계(파장, 굴절광선의 편차, 프리즘의 면각(面角)을 측정하는 광학 장치——옮긴이) 화면을 흘깃 바라보았다.
　망원경들이 몇 년에 걸쳐 천천히 하늘을 관찰하는 동안 천문학자와 기술자들에게는 별로 할 일이 없었다. 하지만 추가 분석이 필요한 무언가가 탐지되면 자동 경보가 울리게 되고 그러면 한밤중이라 해도 연구원들은 침대에서 일어나 달려가야 했다. 그런 상황이 되면 엘리는 재빨리 원인을 규명해야 했다. 장치에 무슨 결함이 생긴 것인지, 아니면 미국이나 소련의 우주 비행 물체가 나타난 것인지를 말이다. 기술진과 힘을 합쳐 엘리는 장비의 민감도를 개선할 방법을 찾아내고자 했다. 전파 방출에 있어 일정한 유형, 어떤 규칙성이 존재하는가가 관건이었다. 전파망원경 일부는 다른 관측소에서 탐지해낸 천문학 대상 연구에 동원되기도 했다. 외계 생명체 탐사와는 무관한 연구 과제를 수행하는 연구원이나 방문객들을 돕는 것, 워싱턴으로 날아가 재원을 대고 있는 국립과학재단의 관심을 환기시키는 것도 엘리의 일이었다. 로터리 클럽이나 뉴멕시코 대학 같은 곳에서 아르고스 연구소의 업무에 대해 강연도 했다. 머나먼 연구소까지 직접 찾아온 호기심 많은 기자들도 상대했다.

엘리는 지루함과 싸워야 했다. 동료 연구원들은 유쾌한 사람들이었지만 명목상 상하 관계를 유지해야 한다는 한계를 차치하더라도 진심으로 친밀해지고 싶은 마음이 들지 않았다. 아르고스 연구소 업무와 무관한 현지 남자들과 짧은 시간 동안 친해진 적은 몇 번 있었다. 그런 관계 역시 권태로움을 벗어나지 못했다.

엘리는 계기판 앞에 앉아 이어폰을 꽂았다. 한두 개 채널을 들으면서 컴퓨터가 관장하는 십억 개 채널이 잡아내지 못하는 규칙성을 찾는다는 것은 아예 기대할 수 없는 일이었다. 하지만 그런 행동을 통해 그래도 자기가 무언가 쓸모 있는 존재라는 위안을 얻을 수는 있었다. 엘리는 의자 깊숙이 몸을 묻고 눈을 반쯤 감았다. 꿈꾸는 듯한 표정이 얼굴 위에 떠올랐다. 정말 사랑스럽군 하고 근처에 있던 기술자는 생각했다.

엘리는 늘 그랬듯 끊임없이 이어지는 불규칙한 소리들을 들었다. 언젠가는 카시오페이아자리의 AC+79 3888 별 부근에 귀를 기울이고 있다가 어렴풋이 들리다 안 들리다 하는 노래 소리를 들은 적도 있었다. 하지만 정말 무언가 들은 것인지 확신할 수가 없었다. 그 별은 당시 해왕성 궤도 부근에 위치하고 있던 보이저

1호가 궁극적으로 향하게 될 목적지였다. 그 우주선 안에는 인사말과 노래들이 담긴 축음기 음반이 실려 있었다. 어쩌면 외계 생명체는 자신들의 노래를 광속으로 보내오고 있는 것은 아닐까? 우리 이야기가 날아가는 속도는 그것의 만분의 일에 불과한 형편인데 말이다. 지금처럼 아무런 유형을 잡을 수 없는 상태일 때 엘리는 정보이론 쪽에서 유명한 샤논의 말을 상기하곤 했다. 〈가장 효과적으로 부호화된 메시지는 사전에 암호화 열쇠를 가지고 있지 않는 한 잡음과 구분되지 않는다.〉 엘리는 급히 계기판의 단추를 몇 개 누르고 협대역 주파수 두 개를 이어폰 한쪽씩에 연결해 비교하기 시작했다. 아무것도 없었다. 이어 전파의 두 편광에 귀를 기울였고 또 선편광과 원편광을 비교해 보기도 했다. 선택을 기다리는 채널은 무려 십억 개나 되었다. 가련할 정도로 뚜렷한 한계를 지닌 귀와 두뇌를 지닌 주제에 컴퓨터보다 앞서 나가려고 헛된 애를 쓰면서 특정 파동 유형을 찾아낸다는 명목하에 인생을 낭비하는 일도 충분히 가능했다.

　인간은 숨어 있는 유형을 찾아내는 능력을 지녔다. 하지만 동시에 존재하지도 않는 유형을 상상으로 만들어내는 능력도 가지고 있었다. 연속되는 파동이 만들어내는 순간적으로 끊어지는 박자나 짧막한 멜로디는 충분히 인간의 상상력을 부채질할 만했다. 엘리는 이미 알려져 있는 은하계 전파 원천을 향해 방향이 맞춰져 있는 망원경 쪽으로 관심을 돌렸다. 전파가 발생 원천으로부터 지구까지 오는 사이에 행성간 희박한 가스층을 통과하면서 전자와 부딪쳐 흩어질 때 발생하는 〈피잉〉 하는 소리가 들렸다. 바이올린 활이 미끄러질 때처럼 높은 데서 낮은 데로 떨어지는 소리였다. 그 피잉 소리가 분명하게 들릴수록 중간에 전자가 많다는 의미였다. 다시 말해 전파의 발생 원천이 지구에서 더 멀다는 뜻이었다. 엘리는 워낙 그 소리에 익숙해져 있었기 때문에 전파의 피잉 소리를 듣자마자 단번에 정확한 거리를 댈 수 있을 정도였다. 이번 것은 약 1천 광년쯤 되는 거리였다. 가까이 있는 별들에 비하자면 멀다고 말해야겠지만 그럼에도 불구하고 우리 은하계의 일부에 속하는 그런 거리였다.

엘리는 다시 아르고스 연구소 고유의 탐사 방식으로 돌아왔다. 역시 유형은 전혀 찾을 수 없었다. 그건 마치 음악가가 먼 곳의 천둥소리에 귀를 기울이는 것과도 같았다. 유형의 일부일지도 모르는 작은 소리들은 늘 엘리의 머릿속을 떠나지 않았고 때로는 어쩔 수 없이 과거의 관찰 기록 결과를 뒤져 혹시라도 컴퓨터가 놓쳐버린 것은 없는지 확인해야 했다.

평생 동안 꿈은 엘리의 친구였다. 다른 사람과 달리 엘리는 아주 상세하고 구조적으로도 잘 짜여진 꿈을 꾸었다. 그래서 꿈속에서 엘리는 돌아가신 아버지의 얼굴이나 어린 시절 분해했던 라디오 내부를 세세히 볼 수 있었다. 간밤에 무슨 꿈을 꾸었는지 역시 늘 기억해내곤 했다. 물론 박사학위 구두시험 전날이나 제시와 파경에 이르렀던 시기 등 극도로 긴장에 휩싸여 있는 경우는 예외였다. 하지만 그 즈음 들어 서서히 엘리는 꿈속의 형상을 기억해 내는 데 어려움을 겪기 시작했다. 눈이 먼 상태로 태어난 사람들이 흔히 그렇듯 꿈이 소리로 채워졌던 것이다. 이른 아침이면 엘리는 전에 한번도 들어본 적 없는 멜로디를 만들어내곤 했다. 그런 경우에는 얼른 몸을 일으켜 음성 감지 작동 스탠드를 밝힌 채 저절로 손에 펜을 들었다. 긴 하루가 지난 저녁 시간이면 때로 그 멜로디를 피리로 연주하면서 이것이 천칭자리에서 들려

온 것인지 아니면 염소자리였는지 궁금해 했다. 엘리는 수신기와 증폭기 안을 돌아다니는 전자, 머나먼 별들 사이의 차가운 가스 자기장과 대전입자들에 사로잡혀 있었다.

불현듯 반복되는 높은 음이 들려왔다. 가장자리 부분이 귀에 거슬리는 음이었다. 그 소리를 알아듣는 데는 시간이 오래 걸리지 않았다. 30여 년 동안 들어보지 못했던 소리였다. 바로 말끔하게 빨아낸 옷을 햇볕에 널어 말리기 위해 어머니가 빨랫줄을 잡아당길 때 나던 금속 도르래 소리였던 것이다. 어린 소녀였을 때 엘리는 행진하듯 늘어선 빨래집게들이 좋았다. 아무도 없을 때면 널어 놓은 옷잇에 얼굴을 파묻고 냄새를 맡기도 했다. 달콤하기도 하고 싸하기도 한 그 냄새는 황홀했다. 지금 다시 그 냄새가 풍기는 건가? 엘리는 옷잇들 사이로 아장아장 걸어다니던 자기 모습을 기억할 수 있었다. 어머니가 자기를 껴안아 하늘 위로 들어올린 후 안방 서랍에 가지런히 정돈해 넣을 또다른 빨랫감이라도 다루는 양 옆구리에 끼고 걸어갈 때 깔깔거리던 모습까지도.

* * *

「애로웨이 박사님, 애로웨이 박사님?」

기술자가 눈꺼풀을 떨면서 가는 호흡을 내뱉는 엘리를 내려다보았다. 엘리는 눈을 깜박거리고는 이어폰을 뺀 후 미안하다는 듯 미소를 지었다. 증폭된 우주의 전파 소리에 빠져 있는 엘리에게 무슨 말인가 하려면 고함을 쳐야 하는 경우가 많았다. 그럴 때 엘리는 잠깐의 대화를 위해 이어폰을 빼는 것을 몹시 싫어했고 그래서 역시 고래고래 소리를 지르며 대답하곤 했다. 따라서 문외한의 눈에는 동료들끼리 주고받는 가벼운 농담이 거대한 연구소의 정적을 배경으로 일어난 격렬한 말다툼으로 보이기 십상이었다.

「미안해요. 깜박 졸았던 모양이에요」

「드럼린 박사가 전화하셨습니다. 지금 잭의 사무실에 계시다고요. 약속을 했다고 하시던데요」

「이런, 내 정신 좀 봐!」

몇 해가 지났지만 드럼린 선생의 명석한 두뇌는 조금도 녹슬지 않았다. 다만 엘리가 대학원생으로 그 밑에 있던 때에는 볼 수 없었던 괴상한 버릇이 생겨나 있었다. 예를 들면 아무도 보지 않겠거니 싶은 때에 혹시나 바지 앞지퍼가 열리지 않았나 손으로 만져보는 점잖지 못한 습관 같은 것 말이다. 드럼린 선생은 외계인은 존재하지 않으며 혹시 존재한다 해도 너무 드물고 너무 멀리 있어 탐지가 불가능하다는 확신을 점점 굳히고 있었다. 일주일에 한 번씩 열리는 과학 세미나를 주재하기 위해 아르고스 연구소를 방문했다는 드럼린 선생에게는 분명 다른 목적이 있는 듯했다. 예상대로였다. 드럼린 선생은 안주머니에서 편지를 꺼내 엘리에게 읽어보라고 내밀었다. 국립과학재단을 수신인으로 하는 그 편지는 아르고스 연구소의 외계 생명체 탐사 프로젝트를 끝내고 좀 더 전통적인 전파천문학 연구 분야에 시설을 활용해야 한다는 내용이었다.

「하지만 선생님, 저희는 탐사를 시작한 지 겨우 4년 반밖에 안 된 걸요. 북쪽 하늘의 3분의 1도 채 관찰하지 못했어요. 이것은 최적의 대역 범위에서 소음을 최소화하며 진행하는 최초의 연구라고요. 왜 지금 중단해야 한다고 생각하시는 거죠?」

「아니, 엘리, 이건 끝이 보이지 않는 일이야. 몇십 년이 흘러도 신호는 하나도 잡을 수 없을 거라고. 그러면 자네는 다시 오스트레일리아나 아르헨티나에 수백만 달러를 들여 아르고스 연구소와 같은 설비를 갖추어 남쪽 하늘을 관찰해야 한다고 주장하겠지. 그것마저 실패하면 지구 궤도를 따라 거대한 타원형 안테나를 세워 밀리미터파(빛에 가까운 성질을 가지고 있으며, 파장이 1-10밀리미터이고 주파수가 3만-30만MHz인 전자기파——옮긴이)까지 잡아야 한다고 할 거야. 자네는 언제나 새로운 관찰 방법을 제시할 수 있어. 어째서 외계 생명체들이 우리가 살펴보지 않은 쪽으로 전파를 보내는지도 충분히 설명할 수 있을 테고 말이야」

「벌써 수백 번은 선생님하고 같은 이야기를 되풀이한 것 같아요. 생각해 보세요. 이 탐사가 실패한다 해도 우리는 지능을 가진 생명체가 이 우주에 지극히 드물다는 사실을 배울 수 있겠지요. 아니, 최소한 인류처럼 뒤쳐진 문명과 의사소통을 하고 싶어 하는 생명체가 드물다는 걸 알게 되는 거죠. 또 만일 성공한다면 그건 전우주적인 공헌이 될 거예요. 그보다 더 위대한 발견이 또 어디 있겠어요?」

「수많은 훌륭한 연구 계획들이 단지 망원경이 없어 실행되지 못하고 있어. 퀘이사의 진화, 이중 펄서, 근처 별들의 붉은 가스층 등등 연구 과제가 줄을 서 있다고. 바로 세계에서 가장 훌륭한 이 시설이 전적으로 외계 생명체 탐사에만 매달려 있기 때문이네」

「75퍼센트예요, 선생님. 나머지 25퍼센트는 일상적인 전파천문학 연구에 사용되고요」

「일상적이라는 말은 말게. 지금 우리에겐 은하들의 형성기, 아니 그 이전까지도 살펴볼 수 있는 가능성이 있어. 거대한 분자 구름의 중심이나 은하들 한가운데의 블랙홀도 관측할 수 있단 말이네. 천문학의 혁명이라 해도 과언이 아니야. 한데 자네가 그 길을 가로막고 있어」

「드럼린 선생님, 이건 제 개인의 결정이 아닙니다. 아르고스 연구소는 국가와 사회의 지원이 없었다면 세워지지 못했을 거예요. 선생님도 아시다시피 연구소를 만들자는 건 제 의견이 아니었잖아요. 제가 소장으로 발탁된 것은 마지막 안테나 40개가 세워지는 단계였다고요. 국립과학재단도 전적으로 우리를 지원하고……」

「전적으로 지원하는 건 아니네. 더욱이 내가 다른 견해를 가지고 있다면 그럴 수 없지. 이건 대중의 인기를 노리기 위한 쇼에 불과해. 정신 빠진 UFO광들에게 영합하는 거라고」

이 대목에 이르자 드럼린 선생의 말은 고함에 가까웠다. 엘리는 당장 그 입을 다물게 하고 싶은 생각이 간절했다. 천문학자라는 직업의 특성, 그리고 자신이 차지하고 있는 상대적으로 높은 지위 때문에 엘리는 늘 남자들 틈에 홍일점으로 끼이는 상황이었다. 물론 커피 심부름을 하거나 속기 일을 맡는 비서를 제외한다면 말이다. 평생 동안 노력해 왔음에도 불구하고 여전히 남자 과학자들은 자기들끼리만 이야기를 나누었고 엘리의 말을 방해하거나 무시했다. 때로는 드럼린 선생처럼 눈에 띄게 반감을 표시하는 부류도 있었다. 하지만 적어도 드럼린 선생은 엘리와 다른 남자 제자를 차별하지는 않았다. 분통을 터뜨리는 일에 있어서도 공평했다. 남녀 상대를 가리지 않고 분통을 터뜨리는 식이었으니까. 드물게 엘리와 마주 대하더라도 얼굴을 일그러뜨리지 않는 남자 동료가 있었다. 〈그런 사람과 좀더 많은 시간을 보내야겠어〉

라고 엘리는 생각했다. 〈소크 연구소〉 출신의 분자생물학자로 최근 대통령 과학자문으로 임명된 케네스 데어 헤르 같은 사람이 바로 그랬다. 물론 피터 발레리언도 그런 축에 속했다.

엘리는 아르고스 연구소 내에서조차 드럼린 선생처럼 조바심을 내는 천문학자들이 적지 않다는 것을 알고 있었다. 처음 2년이 지나갈 무렵이 되자 연구소 전체에 절망감이 퍼졌다. 회의 때나 지루하고 별 필요도 없는 당직 근무 시간에는 자연스레 격렬한 논쟁이 벌어졌다. 외계인들이 인류와 얼마나 다른 존재일지는 추측할 수조차 없었다. 심지어 워싱턴에 있는 의원들의 의중을 헤아리는 것도 이렇게 힘든데 수백 혹은 수천 광년이나 떨어진 곳에서 물리적으로 다른 세상에 살고 있는 근본적으로 다른 종류의 생명체가 어떤 생각을 할지 도대체 어떻게 안단 말인가? 일부 학자들은 그 외계의 신호란 전자파 스펙트럼이 아니라 적외선이나 가시광선, 아니면 감마선으로 올 거라고 주장했다. 혹은 수천 년이 흘러야 우리 인류가 도달하게 될 어떤 수준의 기술로 신호를 보내오고 있는지도 몰랐다.

다른 연구소의 천문학자들은 별과 은하들에 대해 수많은 발견을 해내고 있었다. 원인이 규명되지 않은 강력한 전자파 방출 원천을 발견하기도 했다. 전파천문학자들은 논문을 출간하고 국제회의에 참석하면서 놀랍게 발전하는 천문학에 기여하고 있다는 자부심과 긍지를 가졌다. 반면 아르고스 연구소 소속 천문학자들은 논문 발표율이 저조했고 이 때문에 미국 천문학회의 연례 모임이나 국제천문학협회 총회에 초대받지 못하는 경우가 많았다. 결국 이런 문제를 해결하고자 아르고스 연구소 운영진은 국립과학재단과 합의를 거쳐 관측 시간의 25퍼센트는 지적 외계 생명체 탐색과 무관한 천문학 연구를 수행하는 데 사용할 수 있도록 했다. 그 덕분에 광속보다 더 빨리 움직이는 듯한 은하 바깥의 물질에 대해, 해왕성의 위성인 트리톤의 표면 온도에 대해, 또한 별들이 보이지 않는 자리의 암흑물질에 대해 중요한 발견이 이루어졌다. 다시 연구원들의 사기가 진작되었다. 아르고스 연구소도 천문학의 경계 확대에 공헌하고 있다는 느낌을 가지게 된 것이다. 물론 하늘을 샅샅이 뒤지는 데 필요한 시간도 더 늘어나게 된 셈이었다. 하지만 연구원들은 전문가로서의 경력에 안전망을 마련하는 것도 중요했다. 외계 생명체 탐사는 결국 실패로 돌아갈지도 몰랐다. 그렇다면 자연이라는 보고에서 다른 비밀을 빼낼 기회가 있어야 했다.

지능을 가진 외계 생명체의 탐색이란 본질적으로 관찰만이 되풀이되는 판에 박힌 작업이었다. 연구소 시설은 바로 그 따분한 업무를 위해 만들어진 것이었다. 이제 전체의 4분의 1에 해당하는 시간에는 세계 최고의 전파망원경 시설을 마음 놓고 다른 연구에 사용할 수 있었다. 지겨운 업무 시간을 견뎌내면 자기 연구가 가능해진 것이다. 다른 연구소에서 온 천문학자들에게 배정되는 시간은 극히 일부에 불과했다. 이렇게 되자 사기는 높아졌지만 점차 드럼린 선생과 의견을 같이하는 사람들이 늘어났다. 천문학자들은 아르고스 연구소가 보유한 전파망원경 131개를 동경의 시선으로 바라보면서 그것을 보다 가치 있는 자기 연구에 사용할 날을 꿈꾸었다. 엘리는 드럼린 선생과 논쟁을 벌이다가 다시 화해하는 과정을 반복했다. 하지만 드럼린 선생은 이번에야말로 단호한 입장을 보이려고 작정한 듯했다.

드럼린 선생이 주재한 세미나는 한마디로 외계 생명체가 우주 어디에도 존재하지 않는다는 것을 보여주기 위한 자리였다. 그는 질문을 던졌다. 불과 몇 년 사이에 인류가 이토록 엄청난 기술 발전을 이루었다는 사실로 미루어볼 때 정말로 진보한 종의 생명체는 얼마나 엄청난 힘을 가졌을 것인가? 아마도 그들은 틀림없이 별을 움직이고 은하의 형태를 바꿀 능력까지도 보유했을 것이다. 하지만 천문학의 어떤 분야에서도 자연적인 과정으로 설명되지 않는, 따라서 지능이 높은 외계 생명체가 만든 것으로 보아야 하는 현상은 발견된 바가 없었다. 도대체 왜 아르고스 연구소는 이제껏 전파 신호를 탐지하지 못했을까? 이 넓은 우주에 단 하나의 전파 송신기만이 존재한다고 생각해야 하나? 이미 관찰을 마친 별이 수십억 개에 달한다는 사실을 과연 그들은 기억이나 하는 것인지? 이 실험은 나름의 가치를 지니고 있었지만 이제 끝내야 했다. 남은 부분은 더 이상 조사할 필요가 없었다. 해답이 나와 있었던 것이다. 저 먼 우주에도, 지구 근처에도 외계 생명체에 대한 단서는 전혀 없었다. 다시 말해 그런 것은 존재하지 않는 것이다.

질의응답 시간에 아르고스 연구소 소속 천문학자 한 사람이 〈동물원 가설〉에 관해 질문을 했다. 동물원 가설이란 외계 생명체들이 실제로 존재하기는 해도 자신을 인류에게 알리고 싶어하지 않는다는 것이었다. 그건 마치 영장류 동물의 생태를 전문적으로 연구하는 사람이 숲 속의 침팬지 무리를 그저 관찰할 뿐 간섭하지 않는 것과도 같았다. 드럼린 선생은 대답 대신 되물었다.

「아르고스 연구원들은 은하계에 백만 개도 넘는 문명이 존재한다고 생각합니다. 그러면 어떻게 그 모두가 불간섭 원칙을 지킬 수 있겠습니까? 지구 주변을 한번 쑤셔 보고 싶은 문명이 단 하나도 없다니, 어떻게 그런 일이 가능하겠습니까?」

「하지만 그건」

엘리가 끼어들었다.

「침범하는 쪽과 방어하는 쪽이 대개 비슷한 기술 수준에 있는 경우를 가정한 거죠. 어느 한쪽이 크게 앞서 있다면 문제는 달라지지 않을까요?」

아르고스 연구원 몇몇은 박수로 엘리에게 화답했다. 하지만 드럼린 선생은 〈또 그 소리군〉이라고 말할 뿐이었다.

* * *

머리를 식히고 싶을 때 엘리는 혼자서 멀리까지 차를 달리곤 했다. 엘리가 가진 유일한 사치품인 자동차는 깨끗하게 유지·관리된 1958년형 선더버드로 탈착이 가능한 지붕이 달려 있었다. 엘리는 지붕을 떼어버린 채 광활한 관목 숲의 밤을 질주했다. 검은 머리가 바람에 날려 춤을 추었다. 벌써 몇 년째 살아온 터라 퇴락한 작은 마을, 외딴 언덕과 우뚝 솟은 대지, 심지어 고속도로 순찰 경관들까지 모두 낯이 익었다. 신나게 달리고 난 뒤에는 아르고스 경비소를 지나 급변속을 하면서 북쪽으로 달려가는 것도 좋았다. 산타페 주위에 이르면 생그르 데 크리스토 산맥(미국 콜로라도 주에서 뉴멕시코에 이르는 산맥. 스페인어로 〈그리스도의 피〉라는 뜻——옮긴이) 위로 희미한 여명이 보였다. 〈도대체 왜 종교는 가장 숭배하는 대상의 심장이나 피 같은 것을 지명에 붙이는 거지? 정작 중요한 기능을 하는 두뇌 같은 단어는 절대로 쓰지 않으면서 말야?〉 엘리는 이상하다는 생각을 했다.

이번에는 남동쪽 새크라멘토 산맥을 향해 차를 몰았다. 드럼린 선생의 말이 정말 옳은 걸까? 외계 생명체 탐사나 아르고스 연구소는 어설프게 고집만 센 천문학자들의 집단적 환상이 아닐까? 메시지 같은 건 전혀 수신하지 못한 채 긴 세월이 흘러가더라도 늘 새로운 전략이 만들어져 탐사는 계속되고 그와 함께 비싼 장비들도 고안해야 할 거라는 선생의 말이 정말 사실일까? 확실히 실패라는 것을 확인할 방법은 무엇일까? 언제쯤 나는 두 손을 들고 좀더 안전한 것, 결과가 보장되는 것으로 관심을 돌릴 것인가? 일본의 노베야마 관측소는 얼마 전 고밀도 분자 구름 속에서 DNA의 구성 단위인 복합 유기 분자를 발견했다고 발표했다. 나 역시 그런 생명체 형성 분자를 찾는 일에 전념하는 편이 낫지 않을까?

높은 산 위에 다다른 엘리는 남쪽 지평선을 바라보았다. 켄타우루스자리가 보였다. 별들이 모인 저 형태를 보고 고대 그리스인들은 반은 사람이고 반은 말〔馬〕인 정체불명의 괴물을 생각해냈다. 하지만 지금 엘리는 전혀 그런 괴물을 연상할 수 없었다. 오히려 엘리의 관심을 끈 것은 그 별자리에서 가장 밝은 별인 알파성이었다. 그것은 태양에 가장 가까운 항성으로 거리는 불과 4.25광년이었다. 지구에서는 하나의 점으로 보이는 알파성이지만 실제로는 셋으로 이루어진 삼중성이었다. 두 항성이 맞물린 궤도를 돌고 좀더 떨어진 세번째가 그 주위를 도는 것이다.

별은 오늘처럼 특별히 맑은 밤에나 볼 수 있었다. 며칠 연속 모래 폭풍이 불어 공기 중에 모래가 많을 때면 엘리는 하늘을 보기 위해 일부러 높은 곳으로 차를 몰았다. 그러고는 차에서 내려 가까운 별을 찾아보았다. 행성도 있을 수는 있었지만 관찰하기가 어려웠다. 세 개의 태양을 가진 체계는 대개 어느 한 태양에 가깝게 붙은 궤도를 가지고 있었다. 좀더 재미있고 기계적으로도 아름다운 궤도는 두 개의 태양을 둘러싸고 8자 모양으로 도는 것이 아닐까. 하늘에 태양이 세 개나 떠 있는 세상에서 산다면 어떨까? 아마 뉴멕시코보다도 더 뜨거울 거야…….

* * *

편도 2차선 아스팔트 포장도로를 달리는 동안 기분 좋게 몸이 흔들렸다. 길 양편에는 토끼들이 줄지어 서 있었다. 전에도 차를 달리다가 자신도 모르게 멀리 서부 텍사스까지 가게 되었을 때 그런 광경을 본 적이 있었다. 토끼들은 네 다리로 다니다가 엘리의 전조등 불빛이 비치면 앞다리를 맥없이 치켜든 채 뒷다리로 서서 그 자리에 못 박힌 듯 멈추었다. 몇 마일 동안이나 그런 토끼들이 마치 경호원처럼 엘리를 배웅했다. 수천 개의 분홍색 코와 그보다 두 배 더 많은 빛나는 눈동자가 한밤중의 어둠을 뚫고 쏜살같이 지나가는 자동차를 향하고 있었다.

이건 일종의 종교적 경험일지도 몰라라고 엘리는 생각했다. 토끼들은 대부분 어린 새끼 같았다. 자동차 전조등은 생전 처음 보았을 것이다. 강렬한 빛 두 줄기가 시속 130킬로미터의 속도로 지나가는 것은 얼마나 놀라운 광경일까. 양 옆으로 늘어선 토끼는 수천 마리도 넘어 보였지만 이상하게도 도로 중앙으로 나오는 놈은 하나도 없었다. 당황하고 얼이 빠져 비실거리는 놈도, 차에 치어 죽은 놈도 보이지 않았다. 도대체 왜 토끼들은 도로 옆에 일렬로 서 있는 걸까? 그건 아마 아스팔트의 온도와 관련이 있는 모양이라고 엘리는 추측했다. 아니면 그저 근처 관목 숲에서 먹이를 찾다가 밝은 빛이 몰려오는 것을 보고 궁금해졌는지도 몰랐다. 하지만 단 한 마리도 길 한가운데로 깡충거리며 뛰어나오지 않는다는 것이 도대체 가능한 일일까? 놈들은 고속도로가 무엇이라고 생각할까? 한번도 본 적이 없는 생명체가 만들어 놓은, 용도를 알 수 없는 괴상한 물체? 아니, 그런 문제를 궁금해 하는 놈이 있기나 할까? 대답은 회의적이었다.

자동차 바퀴가 도로를 달리면서 내는 소리도 일종의 백색잡음이었다. 무의식중에 엘리는 그 소리에 귀를 기울이면서 일정한 유형을 잡아내려 했다. 한밤중에 들려오는 냉장고 소리, 목욕물 받는 소리, 작은 세탁실에서 빨래할 때 나는 소리, 드럼린 선생이 행글라이딩 할 때 포효하던 대양의 소리 등등 무수히 많은 백색잡음에 주의를 기울이는 것은 이제 엘리의 습관이 되다시피 했다. 그런 일상적인 백색잡음과 우주에서 들려오는 전파 중 어느 쪽이 더 뚜렷한 유형을 가지고 있는지 궁금했다.

지난해 팔월 엘리는 국제전파과학협회 회의에 참석하기 위해 뉴욕에 갔었다. 뉴욕 지하철이 위험하다는 말은 많이 들었지만 거기서 들리는 백색잡음에는 끌리지 않을 수 없었다. 지하철의 〈철커덕 철커덕〉 하는 소리가 어떤 단서가 될 수 있다는 생각이 든 엘리는 과감하게 회의 일정 일부를 포기하고 34번가에서 코니 아일랜드로, 다시 맨해튼으로, 그리고 노선을 바꾸어 멀리 퀸스까지 지하철을 타보았다. 엘리는 온통 상기되고 숨이 가쁜 상태로 회의장인 호텔로 되돌아왔다. 찌는 듯 더운 팔월의 여름날이었던 것이다. 열차가 급회전하면 차내 전등이 꺼지기 일쑤였고 그럴 때마다 규칙적인 빛의 흐름이 보이면서 마치 행성간 우주선을 타고 초거성들 사이를 지나가는 것 같은 느낌이 들었다. 열차가 직선 선로로 들어서면 다시 전등이 켜졌고 그제서야 엘리는 지하철 특유의 시큼한 냄새, 이리저리 밀쳐 대는 승객들, 소형 감시 카메라, 원색으로 표시된 노선도, 역에 진입할 때 들리는 브레이크의 고주파 비명 소리 같은 것을 인식했다.

〈정말 난 괴짜처럼 행동하는군〉 하고 엘리는 생각했다. 하지만 그때까지 늘 적극적으로 환상을 꿈꾸며 살아온 터였다. 소리에 귀를 기울이는 데는 어떤 의무감까지도 느꼈다. 〈아무 문제없어〉라고 엘리는 스스로에게 말했다. 〈그것 때문에 피해를 입는 사람은 없는걸. 아니, 그런데 신경을 쓰는 사람도 없는 것 같아.〉 어쨌든 그건 직업에 관련된 일이었다. 원한다면 소득세 납부를 미루고 그 돈으로 바다 여행을 떠날 수도 있었다. 그런 식으로 엘리는 점점 소리에 사로잡혀 갔다.

어느덧 록펠러 센터 역에 도착한 것을 알고 엘리는 정신이 번쩍 들었다. 객차에 아무렇게나 버려진 신문 뭉치를 밟으며 서둘러 내리는 순간 1면 머릿기사 제목이 눈에 들어왔다. 〈게릴라들, 라디오 방송국 점거〉 우리가 그들 편이었다면 게릴라 대신 자유의 투사라는 말을 썼겠지라고 엘리는 생각했다. 반대편이라면 그들은 테러 분자가 되었겠고. 게릴라라는 말은 정확히 입장을 정리하지 못하는 상황에서나 임시로 사용되는 표현이다. 승강장에 굴러다니는 신문에는 〈지구는 어떻게 종말을 맞을 것인가? 빌리 조 랭킨 목사의 신간 독점 출간〉이라는 문구와 함께 혈색 좋고 당당한 남자 사진이 실려 있었다. 엘리는 본 것을 빨리 잊어버리려고 애썼다. 북적거리는 인파를 헤치고 회의장으로 가면서 엘리는 새로운 전파망원경 디자인에 관한 후지타의 논문 발표 시간에 늦지 않았으면 하는 생각뿐이었다.

* * *

바퀴 소리에 겹쳐 주기적으로 들리는 쿵쿵 소리는 차가 포장도로의 땜질된 부분 위를 달리고 있음을 뜻했다. 그 도로는 오랜 세월에 걸쳐 뉴멕시코의 수많은 도로 작업반이 보수를 거듭해온 상태였다. 아르고스 연구소가 행성간 메시지를 수신하기는 하되 그 속도가 아주 느리다면 어떻게 하나? 한 시간에 하나, 아니 한 달이나 십년에 하나씩 정보가 들어오는 거라면? 메시지를 보내는 문명은 아주 오래전부터 천천히 속삭여 왔는지도 모른다. 인류가 몇 초 몇 분만 지나도 싫증을 내는 족속이라는 것을 모르면서 말이다. 외계 생명체의 수명이 수만 년이라고 가정해 보자. 그리고 아— 주— 처언— 처언— 히— 마알— 으을— 하안— 다아— 며언—, 아르고스 연구소는 결코 그들을 찾아내지 못할 것이다. 그렇게 수명이 긴 생명체가 있을 수 있을까? 이렇게 반응이 느린 생명체가 높은 지능에 이르기까지 진화할 수 있을 만큼 우주의 역사는 충분히 길었을까? 화학 결합의 와해, 열역학 제2법칙에 따른 신체의 기능 저하 등을 생각해보면 그들 역시 우리 인류와 비슷한 속도로 다음 세대를 만들어야 했으리라. 그렇다면 수명도 크게 다르지 않을 것이다. 아니 어쩌면 지구와는 비교도 할 수 없이 추운 곳, 분자 충돌조차도 극단적으로 천천히 일어나는 곳에서 살고 있는 것은 아닐까? 엘리는 낯익은 형태의 전파 송신기가 메탄 얼음 절벽 위에 놓인 모습을 상상했다. 붉은 왜성 태양이 희미한 빛을 발하고 저 아래에는 암모니아 파도가 해안으로 밀어닥

치고 있었다. 드럼린 선생의 행글라이딩 해안에 갔을 때 들었던 것과 같은 백색잡음을 내면서 말이다.

전혀 반대의 상황 또한 가능했다. 엄청나게 말이나 행동이 빠른 외계 생명체 말이다. 그런 존재라면 책 수백 페이지에 달하는 내용의 메시지를 불과 10억분의 1초 동안에 보낼 수 있으리라. 대역이 좁은 수신기를 가졌다면 좁은 범위의 주파수들만을 들을 수 있고, 그러면 오랫동안 계속되는 메시지만 받아들일 수 있다. 급격한 주파수 변조의 탐지란 불가능하다. 〈푸리에 적분 법칙〉에 따른 이 간단한 결론은 하이젠베르크의 〈불확실성 원리〉와도 관련되어 있다. 예를 들어 1킬로헤르츠의 대역을 가졌다면 천분의 1초보다 더 빠른 속도로 주파수를 변조하는 신호는 잡아낼 수 없다. 그런 경우 음은 그저 흐릿하게 되어 버린다. 대역이 1헤르츠보다 더 좁은 아르고스 연구소 수신기의 경우 1초에 1건 이하의 정보를 보내는 속도여야 탐지해 낼 수 있었다. 물론 더 느린 주파수 변조의 경우라면, 이를테면 한 시간에 하나라면 탐지는 쉬웠다. 하지만 그럴 경우 한 시간 내내 그 방향으로 망원경을 고정시키고 대단한 인내심을 발휘해야 한다는 문제가 있었다. 관찰해야 할 우주는 너무도 넓었고 탐색해야 할 별은 수천억 개가 넘었다. 이런 상황에서 단 몇 개의 별에 시간을 온통 허비할 수는 없는 노릇이었다. 살아 있는 동안 탐사를 마치려고 서두르다가, 또 10억 개나 되는 주파수로 전 우주에 귀를 기울이려고 조바심을 내다가 결국 미친 듯 빠른 속도로 지껄이는 생명체나 한없이 느린 지능체의 가능성을 아예 배제하게 되었다는 데 생각이 미치자 엘리는 당황스러웠다.

하지만 다른 한편으로 엘리는 확신이 있었다. 외계 생명체들은 우리가 어떤 변조 주파수를 수신할 수 있는지를 우리보다 더 잘 알 것이다. 행성간 통신이나 새로 발전하는 문명에 대해 이미 축적된 경험을 가지고 있을 테니 말이다. 그리하여 상대 문명이 채용할 가능성이 높은 주파수로 대화를 시도할 것이다. 백만분의 1초로 변조하는 것이나 몇 시간 길이로 변조하는 것 따위는 아무것도 아닐 테지. 인류의 기준으로 볼 때 비교도 할 수 없을 정도의 기술 수준과 에너지원을 갖추고 있을 것이 분명하니까. 우리와 의사소통할 의사만 있다면 그들 편에서 먼저 우리가 알기 쉬운 방법을 제시할 것이다. 다양한 주파수로 신호를 보내올 수도 있다. 혹은 여러 종류의 변조를 사용할지도 모른다. 진보한 문명을 지닌 그들은 우리가 얼마나 뒤쳐져 있는지 알 것이고 측은하게 여기기도 하겠지.

하지만 그렇다면 왜 우리는 아직까지 아무런 신호도 받지 못한 것일까? 드럼린 선생의 말이 정말 옳았던 걸까? 외계 문명이란 어디에도 존재하지 않는단 말인가? 수십억 개의 세계 모두가 다만 황무지일 뿐, 생명체를 품고 있지 않단 말인가? 이 외진 한구석 지구에만 지능을 가진 생명체가 살고 있는 것인가? 아무리 노력해 봐도 그것은 수긍할 수 없는 억지였다. 그것은 인간의 두려움과 자만심, 사후의 삶에 대한 증명이 불가능한 교리, 사이비 과학 등과 맥을 같이 하고 있었다. 우리 조상들을 사로잡았던 생각, 즉 〈우리〉가 우주의 중심이라는 그 지구 중심적 유아론의 현대판 논리와 다름없는 것이다. 드럼린 선생의 주장에는 절대 동의할 수 없었다.

잠깐만 기다리면 돼 하고 엘리는 생각했다. 아르고스 연구소는 아직 북쪽 하늘을 관찰하지 못했다. 앞으로 7, 8년이 지난 후까지도 아무런 신호를 잡지 못한다면 그때 가서 걱정해도 늦지는 않을 것이다. 지금은 다른 세계에서 살고 있는 생명체를 찾을 수 있는 인류 역사상 최초의 순간이다. 실패한다 해도 지구상에 살고 있는 생명체가 얼마나 귀중하고 희귀한 것인지 확인하는 의미가 있지 않은가. 그 역시 가치가 높은 연구라 할 수 있다. 더욱이 성공한다면 그건 그야말로 인류의 역사를 바꾸고 편협한 지구 중심주의를 깨버리는 어마어마한 업적이 될 것이다. 이런 엄청난 대가가 기다리고 있다면 사소한 경력상 위험 정도는 감수해야 한다고 엘리는 스스로에게 말했다. 그러고는 길옆으로 차를 빼냈다가 변속을 하며 방향을 거꾸로 돌렸다. 아르고스 연구소를 향해 되돌아오는 길에서 엘리는 또다시 도로 양 옆에 꼿꼿하게 서 있는 토끼들을 만났다. 다만 이른 새벽 노을 때문에 흰 털이 온통 분홍빛으로 물들어 있다는 점이 가는 길에 만났던 토끼들과 달랐다.

4장

소수

달에 모라비아인들이 없다고?
그렇다면 우리의 이 궁벽하고 믿음 없는
행성으로 찾아와 문명을 전파하고
기독교를 전파해 줄 선교사가 없다는 말인가?
──허먼 멜빌의 『흰 자켓』(1850)

침묵만이 위대하다.
나머지는 모두 허약한 것이다.
──앨프레드 드비니의 『늑대의 죽음』(1864)

차고 어두운 진공 상태가 뒤에 남겨져 있었다. 이제 파동은 평범한 황색 왜성을 향했고 이 어두운 체계의 세상 위로 뿌려지기 시작했다. 파동은 수소 가스로 이루어진 행성 곁에서 퍼덕거렸고 얼음 달을 파고 들어가기도 했으며, 생명의 전조가 꿈틀거리는 혹한의 세계를 감싼 유기물 구름을 깨뜨리고 지나가는가 하면 전성기에서 10억 년이나 나이를 더 먹은 행성을 지나치기도 했다. 그리고 이제 파동은 회전하면서 희고 푸른 빛깔의 따뜻한 세상에 다다랐다.

이 세상에는 생명체가 있었다. 수로 보나 종류로 보나 풍부하기 이를 데 없는 생명체들이었다. 높은 산 위 추운 곳에는 발 빠른 거미가 있었고 해저에서 분출하는 화산 구멍에는 유황을 먹고 사는 벌레가 있었다. 황산이 집중된 곳에서만 사는 생명체가 있는가 하면 황산 때문에 죽는 생명체도 있었다. 산소를 견디지 못하는 유기체가 있는 반면 산소를 들이마셔야 사는 유기체도 있었다.

약간의 지능을 보유한 특정 생명체가 최근 이 행성 전역에 퍼지기 시작했다. 그들은 해저와 저궤도 상에 전진 기지를 가지게 되었다. 그리고 자신들의 자그마한 세계를 구석구석 가득 채웠다. 밤이 낮으로 변하는 경계선이 서서히 서쪽으로 이동함에 따라 수백만의 이 생명체들은 차례로 아침 의식을 행한다. 커다란 코트를 입거나 천을 몸에 두르고 커피, 홍차, 민들레차 등을 마신 후 자전거, 자동차, 혹은 황소를 타고 나선다. 그리고 학교 숙제나 봄철의 농사, 자기들 세상의 운명 같은 것에 대해 잠시 생각한다.

전파의 첫 파동은 대기나 구름을 거쳐 대지에서 반사되고 그 일부가 우주로 나가게 된다. 아래쪽에서 지구가 회전하기 때문에 연달아 파동이 전해진다. 다른 세상의 방해를 받아 잃어버리는 에너지는 극히 일부에 불과하다. 대부분의 파동은 거침없이 앞으로 나아간다. 노란 별과 거기에 딸린 세상은 함께 칠흑 같은 어둠 속에 남겨진다.

펠트 천으로 배구공을 붙인 위에 〈약탈자〉라고 쓰인 점퍼를 입은 당직 근무자가 밤교대를 위해 통제 건물로 가고 있었다. 마침 몇몇 천문학자들이 건물에서 나와 저녁을 먹으러 식당으로 향하는 참이었다.

「자, 이제 외계인을 찾아 헤맨 지 얼마나 되었나? 아마 5년도 더 됐지?」

당직 근무자는 가벼운 농담 속에 숨은 가시를 느꼈다.

「우리 생각도 좀 해달라고」

또다른 천문학자가 말했다.

「퀘이사 밝기에 대한 연구가 진행 중이야. 아주 성공적이라고. 하지만 망원경 사용 시간을 2퍼센트밖에 배정받지 못하는 상황이 계속된다면 아마 평생 매달려도 못 끝낼 거야」

「알아, 나도 알고 있다고」

「이봐, 우리는 우주의 기원을 되돌아보게 될 거야. 그건 대단한 연구라고. 우린 최소한 확실히 존재하는 우주를 대상으로 하고 있어. 한데 자네들은 도대체 외계인이 존재하는지 아닌지도 모르지 않나」

「애로웨이 박사님께 말해 보게. 그런 의견을 들으면 기뻐하실 것 같군」

당직 근무자는 약간 빈정거리며 말했다.

그는 통제구역으로 들어섰다. 그리고 전파 탐지 과정을 보여주는 수십 개 화면을 흘깃 둘러보았다. 이제 막 헤라클레스자리 탐사를 끝냈다. 수억 광년 떨어진 은하들의 덩어리, 헤라클레스 성단 중심부까지 파고들었던 것이다. 특히 중점적으로 관찰한 곳은 별들 30만 개가 모여 있는 M-13이었다. M-13은 중력으로 서로 묶인 채 2천6백 광년 밖에서 은하계 주위를 돌았다. 연구원들은 이중성인 라스 알게티, 제타, 그리고 람다 헤라클레스를 관측했다. 어떤 별은 태양과 비슷했고 어떤 것은 달랐지만 모두들 가까이 붙어 있었다. 육안으로 볼 수 있는 대부분의 별들은 수백 광년 미만의 거리에 있다. 연구소에서는 10억 개의 주파수를 사용, 헤라클레스 성단을 수백 조각으로 나누어 세밀히 살펴보았지만 아무런 신호도 듣지 못했다. 그전 몇 년 동안에는 헤라클레스 성단 바로 서쪽의 뱀자리, 북쪽 왕관자리, 목동자리, 사냥개자리 등을 관측했다. 역시 신호는 없었다.

당직 근무자는 망원경 중 일부가 헤라클레스 성단에서 누락된 자료를 모으는 데 사용되고 있음을 알아차렸다. 나머지는 헤라클레스 동쪽의 다음 성단을 향해 초점이 맞춰져 있었다. 이번 관찰 대상은 수천 년 전 동부 지중해 연안에 살던 사람들의 눈에 현악기를 닮은 것으로 여겨져 그리스 문화의 영웅 오르페우스와 관련되었다고 믿어졌던 거문고자리였다.

별이 뜨고 지기까지 망원경의 방향을 돌려가며 추적하는 일, 전파 광자 데이터를 확보하는 일, 망원경의 상태를 확인하는 일, 인간이 쉽게 처리할 수 있도록 데이터를 정리하는 일 등은 모두 컴퓨터가 담당하고 있었다. 당직 근무자는 그저 즐거이 시간을 보낼 방법만 찾으면 되었다. 사탕을 담아놓은 병, 커피 자판기, 스탠퍼드 대학교 인공지능 연구소에서 온 고대 북유럽의 룬 문자로 씌어진 글귀 〈블랙홀은 보이지 않는다〉라는 스티커 등을 지나쳐 그는 계기판으로 다가갔다. 주섬주섬 자기 공책을 챙기면서 저녁 먹으러 갈 채비를 하고 있던 오후 당직 근무자가 반갑게 눈인사를 했다. 그날의 진척 상황은 이미 알림판에 요약 정리되어 있었고 따라서 굳이 무얼 물어볼 필요는 없었다.

「보다시피 아무 일 없었네. 49번 망원경이 약간 말썽이야. 방향 문제인 것 같아」

오후 근무자는 창문을 향해 손을 흔들었다.

「한 시간쯤 전에 퀘이사 연구팀이 다녀갔어. 좋은 결과를 얻고 있는 모양이야」

「그래, 나도 들었어. 그 사람들은 도대체 우리 연구를 이해하지 못……」

갑자기 눈앞의 계기판에서 경고등이 번쩍이기 시작하자 그는 말을 뚝 끊어버렸다. 〈강도 대 주파수〉라고 쓰인 계기판에서 날카로운 수직 쐐기선이 점차 높아지고 있었다.

「이봐, 단일파장 신호야」

〈파장 대 시간〉이라는 딱지가 붙은 다른 계기판은 일련의 파장이 왼쪽에서 오른쪽으로 이동하다가 사라지는 모습을 보여주었다.

「숫자들이군」

그가 속삭였다.
「누군가 숫자들을 보내고 있어」
「아마 공군의 간섭 전파일 거야. 공군 관제기 한 대를 보았거든. 우리를 놀려먹고 싶은 모양이지」

천문학자들을 위해 최소한의 주파수를 남겨둔다는 약속은 되어 있었다. 하지만 잡음이 없는 깨끗한 채널의 유혹을 이기지 못하는 군인들이 많았다. 세계대전이 다시 일어난다면 가장 처음으로 그 사실을 알게 되는 사람이 바로 전파천문학자일 것이다. 전파천문학자들이 늘 귀를 열어두고 있는 우주는 전투 지휘와 피해 관측용 정지궤도 위성들로 가는 명령, 멀리 떨어진 전략 지점으로 하달되는 암호화된 공격 신호 등으로 발 디딜 틈이 없었기 때문이다. 군사 교신이 전혀 없는 상황이라 해도 10억 개 주파수 중 어딘가에는 간섭 현상이 나타났다. 번개, 자동차의 점화, 방송위성 등이 모두 전파 간섭 원인이었다. 하지만 컴퓨터는 그런 간섭들의 특징을 알고 체계적으로 걸러냈다. 좀더 애매한 신호인 경우에는 컴퓨터가 보다 세심하게 분석해 저장된 데이터 목록에 맞지 않는다는 것을 확인하도록 되어 있었다. 훈련 중인 전자 첩보 비행기는 무시로 날아다녔다. 위장된 레이더 안테나를 허리 위에 얹고 가는 경우도 있었다. 그런 경우 아르고스 연구소에는 갑자기 틀림없는 지능체의 신호가 수신되는 것이다. 물론 이 역시 지능체임에는 분명했지만 지능의 수준은 형편없었고 더구나 외계라는 기준에 맞지 않았다. 몇 달 전에도 최고 수준의 전자 첩보 장치를 갖춘 F29기 한 대가 8만 피트 상공을 날아가는 바람에 131개 망원경 전부가 경보를 울렸던 적이 있었다. 천문학자들의 비군사적인 눈으로 보았을 때 그 전파 신호는 외계 문명으로부터 온 첫번째 메시지라고 충분히 오해할 만큼 복잡했다. 하지만 서쪽 끝의 전파망원경이 동쪽 끝의 전파망원경보다 1분 먼저 신호를 받았다는 사실을 발견한 후에는 그것이 머나먼 우주의 다른 문명에서 온 것이 아니라 지구를 둘러싼 얇은 대기층을 뚫고 날아가는 물체에서 왔음이 분명해졌다.

* * *

엘리의 오른손 손가락 다섯 개는 책상 아래쪽에 놓인 기구의 구멍들 속에 하나씩 들어가 있었다. 그 기구를 발명한 덕분에 일주일이면 30분이라는 시간이 절약되었다. 하지만 그 30분 동안 뾰족히 할 일이 있는 것도 아니었다.

「난 랴보로프 부인에게 그 이야기를 다 했단다. 옆 침대에 있는 부인이야. 거기 있던 워디머 부인이 그만 돌아갔거든. 자식 자랑할 생각은 없지만 그래도 네가 하는 일은 아주 중요하다고 여겨지는구나」

「고마워요, 엄마」

엘리는 대답하면서 기구 속에서 매니큐어가 칠해지고 있는 손톱을 확인했다. 1분쯤 더 있어야겠는걸. 아니면 1분 30초쯤이나.

「네가 학교 다닐 때 일이 생각났지 뭐냐. 기억 나니? 비가 억수같이 쏟아지던 날 네가 학교에 가기 싫다고 했지. 그러면서 아파서 쉬었다는 결석사유서를 써달라고 했단다. 난 안 된다고 했어. 그리고〈세상에서 가장 중요한 것은 공부란다. 예뻐지고 싶다고 해서 더 예뻐질 수는 없는 법이지만 공부는 네 노력에 달려 있거든. 어서 학교에 가라. 안 그러면 오늘 학교에서 배우게 될 것을 영원히 모른 채 지내게 될 거야〉라고 말했지. 내 말이 맞니?」

「네, 엄마」

「아니, 내가 그때 그런 말을 했던 것이 맞느냐는 말이다」

「맞아요. 저도 기억하고 있는 걸요」

손톱 네 개는 완벽하게 되었다. 하지만 엄지손톱이 문제였다.

「말을 마치고 난 네 장화하고 비옷을 꺼냈지. 그 노란색 비옷 말이다. 네가 그걸 입고 있으면 정말 병아리처럼 귀여웠어. 그리고 널 학교에 데려다주었지. 그날이 바로 네가 수학 시간에 궁금증을 해결하지 못하고 울음을 터뜨린 날이었어. 넌 분을 참지 못하고 대학 도서관을 찾아가 그 문제에 관한 한 선생님보다 더 많은 것을 알게 될 때까지 책을 읽어댔단다. 수학 선생님은 그때 정말 놀랐다고 나중에 말했어」

「선생님이 엄마한테 그런 말을 했다고요? 전 전혀 몰랐군요. 언제 그런 얘기를 나누셨나요?」

「학부모 간담회에서였단다. 〈댁의 따님, 대단하더군요〉라고 말했지. 정확하지는 않아도 하여간 그 비슷한 말이었어. 〈따님이 저한테 화가 아주 많이 났지요. 결국 그 문제의 전문가가 되어버리고 말더군요〉라고도 했지. 널 보고 〈전문가〉라는 말을 썼단 말이다. 그 얘기는 왜 전에 했지」

엘리는 회전의자를 비스듬하게 기울인 채 책상 서랍 위쪽에 두 발을 얹어놓고 있었다. 몸의 균형을 잡아주는 것은 오로지 매니큐어 기구 속에 든 손가락들뿐이었다. 갑자기 경보음이 울렸다. 엘리는 튕기듯 몸을 곧추세웠다.

「엄마, 가봐야겠어요」

「전에도 확실히 이 얘기를 한 것 같아. 넌 내 말을 제대로 듣는 때가 없으니까. 수학 선생님은 좋은 분이었어. 다만 네가 선생님의 좋은 면을 보지 못했을 뿐이란다」
「엄마, 정말로 이제 가야 해요. 무언가 잡혔어요!」
「잡히다니?」
「왜 엄마도 아시잖아요. 신호 말이에요. 전에 말씀드린 적이 있다니까요」
「우린 늘 이렇구나. 딸이나 엄마나 서로 상대방이 자기 이야기를 귀담아듣지 않는다고 생각하고 있어」
「그럼 안녕히 계세요, 엄마」
전화 통화 내내 외로움이 깊이 배어나는 어머니의 목소리는 어서 전화를 끊고 도망가고 싶다는 생각을 하게 만들었다. 엘리는 그런 자신이 미웠다.

* * *

허겁지겁 엘리는 통제구역으로 들어서 계기판에 다가갔다.
「안녕들 하세요? 데이터를 좀 봅시다. 으흠, 진폭 범위는 어떤 가요? 간섭 위치는? 자, 그럼 이제 그쪽에 가까운 별이 혹시 있나 봅시다. 아! 직녀성이군요. 아주 가까운 별인데요」
말을 하면서도 엘리의 손가락은 바쁘게 자판 위를 움직였다.
「음, 겨우 26광년 떨어져 있군요. 이미 관찰을 했었지만 신통한 결과가 없었지요. 아레시보에서 근무할 때 개인적으로도 관측한 적이 있고요. 절대강도가 얼마죠? 이런, 수백 잰스키 jansky나 되는군요. 이건 FM 라디오로도 잡을 수 있는 수준이잖아요.
정리해 봅시다. 직녀성에서 아주 가까운 하늘에서 신호가 오고 있군요. 주파수는 9.2기가헤르츠, 대역 너비는 몇백 헤르츠 정도. 선편광이고 서로 다른 두 진폭 안에서 움직이는 파동들을 보내오고 있어요」

엘리가 입력하는 명령에 따라 화면에는 이제 모든 전파망원경 상황이 나타났다.

「116개 망원경이 수신하고 있군요. 망원경 이상 작동은 아닌 것으로 보입니다. 그러면, 이제 시간에 따른 움직임을 살펴볼까요? 별들과 함께 움직이고 있나요, 아니면 전자 첩보 인공위성이나 비행기일 가능성이 있나요?」

「별의 운행과 동일하다는 점은 분명합니다, 애로웨이 박사님」

「그렇군요. 지구 위에서 오는 신호는 아니군요. 또 몰니야 궤도를 도는 인공위성도 아닌 것 같고. 물론 이건 확인해 봐야겠지만. 북미 대공 방위사령부와 연락해서 인공위성일 가능성이 있는지 의견을 들어봐 줘요. 인공위성이 아니라면 두 가지 가능성이 남는군요. 짓궂은 장난, 혹은 마침내 날아온 외계의 메시지. 수동 장치를 좀 가동해 봅시다. 전파망원경 몇 개를 골라 신호의 세기가 충분히 큰지 확인해 주세요. 우리를 놀려먹기 위한 장난인지도 모르니까」

어느새 수많은 천문학자와 기술자들이 주위에 몰려서 있었다. 경보음을 듣고 달려온 것이다. 그들의 얼굴에는 옅은 미소가 떠올라 있었다. 아직 이것이 외계에서 온 신호라고 생각하는 사람은 하나도 없었다. 하지만 그럼에도 불구하고 판에 박힌 듯 지루한 일상에 활기를 불어넣어 주는 사건임에는 틀림없었던 것이다. 약간의 기대감 또한 반가운 것이었다.

「외계 지능체 외에 다른 설명이 있다면 말씀들 해보시지요」

연구원들을 바라보며 엘리가 말했다.
「직녀성일 리는 없는데요, 애로웨이 박사님. 그건 겨우 수억 년에 불과한 체계가 아닙니까. 행성들이 아직도 형성되는 중인걸요. 지능을 가진 생명체가 발전될 시간이 없었다고요. 그 뒤쪽의 별, 아니면 다른 은하에서 온 걸 겁니다」
「하지만 그렇다면 송신력이 어마어마하게 커야 해요」
퀘이사 연구팀 중 한 사람이 반론을 제기했다.
「당장 신호의 움직임에 대한 정밀 조사에 들어가야 합니다. 그럼 직녀성에서 온 것인지 아닌지 알 수 있죠」
「정밀 조사에 대해서는 동감이에요」
엘리가 말했다.
「하지만 다른 가능성도 있어요. 직녀성에서 태어난 생명체가 아닐지도 모르잖아요. 그저 직녀성을 방문 중이라면 어떨까요?」
「별로 설득력이 없어요. 직녀성은 파편들로 이루어져 있거든요. 생성에 실패한, 혹은 아직도 생성 초기 단계인 항성계죠. 거길 방문해 머무르다가는 우주선이 산산조각 나버릴걸요」
「그렇다면 이제 막 거기 다다랐을 수도 있죠. 아니면 파편 조각들을 증발시켜 버리는 기술을 가지고 있던가. 충돌 위험이 있는 파편을 피하는 능력을 갖추었는지도 몰라요. 혹은 극궤도를 돌면서 충돌 가능성을 최소화하는 수도 있죠. 가능성은 엄청나게 많아요. 물론 그쪽 말대로 정밀 조사를 해서 직녀성이 정말로 신호의 원천인지 알아내는 것이 중요합니다. 추측이 아닌 발견이 필요하니까요. 자, 움직임을 정밀 조사하는 데 시간이 많이 걸릴까요? 참, 그쪽은 이미 근무 시간이 끝났잖아요. 어서 집에 전화해서 좀 늦을 거라고 말해 두는 편이 좋겠는데요」

막 수화기를 내려놓은 당직 근무자가 희미한 미소를 지었다.
「북미 대공 방위사령부의 브레인트리 대령과 통화를 했습니다. 천지신명께 맹세코 이런 신호를 더군다나 9기가헤르츠로 보낼 만한 것은 전혀 없다는군요. 하긴 매번 전화할 때마다 그런 말을 하기는 하지만. 어쨌든 직녀성의 그 지점에서는 인공위성이 하나도 탐지되지 않고 있답니다」

「비밀 위성은 어때요?」

레이더에 잘 잡히지 않는 비밀 위성들이 적지 않았다. 그런 위성은 아무도 모르게 지구 궤도를 돌다가 군사 위성들이 고장나거나 문제가 생길 경우 즉각 투입되어 전투 상황을 추적하는 데, 혹은 핵전쟁시 통신 역할을 담당하는 데 사용될 것이었다. 이따금 그런 비밀 위성이 천문학 탐지 시스템에 잡히는 일도 있었다. 그러면 모든 국가가 그건 자기 위성이 아니라며 한사코 부인했고 그러면 드디어 외계 비행 물체가 나타났다는 소문이 일곤 했다. 새 천년이 다가오면서 UFO 신봉자는 다시금 늘어나고 있었다.

「이제 간섭측정계가 몰니야형(形) 궤도를 제외시켰습니다, 애로웨이 박사님」

「좋아요. 그럼 이제 이 움직이는 파동을 자세히 살펴보도록 합시다. 누구 이걸 2진법으로 가정하고 10진법으로 전환시켜본 사람 있나요? 어떤 순서죠? 음, 그냥 암산으로 해봅시다. 59······ 61······ 71······ 이건 모두 소수(素數)가 아닙니까?」

통제실 안에 흥분이 감돌았다. 엘리의 얼굴에도 잠시 긴장감이 스쳐지나갔다. 하지만 곧 침착한 표정이 되돌아왔다. 쉽게 들떠 버려 비과학적인 추측에 휩싸이지 않으려는 노력의 일환이었다.

「그럼, 이제 정리를 해볼까요? 간단하게 하겠습니다. 혹시라도 빠뜨린 점이 있다면 보충해 주세요. 극단적으로 강하면서도 단일 파동이 아닌 신호를 수신했습니다. 이 신호의 대역 바깥에는 잡음뿐이에요. 신호는 마치 전파망원경에서 나오는 것처럼 선형으로 편광되어 있죠. 주파수는 은하계의 전파 잡음을 이겨내는 최소치인 9기가헤르츠 가량이지요. 아주 먼 거리에 있는 사람이 수신을 기대할 때 선택할 만하죠. 확인했듯이 신호는 별 운행에 따라 움직이고 있습니다. 북미 대공 방위사령부에서는 그 위치에 부합되는 인공위성이 전혀 없다고 말하고 있어요. 또 간섭측정계 역시 지구 궤도상의 무언가에서 신호가 들려오는 것이 아니라고 알려주는군요.

 이제 막 수동 장치 확인이 끝났습니다. 누군가 장난을 치고 있는 것 같진 않아요. 지금 가능성이 있는 지역에는 직녀성이 들어 있어요. A-0 주계열의 왜성이지요. 그건 태양과 똑같지는 않지만 겨우 26광년 떨어져 있고 전형적인 파편 고리를 가졌어요. 알려진 바가 없긴 해도 직녀성 주변에 행성들이 있을 가능성은 충분해요. 이제 우리는 그 움직임에 대한 정밀 조사를 통해 신호의 원천이 직녀성 뒤쪽에 있는지를 확인합시다. 그 결과는 우리 힘으로만 한다면 몇 주, 간섭측정계 데이터를 활용한다면 몇 시간 안에 얻을 수 있겠죠.

 마지막으로 신호는 소수들, 즉 1과 자신 외에는 어떤 수로도 나누어지지 않는 수들의 나열로 보입니다. 자연적인 천체물리학 현상에서 이런 식의 소수들이 나타날 리는 없어요. 따라서 물론, 신중을 기해야 하겠지만 여러 정황으로 미루어볼 때, 전 이것을 진짜 신호로 간주해도 좋다고 말하고 싶어요.

 하지만 이것이 직녀성 주변의 어떤 행성에서 진화한 친구들이 보낸 메시지라고 생각하는 데는 문제가 있어요. 그렇다면 엄청나게 빠른 속도로 진화를 했어야 하거든요. 그 별의 나이는 기껏해야 4억 년에 불과해요. 도저히 문명이 생겨날 수 있는 곳이 아니지요. 따라서 그 별의 정확한 움직임에 대한 조사가 매우 중요합니다. 누군가의 장난일 가능성도 확실해질 때까지는 계속 조사해야지요」

「한마디 하고 싶은데요」

퀘이사 연구팀원 한 사람이 입을 열었다. 그는 해가 져버린 서쪽 지평선에 생겨난 분홍빛 노을을 턱으로 가리켜 보였다.

「직녀성은 앞으로 두 시간만 있으면 져버릴 겁니다. 하지만 호주 쪽에서는 벌써 떠 있겠지요. 시드니 천문대에 연락해서 동시 관측을 부탁하는 것이 어떨까요?」

「좋은 생각이군요. 거긴 이제 겨우 한낮일 테니까요. 또 데이터를 공유할 수 있다면 정확한 움직임을 조사하는 데 도움을 받을 수 있을 거고요. 그 요약문을 좀 인쇄해 주시겠어요? 제 사무실에서 팩스로 보내도록 하지요」

엘리는 침착한 태도로 몰려선 사람들을 헤치고 사무실로 돌아왔다. 그러고는 등 뒤에서 조용히 문을 닫았다.

「굉장한걸!」

엘리는 혼자 속삭였다.

* * *

「이안 브로데릭 씨 좀 부탁합니다.…… 저는 아르고스 연구소의 엘리 애로웨이 소장입니다. 아주 급한 일입니다.…… 고맙습니다, 기다리겠습니다.…… 여보세요? 이안인가요? 신호가 하나 잡혔어요. 아직은 뭐라고 확실히 말할 수는 없어요. 좀 확인해 주실 수 있나요? 9기가헤르츠 정도고 대역은 수백 헤르츠예요. 지금 그 수치들을 전송하는 중이에요.…… 안테나가 충분히 9기가헤르츠를 수신할 수 있는 상태라고요? 잘됐군요.…… 맞아요, 직녀성이 한가운데 보일 거예요. 수신된 파동은 소수들로 보여요.…… 좋아요. 끊지 않고 기다리도록 하죠」

　엘리는 다시 한번 전세계에 흩어진 천문학자들 간의 협력이 얼마나 뒤쳐진 수준인지 절감했다. 컴퓨터 데이터 공유 시스템조차 온라인으로 연결되지 않은 상태였던 것이다.

「들어봐요, 이안. 망원경 회전을 끝내면 시간에 따른 진폭 유형을 좀 살펴봐 주시겠어요? 낮은 진폭 파동을 〈점〉이라고 하고 높은 진폭 파동을 〈선〉이라고 부릅시다. 그러면…… 맞아요. 그게 바로 지난 30분 동안 본 유형이에요.…… 그럴지도 모르지요. 어쨌든 지난 5년 동안 본 것 중에서 가장 가능성이 높아요. 그래요.…… 1974년경에 〈빅 버드〉 인공위성 사건으로 소련 학자들이 얼마나 망신을 당했는지는 저도 잘 기억하고 있다고요. 그건 미국이 크루즈 미사일 발사 지침을 마련하기 위해 소련의 고도를 측정했던 거였죠.…… 맞아요. 지형 지도를 만들기 위해서였어요. 소련에서는 모든 방향 안테나로 그것을 수신했고 도대체 어느곳에서 신호가 오는지 알 수 없었어요. 그저 매일 똑같은 시간에 똑같은 일련의 파동이 수신된다는 것뿐이었지요. 그래서 당연히 그들은 신호가 외계에서 오는 거라고 생각했던 거예요.…… 아니오, 이미 인공위성일 가능성은 확인했어요.

이안, 그쪽 하늘에 직녀성이 떠 있을 동안 계속해서 좀 추적을 해줄 수 있을까요? 다른 천문대에도 연락해서 그 별이 다시 우리한테 나타날 때까지 같은 위도상에서 관측이 계속되도록 해볼 생각이에요.…… 네, 하지만 중국과 직통 전화가 가능할지 모르겠어요. 국제천문학협회에 전보를 쳐볼까 해요.…… 물론 전 잘 지내고 있어요. 그럼 부탁드리겠어요, 이안」

엘리는 통제실(이 통제실이란 명칭은 우스갯거리가 되기도 했다. 왜냐하면 실제로 통제를 담당하는 것은 다른 방에 있는 컴퓨터들이었기 때문이다) 문 쪽으로 가다가 발걸음을 멈추었다. 열띤 목소리로 의견을 교환하고 화면에 나타난 데이터들을 뚫어질 듯 바라보며 신호의 정체에 대해 가벼운 농담을 해대는 과학자들에게 고맙다는 인사를 전해야 했던 것이다. 〈잘생기거나 멋진 사람들은 분명 아니야.〉 엘리는 생각했다. 하지만 어딘가 매력적인 구석이 있었다. 그들은 자신의 일, 특히 무언가 발견하는 작업에서 탁월한 능력을 발휘했고 완전히 몰두해 있었다. 엘리가 다가가자 그들은 일제히 입을 다물고 흥분한 듯한 시선을 던졌다. 숫자들은 이제 자동적으로 2진수에서 10진수로 변환되는 중이었다. 881, 883, 887, 907…… 여전히 모두 소수(素數)였다.

「세계 지도를 좀 가져다주세요. 그리고 케임브리지 대학교의 마크 아우어르바흐에게도 전화를 걸어주시고요. 아마 지금 집에 있을 거예요. 여기 이 내용을 전세계의 모든 대형 전파관측소에 국제천문학협회 전신으로 보내달라고 전해주면 돼요. 그리고 베이징 관측소 번호가 어떻게 되는지도 물어보고요. 그런 다음 대통령 과학자문을 좀 연결해 주겠어요?」

「국립과학재단에는 연락을 안 하십니까?」

「아우어르바흐와 먼저 통화하고요」

엘리는 마음속으로 기쁨의 환호성을 질렀다.

* * *

자전거, 소형 트럭, 순회 우편배달원, 전화 등의 수단을 통해 다음과 같은 간단한 내용이 전세계 천문학 센터로 전달되었다. 중국, 인도, 소련, 네덜란드 등 몇몇 주요 전파관측소에서는 전신으로 이 내용을 받아보았다.

아르고스 연구소가 탐사 도중 경도 18도 34분 위도 38도 41분에서 이례적인 불연속 전파 원천을 발견함. 주파수 9.24176684기가헤르츠, 대역 약 430헤르츠임. 약 174잰스키와 179잰스키의 이중 진폭. 일련의 소수를 암호화한 것으로 보임. 동일 위도상 공동 수신이 요구됨. 공동 탐사에 관한 문의는 수신인 부담 전화를 이용하기 바람.

미국 뉴멕시코 소코로
아르고스 연구소 소장
엘리 애로웨이

5장
알고리듬 해독

오, 밝은 천사여, 어서 다시 말을 하오……
──윌리엄 셰익스피어의 『로미오와 줄리엣』

방문객을 위한 숙소는 온통 만원이었다. 모두들 외계 생명체 탐사 분야에서 내로라하는 전문가들이었다. 정부 대표단이 워싱턴에서 도착했을 때는 연구소 내 숙박이 도저히 불가능했고 어쩔 수 없이 소코로의 모텔에 들어야 했다. 유일한 예외는 대통령 과학자문인 케네스 데어 헤르였다. 그는 엘리 애로웨이의 급한 전화를 받고 바로 다음날 도착했다. 국립과학재단, 국립항공우주관리국, 국방성, 대통령 과학자문위원회, 국가안전보장회의, 국가안보국에서 파견된 관리들이 다음 며칠 동안 몰려들었다. 정확한 소속이 어딘지 알 수 없는 공무원들도 몇몇 있었다.

전날 저녁 방문객 중 일부가 101호 망원경 아래 모여 최초로 직녀성을 관찰했다. 청백색 별은 부드럽게 깜박였다.

「그러니까, 제 말은 전에 본 적은 있어도 이름이 뭔지는 전혀 모르고 있었다는 겁니다」

그중 한 사람이 말했다. 직녀성은 다른 별들보다 더 밝긴 했지만 주목을 끄는 별은 아니었다. 그건 육안으로 볼 수 있는 수천 개 별들 중 하나일 뿐이었다.
 과학자들은 문제가 된 파동의 원천, 특성, 가능한 해석 등에 대해 연구를 계속했다. 전세계의 관심이 외계 생명체에 집중되면서 다른 어떤 관측소에 비교하더라도 규모가 월등히 커진 연구소 공보실은 하급 관리들을 상대로 한 보고를 담당했다. 고위 관료들을 상대하는 것은 엘리의 몫이었다. 뿐만 아니라 엘리는 조사단이 도착할 때마다 브리핑을 했고 전체적인 연구 진척 상황을 감독했으며 회의적인 시각에서 계속 제기되는 사항에 대해서도 응답해야 했다. 하룻밤 푹 잠잘 수 있는 사치란 기대할 수도 없었다.
 연구소 측은 처음부터 그 발견을 떠들썩하게 선전하고 싶지 않았다. 아직은 외계에서 온 메시지라는 확신도 할 수 없는 상황이었다. 섣불리 잘못된 발표를 할 경우 대중적인 신뢰도가 형편없이 추락할 것이었다. 더욱 큰 문제는 그런 상황이 빚어지면 데이터 분석이 방해를 받게 된다는 데 있었다. 언론이 달려들면 과학은 고통받기 마련이었다. 따라서 워싱턴과 아르고스 연구소는 모두 당분간 조용한 상황을 유지하려 했다. 하지만 과학자들이 가족에게 신호 이야기를 털어놓았고 국제천문학협회의 전신이 전세계에 날아갔으며 유럽, 북미, 그리고 일본의 천문대에서도 정보를 흘린 뒤였다.
 중요한 발견이 이루어질 경우 어떤 식으로 일반에 공개할 것인지에 대한 업무 처리 단계가 정해져 있기는 했지만 상황은 미처 손쓸 사이도 없이 돌아갔다. 결국 연구소는 최대한 침착한 어조의 발표문을 준비해 어쩔 수 없는 처지에 이르렀을 때 공개하는 길을 택했다. 물론 그건 엄청난 뉴스거리로 부상했다.
 언론에 자제를 부탁하기는 했지만 기자들이 몰려들기까지 실제로 남은 시간이 얼마 없다는 점은 분명했다. 연구소 측은 아직은 수신되고 있는 것이 제대로 된 메시지가 아니고 그저 소수들만이 지루하게 반복되고 있다는 점을 애써 설명하면서 기자들의 연구소 출입을 막아보고자 했다. 언론은 대단한 뉴스거리가 없다는 말을 받아들이지 못했다.

텔레비전 카메라 기자들은 전세 비행기나 헬리콥터를 타고 연구소 위를 저공 비행하기 시작했다. 망원경이 쉽게 잡아낼 만한 강한 방해 전파를 만들면서 말이다. 어떤 기자들은 밤에 모텔로 되돌아가는 워싱턴 파견 관리들에게 접근해 정보를 알아내려고 했다. 또 해안선을 따라 자동차나 오토바이, 또는 말을 탄 채 몰래 연구소에 숨어들 기회를 노리는 대담한 축도 있었다. 엘리는 경비 상황을 재점검하지 않을 수 없었다.

데어 헤르는 도착하자마자 어디서 어떤 신호가 어떠한 특성을 보이며 수신되고 있는지에 대한 기본적인 설명을 들었다. 이후 엘리가 수없이 되풀이해야 할 설명이었다.

「전 대통령 과학자문이긴 해도」

그가 말했다.

「전공은 생물학이오. 그러니 좀더 천천히 설명을 해보시오. 전파의 원천이 26광년 떨어져 있다면 그 메시지가 26년 전에 보내진 것이라는 점은 이해할 수 있어요. 그러니까 60년대에 귀가 뾰족하고 우스꽝스럽게 생긴 어떤 생명체가 자기들이 소수를 좋아하는지 어떤지를 우리가 궁금해 할 것으로 생각했단 말 아니오? 하지만 소수는 그렇게 어려운 개념이 아니지 않소? 그 정도로 자랑을 하려 든다면 우리를 모욕하는 셈이지」

「아니, 그런 식으로 봐서는 안 되죠」

엘리가 미소를 지으며 대답했다.
「이건 표지판과 같은 거예요. 신호의 시작이라고요. 이런 식으로 우리 주의를 끌려고 하는 거죠. 우리는 퀘이사나 펄서, 전파 은하 등등 수많은 곳에서 낯선 유형의 파동을 받아요. 하지만 소수의 연속이란 아주 특별하고 수학적인 거예요. 예를 들어 짝수는 소수가 될 수 없어요. 방사 플라스마나 폭발하는 은하가 이처럼 규칙적인 수학 신호를 보낸다고 보기는 어려워요. 결국 소수는 주의를 집중하라는 표시예요」
「하지만 도대체 왜?」
데어 헤르가 의아하다는 표정으로 물었다.
「저도 아직은 몰라요. 본래 이 분야는 굉장한 인내심을 요구하지요. 얼마 후면 소수가 사라지고 대신 다른 것, 풍부한 내용을 담고 있는 진짜 메시지가 들어올지도 모르죠. 우린 그저 귀를 기울이고 있으면 돼요」
아무 특별한 내용도 의미도 없이 그저 2진법으로 표현된 수백 개의 소수들이 질서 있게 나열되다가 다시 처음으로 되돌아간다는 것, 이 점을 언론에 납득시키기가 가장 힘들었다. 1, 2, 3, 5, 7, 11, 13, 17, 19, 23, 29, 31······ 이런 식으로 말이다. 9는 3으로 또 9와 1로 나누어질 수 있으므로 소수가 아니다. 10 역시 5와 2, 10과 1로 나누어지기 때문에 소수가 될 수 없다. 하지만 11은 1과 그 자신으로만 나누어지는 소수이다. 도대체 왜 소수들을 송신하고 있는 것일까? 그건 엘리에게 다른 사회적 혹은 언어적 능력이 결핍되어 있으면서도 수 암산에는 경탄할 만한 재주를 보이는 백치 학자를 연상시켰다. 다른 것은 다 몰라도 11997년 6월의 첫날이 무슨 요일인지를 금방 계산해 내는 그런 사람 말이다. 물론 그들이 그런 능력을 발휘하는 것은 무슨 목적이 있어서가 아니라 그저 그렇게 하고 싶어서였다.

메시지를 수신하기 시작한 지 고작 며칠이 지났을 뿐이었다. 하지만 엘리는 흥분이 가라앉으면서 크게 실망하기 시작했다. 몇 년 동안의 기다림 끝에 마침내 신호를 받게 되었지만 그 신호의 내용이 너무도 빈약했던 것이다. 최소한 〈은하 대백과사전〉 정도는 기대하고 있었는데 말이다.

〈은하계에 속한 별들이 수십억 년씩 나이를 먹은 반면 인류가 전파천문학의 역량을 키우기 시작한 지는 고작 수십 년에 불과하지 않은가.〉 엘리는 자위했다. 우리와 비슷한 수준으로 발달한 문명으로부터 신호를 받을 가능성은 극히 적다. 더군다나 우리보다 약간이라도 뒤처진 생명체라면 우리와 의사소통할 수 있는 기술적인 능력을 가지고 있지 못할 것이다. 결국 가장 개연성이 큰 것은 우리보다 훨씬 더 진보한 문명으로부터 오는 신호였다. 그 외계인들은 완전한 거울상 대위법 구조의 푸가를 만들어낼 능력을 가졌는지도 모른다. 〈아냐.〉 엘리는 고개를 저었다. 인간이, 그리고 자신이 보기에는 대단한 것일지 몰라도 그 정도 푸가 작곡쯤이야 바흐나 모차르트도 어느 정도 수준에 도달하지 않았는가. 이건 지나치게 인간을 기준으로 외계인의 능력을 유추하는 것이다.

엘리는 좀더 상상의 나래를 펴보고자 했다. 드럼린 선생과도, 아니면 노벨상을 수상한 에다라는 젊은 나이지리아 물리학자와도 비교할 수 없을 정도로 똑똑한 존재의 마음속으로 들어가보는 것이다. 하지만 그건 불가능했다. 물론 페르마의 마지막 정리, 골드바흐의 추측 정리 등 인류가 해결하지 못한 문제를 등식 몇 개로 설명하는 광경은 상상할 수 있었다. 그런 문제들은 그들에게 이미 고리타분하겠지. 하지만 그런 존재의 마음속으로 들어갈 수는 없었다. 그건 당연한 일일지도 몰랐다. 인간보다 월등히 뛰어난 존재는 대체 어떤 생각을 할까? 이건 마치 전혀 본 적 없는 색깔을 보려고 한다거나 냄새로 수백 명의 친척들을 구분해 내는 세상에 들어가보는 것과 같았다.…… 이런 경험은 말로 설명할 수는 있을지 몰라도 직접 느껴보기란 절대 불가능했다. 인류보다 훨씬 우월한 존재의 행동을 이해한다는 것이 얼마나 어려울지는 극명했다. 하지만 그렇다 하더라도 역시 이상했다. 왜 소수만 송신하고 있는 걸까?

* * *

아르고스 연구소의 전파천문학자들은 최근 며칠 동안 나름대로 성과를 올리고 있었다. 직녀성의 움직임은 이미 알려져 있었다. 어떤 속도로 지구와 근접했다가 멀어지는지, 더 먼 뒤쪽 별들과는 어떤 식으로 배열되어 있는지 등등. 버지니아 서부 전파관측소와의 공동 작업 끝에 아르고스 망원경들은 전파 원천이 직녀성과 함께 움직이는 것이 틀림없다는 결론을 내렸다. 가장 세밀한 관측의 결과, 신호가 하늘에 뜬 직녀성 근처에서 올 뿐 아니라 직녀성의 특징적인 움직임과 연관이 있음이 밝혀진 것이다. 영웅 심리에 들뜬 사람의 장난이 아닌 한, 이 소수 파동은 직녀성 체계에서 오는 것이 분명했다. 어디엔가 고정되어 있을 송신기의 움직임에 따른 도플러 효과 역시 직녀성 주변에는 없었다. 외계 생명체는 궤도 운동에 맞추어 이미 보정 조치를 해놓았던 것이다. 이건 행성간 교류에 있어 예의범절의 문제인지도 몰랐다.

「그건 정말 신기한 일이군요. 하지만 저희 입장에서 특별히 관심을 가질 만한 문제는 아니죠」

워싱턴으로 돌아갈 채비를 하던 국방개발연구소 소속 관리가 말했다.

이 새로운 사실을 발견한 엘리는 몇 개의 망원경을 동원하여 다른 주파수 영역에서 직녀성을 관찰해 보았다. 그러자 1420메가헤르츠 수소선과 1667메가헤르츠 수산기선을 비롯한 여러 주파수대에서 똑같이 단조로운 신호음이 들려오고 있음을 확인할 수 있었다. 전파 스펙트럼 전체에 걸쳐 마치 전자적 교향악이라도 연주하듯이 직녀성은 소수들을 내보내고 있었다.

「도대체 이해할 수가 없어」

드럼린 선생은 혁대 버클을 만지작거렸다.

「전에도 이런 신호가 있었다면 놓쳤을 리가 없다고. 모두 몇 년 동안이나 직녀성을 관측하지 않았나. 엘리는 10년 전 아레시보에서도 직녀성을 살펴보았지. 그럼 지난 화요일부터 갑자기 직녀성이 송신하기 시작했다는 얘긴가? 왜 하필 지금 그렇게 할 생각이 났을까? 아르고스 연구소가 가동된 지도 벌써 몇 년인데 이제야 신호를 보내온다는 말인가?」

「어쩌면 송신기가 고장 나서 몇 세기 동안 수리하고 있었는지도 모르죠」

발레리언이 말했다.

「어쩌면 지구 쪽으로 신호를 보내는 주기가 백만 년에 한 번인지도 모르고요. 아시다시피 생명체가 살고 있을 가능성이 있는 행성이 얼마나 많습니까? 우리만이 유일한 생명체가 아닐 수 있으니까요」

하지만 드럼린 선생은 여전히 의아스러운 표정으로 고개를 저었다.

〈드럼린 선생은 음모 같은 것과는 거리가 먼 성격이지만 그래도 저 말에 숨은 의미는 뭘까?〉 발레리언은 생각했다. 〈혹시라도 이번 발견을 외계 생명체 탐사 연구가 중단될 것을 우려한 연구원들의 절망적인 몸부림으로 여기는 것은 아닐까? 아냐, 그럴 리는 없어.〉 발레리언은 머리를 흔들었다. 때마침 우연히 그 옆을 지나던 데어 헤르는 탐사 연구의 핵심인 두 사람이 마주선 채 머리를 흔들고 있는 광경을 목격하게 되었다.

과학자와 관료 사이에는 어딘지 불편하고 서로 상대가 마땅치 않은, 그런 기본적인 갈등 관계가 조성되어 있었다. 전기 기술자 한 사람은 그것을 〈임피던스(교류 회로에서 전압과 전류의 비—옮긴이) 불일치〉라고 불렀다. 과학자들은 억측이 심했고 양적 사고를 가졌으며 고위 관료에 대해 예의를 갖출 줄 몰랐다. 다른 한편 관료들은 상상력이라고는 전혀 없는 데다가 질 중심이었고 도대체 말이 통하지 않았다. 엘리와 데어 헤르는 그 간격을 메우기 위해 애를 썼다. 하지만 배는 걷잡을 수 없이 하류로 밀려가는 상황이었다.

그날 밤 편안한 옷차림의 과학자들과 정장을 차려입은 관료들, 그리고 군 장교들까지도 사방에서 토론을 벌였다. 통제실, 세미나실, 복도에까지 담배꽁초와 마시고 난 커피 잔이 넘쳐났다. 담뱃불과 별빛을 배경으로 토론은 늦게까지 계속되었다. 하지만 모두들 어느 정도는 맥이 풀려버린 상태였다.

* * *

「애로웨이 박사, 이쪽은 국방성 C³I 차관보 마이클 키츠입니다」
 데어 헤르는 차관보 뒤쪽으로 한걸음 물러나 있었다. 무슨 얘길 하려는 걸까? 엘리는 곤혹스러움을 느꼈다. 데어 헤르는 나보고 침착하라고 말하고 싶은 걸까? 내가 그렇게 경솔하게 보였단 말인가? C³I란 명령 command, 통제 control, 통신 communication 그리고 정보 intelligence를 뜻하는 약자로 미국과 소련이 전략 핵무기 감축 문제로 줄다리기를 하는 상황에서는 상당히 중요한 국방성 부서였다. 그 부서 차관보란 신중한 사람만이 맡을 수 있는 자리일 것이었다.
 키츠 차관보는 엘리 책상 맞은편의 의자에 앉아 벽에 붙은 카프카의 구절을 읽었다. 별다른 감동을 받은 것 같지는 않았다.
「애로웨이 박사, 바로 본론으로 들어가기로 하지요. 우리는 박사가 발견한 내용을 모두에게 알리는 것이 미국의 이익에 부합하는지에 대해 의문을 가지고 있습니다. 박사가 전세계로 전신을 보낸 것이 그리 반갑지만은 않다는 말입니다」
「중국 말씀인가요? 아니면 소련, 인도?」
 엘리의 목소리에는 어쩔 수 없이 가시가 돋쳐 있었다.
「그 216개 소수들을 비밀로 하는 편이 좋았다는 말씀이지요, 차관보님? 그럼 그 메시지가 다만 미국을 상대로 한 거였다고 생각하시나요? 다른 문명에서 온 그 메시지는 전인류의 것이 아닐까요?」
「사전에 우리와 의논을 할 수도 있었소」
「신호를 영영 놓쳐버릴 위험을 감수하고 말이죠? 생각해 보세요. 직녀성이 여기 뉴멕시코에서 이미 져버린 다음, 이를테면 북경 하늘 위에 떠 있는 동안 어떤 중요한 메시지가 수신될지도 모르는 상황이었어요. 이건 오직 미국에 있는 누군가가 받을 수 있도록 보내진 것이 아니라고요. 태양계에 있는 행성을 대상으로 하는 겁니다. 그리고 우리 망원경이 그걸 잡은 건 순전히 운이 좋아서였어요」

데어 헤르가 엘리를 바라보고 있었다. 무슨 말인가 하고 싶은 모양이었다. 다 맞는 말이긴 해도 차관보를 너무 몰아세우면 안 된다는 뜻일까?

「어쨌든」

엘리가 말을 이었다.

「이젠 너무 늦었어요. 직녀성 체계 안에 지능을 가진 생명체가 존재한다는 사실은 모두가 알게 되었으니까요」

「너무 늦은 것 같지는 않군요, 애로웨이 박사. 당신은 아직 본격적인 메시지가 도달하지 않았다고 생각하고 있지 않소? 여기 이 데어 헤르 박사가 그 소수들이 그저 초기 신호에 불과하다는 당신 의견을 전해주었소. 우리는 그 점을 중요하게 생각하오. 정말로 중대한 내용을 담은 메시지가 도착하게 되면, 그리고 다른 나라에서 그것을 수신하지 못하고 있는 상태라면 우리가 어떤 합의점에 도달하기 전까지는 그 내용을 비밀에 부쳐 주었으면 하는 게 내 바람이오」

「저희들도 나름대로 바람이 있답니다」

엘리는 데어 헤르가 눈썹을 치켜뜨는 모습을 보면서 고집스럽게 말을 계속했다. 키츠 차관보는 묘하게 상대를 기분 나쁘게 하는 구석이 있었다. 그건 아마 엘리도 마찬가지겠지만.

「예를 들어 저는 이 신호의 의미가 무엇인지, 직녀성에서는 어떤 일이 벌어지고 있는지, 그리고 그게 우리 지구에 어떤 의미를 가질지 알고 싶은 바람이 있습니다. 그런 문제를 해결하는 데는 다른 나라의 과학자들이 결정적인 도움을 줄 수 있지요. 그들의 두뇌와 데이터가 필요할지도 모릅니다. 이건 한 나라가 도맡아 처리하기에는 너무 엄청난 문제가 아닐까요?」

드디어 데어 헤르가 나섰다.

「애로웨이 박사, 키츠 차관보는 그렇게 무리한 부탁을 하고 있는 것이 아니오. 다른 나라와 협력하는 것도 가능하오. 다만 우리와 제일 먼저 의견을 교환해 달라는 부탁을 하고 있는 거요. 그것도 새로운 메시지가 도착했을 경우에 말이오」

부드러웠지만 상냥한 말투는 아니었다. 엘리는 다시 한번 데어 헤르를 응시했다. 푸른색 양복 차림의 그는 대단한 미남은 아니었지만 다정하고 명석한 얼굴을 하고 있었다. 따뜻한 미소가 진지함과 무서운 집중력을 보완해 주었다. 도대체 왜 그는 이 차관보라는 사람 편을 드는 걸까? 대통령 과학자문이라는 직책 때문인가? 아니면 키츠 차관보의 말이 설득력이 있다고 보는 걸까?

「어쨌든 당장 급한 일은 아니니까요」

키츠 차관보는 자리에서 일어서면서 가볍게 한숨을 내쉬었다.

「국방장관께서도 협조에 대해 감사를 표하실 겁니다」

그는 슬쩍 항복을 받아내려고 했다.

「그럼 동의하신 걸로 생각해도 되겠죠?」

「좀더 생각해 보아야겠군요」

엘리는 차관보가 내민 손을 마지못해 잡았다.

「금방 뒤따라가겠습니다, 차관보님」

데어 헤르는 짐짓 유쾌한 어조로 말했다.

문 손잡이를 잡았다가 몸을 다시 돌린 키츠 차관보는 깜박 잊었다는 듯 양복 안주머니에서 서류 한 장을 꺼내 엘리 책상 위에 놓았다.

「그냥 갈 뻔했군요. 이건 미합중국의 안전에 중요한 정보를 기밀로 분류할 수 있는 행정부의 권한을 규정한 서류요. 기밀 시설이 아닌 곳에서 얻어진 정보에 대해서도 마찬가지로 적용되지요」

「그 소수들을 기밀로 분류하시게요?」

엘리는 못 믿겠다는 듯 일부러 눈을 커다랗게 떴다.

「그럼 잠시 후에 봅시다, 데어 헤르」

엘리는 키츠 차관보가 문을 나서자마자 말을 시작했다.

「도대체 저 차관보는 뭘 생각하고 있는 거죠? 직녀성에서 날아오는 살인 광선? 전세계를 폭파시킬 무기? 정말 왜들 이러는지 모르겠군요」

「그저 신중을 기하려는 거요. 당신도 이유를 알고 있지 않소. 자, 진짜 메시지가 왔다고 해봅시다. 그런데 그 안에 회교도나 이를테면 감리교도에게 모욕적인 말이 포함되어 있다면 어떨까요? 그렇다면 발표할 때 신중해야 하지 않겠소? 아니면 미국이 욕을 먹게 될 테니까」

「말도 안 되는 소리로 넘어가려고 하지 마세요. 저 사람은 국방성 차관보예요. 회교도나 감리교도를 걱정하는 거라면 주 차관 정도로도 충분해요. 아니면 아침마다 대통령의 기도를 주관한다는 그 종교광이거나. 참, 당신은 대통령 과학자문이시죠. 그래 어떤 자문을 하셨나요?」

「아직 아무런 자문도 안 했소. 여기 온 이후 단 한 번 간단한 전화 통화를 했을 뿐이요. 그리고 솔직히 말해 그 기밀 분류 건에 대해서는 아무런 지시도 받은 바 없소. 키츠 차관보의 그 말은 멋대로 지껄인 걸 거요」

「도대체 그 차관보는 어떤 사람이에요?」

「변호사 출신이오. 행정부에 들어오기 전에는 전자업계의 최고 경영자였지. 물론 C³I에 관한 한 전문가지만 다른 문제에 있어서도 꼭 그런 건 아닐 거요」

「전 당신을 믿어요. 설마 당신이 기밀 분류 같은 문제를 일으켜 저를 괴롭힐 리 없다고 생각해요」

엘리는 책상 위의 서류를 집어들고 흔들었다.

「그런데 드럼린 선생님이 편광 속에 또다른 메시지가 있다고 생각한다는 말씀을 드렸던가요?」

「무슨 말인지 모르겠군」

「몇 시간 전에 드럼린 선생님이 편광에 대한 대략적인 통계 분석을 끝냈어요. 푸앵카레 식으로 스토크 수치를 계산했지요. 그랬더니 시간 흐름에 따라 멋진 결과가 나타났다고요」

데어 헤르는 여전히 이해가 안 간다는 듯 멀뚱멀뚱한 표정이었다. 〈이런, 생물학에서도 편광 현미경을 사용하는 것으로 아는데〉 엘리는 생각했다.

「가시광선이든 전파든 간에 빛의 파동은 그것을 바라보는 시선 각도에 따라 다르게 진동을 하게 돼요. 진동이 회전을 하게 되면 파동이 타원형으로 편광되었다고 말하죠. 시계 방향으로 회전하면 오른손잡이, 시계 반대 방향으로 회전하면 왼손잡이라고 해요. 좀 우스운 표현이지만 어쨌든 그 두 가지 편광을 이용해서 정보를 송신할 수 있어요. 약간 오른쪽으로 편광되면 0이고 약간 왼쪽이면 1이죠. 이해하겠지요? 우리에게는 진폭 변조와 주파수 변조가 있어요. 이유는 모르지만 인류 문명은 편광 변조를 별로 이용하지 않죠.

직녀성의 신호는 편광 변조를 지닌 것으로 보여요. 그래서 지금 점검하는 중이죠. 드럼린 선생님이 신호 속에 두 편광이 동일한 빈도로 들어 있지 않다는 점을 발견한 거예요. 그러니까 그 편광에 무언가 우리가 알아차리지 못한 정보가 숨어 있을 수도 있다는 말이지요. 바로 이런 점 때문에 키츠 차관보의 말이 순수한 의도로는 들리지 않아요. 우리가 무언가 다른 것을 알아낼 수 있다는 점을 그는 알고 있다고요」

「엘리, 복잡하게 생각하지 말아요. 당신은 지난 며칠 동안 거의 잠을 자지 못했어. 관료나 언론을 상대하면서 연구를 계속해야 했으니까. 이미 당신은 굉장한, 세기의 발견을 해냈어. 그리고 내 생각이 맞는다면 앞으로 더욱 굉장한 것을 밝혀낼 거고. 그러니까 신경이 날카로운 것도 당연해요. 기밀 어쩌구 하는 키츠 차관보의 말은 서투른 짓이었어요. 당신이 차관보를 수상쩍게 생각하는 것도 이해할 수 있소. 하지만 차관보 말에도 일리가 없는 것은 아냐」

「그가 어떤 사람인지 아시는 건가요?」

「몇 번 만난 적이 있지. 잘 안다고까지는 할 수 없어도. 하지만 엘리, 진짜 메시지가 올 것으로 생각하고 있다면 연구소 방문객들을 좀 줄이는 편이 좋지 않을까?」

「좋아요. 당신이 워싱턴 사람들을 설득해주면 되겠군요」

「알았어요. 그리고 그 서류는 좀 치워놓는 것이 어때요? 우연히 다른 사람 눈에라도 띄게 되면 구설수에 오를 테니까」

「앞으로도 절 도와주실 거죠?」

「지금 같은 상황이 지속된다면 돕겠소. 여기가 기밀 시설로 분류되고 나면 우리 모두 최선을 다하지 않게 될 것 같군요」

엘리는 미소를 지으며 금고 앞에 꿇어앉아 여섯 자리의 비밀번호 314159를 눌렀다. 그리고 서류를 집어넣었다. 흘깃 바라본 서류 표지에는 〈미합중국과 헤든 인공지능 사의 합의서〉라고 씌어 있었다.

* * *

아르고스 연구소의 기술자와 과학자, 민간인 복장을 한 군 정보국 장교를 포함한 몇몇 고위 관료, 발레리언, 드럼린 선생, 키츠 차관보, 데어 헤르 등 30명 남짓 되는 인원이 모여 앉았다. 엘리는 유일한 여성이었다. 2.5미터 앞에는 커다란 영사막이 쳐져 있었다. 엘리는 자판 위에 손을 얹고 암호 해독 프로그램을 돌리면서 설명을 시작했다.

「지난 몇 년에 걸쳐 저희는 다양한 메시지 해독을 위해 컴퓨터 프로그램을 준비해 왔습니다. 방금 드럼린 박사님께서 편광 변조 안에 무언가 메시지가 숨어 있다는 분석을 끝내셨습니다. 오른쪽과 왼쪽으로 편광이 바삐 변하고 있거든요. 이건 무작위 소음이 아닙니다. 동전 던지기에서는 앞면과 뒷면이 공평하게 나올 것이라는 게 상식이지요. 그런데 앞면이 뒷면보다 두 배나 더 많이 나온다면 그건 동전의 양쪽 무게가 다르거나 모양이 이상하거나 하여튼 다른 변수가 있다는 뜻이 될 겁니다. 여기서도 마찬가집니다. 이 편광 변조는 무작위가 아닌 어떤 내용을 담은 것입니다…… 이걸 보십시오. 더욱 재미있는 결과가 나왔군요. 앞면과 뒷면의 일정한 서열이 반복되고 있습니다. 상당히 긴 내용이군요. 송신하는 문명은 우리가 이걸 제대로 수신할 수 있기를 바랐겠지요.

 자, 이해하시겠습니까? 반복되는 메시지가 보이죠? 첫번째 서열을 봅시다. 좀 전에 보았던 마지막 서열과 구조가 완전히 똑같군요. 이제 비트의 전체 수를 보면…… 백억 대군요.…… 아, 세 자리 소수들의 곱과 같아요!」

 발레리언과 드럼린 선생은 둘 다 밝은 표정이었다. 하지만 그 표정의 의미는 서로 다른 듯했다.

 「그래서 그게 어떻단 말이오? 소수들이 좀더 나왔다는 거요?」

 워싱턴에서 온 관료 한 사람이 물었다.

 「아마도 사진을 보내온 것 같습니다. 보시다시피 엄청난 수의 비트로 이루어진 메시지거든요. 이 커다란 수는 작은 세 수의 곱으로 여겨집니다. 그러면 삼차원이 만들어지는 거죠. 제 생각에는 정지 홀로그램 같은 한 장의 3차원 사진이거나 시간에 따라 흘러가는 영화 같은 2차원 사진 같습니다. 일단 영화라고 가정해 봅시다. 홀로그램이라면 해독 시간이 훨씬 더 오래 걸릴 테니까요. 이미 최적의 알고리듬을 얻은 상황입니다」

 영사막 위에서 흰색과 검은색으로 이루어진 희미한 영상이 떠오르기 시작했다.

 「저기, 회색을 좀더 넣어주시겠어요? 그리고 시계 반대 방향으로 90도쯤 돌려보면 좋겠는데요」

 「애로웨이 박사님, 보조 측면 채널이 있는 것 같습니다. 이게 오디오 역할을 하는지도 모르겠는데요」

 「움직여 보세요」

 엘리가 생각할 수 있는 소수의 유일한 응용 분야란 이미 경제나 보안 분야에서 널리 사용되고 있는 공공 키 암호였다. 그것은 한편으로는 바보들에게 메시지를 명확하게 만들어주는 기능, 그리고 다른 한편으로는 그럭저럭 머리가 돌아가는 사람들을 피해 메시지를 감추는 기능을 담당하고 있었다.

엘리는 모여 앉은 사람들의 얼굴을 바라보았다. 키츠 차관보는 불편한 심기를 드러내고 있었다. 외계 침략자의 모습이나 같이 있는 모든 사람들과 함께 보기에는 위험한 어떤 침략 무기 같은 것이 나올지도 모른다는 생각을 하는 듯했다. 연구원들은 긴장한 듯 침을 삼켰다. 사진이란 숫자와는 근본적으로 다른 것이었다. 무언가가 화면에 나타나리라는 기대감에 모든 사람이 두려운 와중에서도 궁금증을 이기지 못하는 모습이었다. 데어 헤르의 표정도 인상적이었다. 그 순간 그는 관료가 아닌 과학자의 모습이었다.

여전히 알아보기 힘든 영상에 직직거리는 소리가 더해지기 시작했다. 그 소리는 처음에는 위로 아래로 미끄러지는 끽끽 소리에 불과했지만 점차 음악 소리로 변해갔다. 영상은 천천히 조금씩 분명해졌다.

엘리는 흑백의 영상을 뚫어질 듯 바라보았다. 거대한 독수리가 새겨진 대형 연단, 독수리 발톱이 움켜쥐고 있는 것은······.

「이럴 수가! 이건 누군가의 장난이야!」

고함 소리, 웃음소리, 신경질적인 외침 소리가 방을 가득 채웠다.

「이제 알겠나? 자네는 속은 거라고」

드럼린 선생이 엘리에게 말했다. 웃는 얼굴이었다.

「아주 잘 짜여진 농간인걸. 결국 자네는 여기 모인 모든 사람들의 귀중한 시간을 허비했어」

독수리 발톱이 움켜쥐고 있는 것은 이제 분명히 보였다. 나치의 상징인, 십자 기장이었다. 이어 아돌프 히틀러의 미소 짓는 얼굴이 영사막을 가득 채웠다. 히틀러는 군중들에게 손을 흔들었다. 군복 차림이었다. 아나운서의 굵직한 목소리가 들렸다. 직직거리는 소리가 섞였지만 분명 독일어였다. 데어 헤르가 엘리에게 다가왔다.

「독일어 아세요?」

엘리가 속삭였다.

「무슨 말을 하는 건가요?」

「총통 각하께서……」

그가 천천히 통역했다. 「1936년 올림픽을 맞아 온 세계가 게르만 민족의 조국을 찾아준 것을 환영하고 계십니다」

6장
겹쳐 쓴 양피지의 사본

우리의 수호자들이 행복하지 않다면
대체 다른 누가 행복해질 수 있단 말인가?
── 아리스토텔레스의 『정치학』 제2권, 5장

비행기가 제 고도를 찾고 앨버커키가 이미 100마일 이상 멀어졌을 때였다. 우연히 엘리의 시선이 비행기표에 붙어 있는 작은 희색 종이 위에 멎었다. 처음으로 비행기를 타보았을 때 본 것과 똑같은 말이 파란 글씨로 인쇄되어 있었다. 〈이것은 바르샤바 조약 제4조에 규정된 수하물표가 아님.〉 엘리는 궁금해졌다. 도대체 왜 항공사들은 승객들이 이걸 그 수화물표로 오해할까봐 이렇게 신경을 쓰는 걸까? 도대체 바르샤바 조약이 규정하는 수하물표라는 게 뭘까? 그런 표는 어째서 한번도 본 적이 없지? 그런 표는 대체 어디 쌓아둔 것일까? 혹시라도 인류가 비행기 여행을 시작한 이후 조심성 없는 항공사가 이 문안 인쇄를 잊어버렸다가 그만 이것을 그 수하물표로 오인한 승객으로부터 제소당해 파산한 일이라도 있었단 말인가? 전세계 모든 항공사가 똑같은 문안을 명기한다면 그건 틀림없이 경제적인 요인 때문일 것이다. 이 대신 뭔가 유용한 내용, 즉 세계 탐험의 역사라든지, 우연한 과학적 발견이라든지, 아니면 비행기가 추락할 때까지의 평균 승객 수송 거리 같은 것이 적혀 있으면 어떨까 하고 엘리는 상상했다.

데어 헤르가 권한 대로 군용기를 탔다면 전혀 다른 여행이 되었을 것이다. 너무도 편안한 여행. 하지만 연구에 군사적 의미를 부여하는 단초가 될지도 모르는 그런 여행. 그래서 엘리는 민간기를 타기로 결정했다. 뒷자리에 탄 피터 발레리언은 이미 눈을 감고 있었다. 급할 것은 없었다. 새로 드러난 두번째 층에 대한 데이터 분석 및 의미 탐색 작업은 이미 세세한 부분까지 끝난 상태였다. 비행기는 내일 회의가 시작되기 훨씬 전에 그들을 워싱턴에 내려놓을 것이었다. 여유 있게 잠이나 자면 되는 일이었다.

엘리는 좌석 밑에 놓인 가방을 흘깃 내려다보았다. 단정하게 지퍼가 채워진 그 가방 안에는 최신 텔레팩스 기기가 들어 있었다. 발레리언의 구식 모델보다 1초에 수백 킬로비트나 빨랐고 그래픽도 훨씬 더 선명했다. 〈이제 내일이면 미국 대통령에게 아돌프 히틀러가 도대체 직녀성에서 무얼 하고 있는지 설명하는 데 저 장비가 필요할 것이다.〉 엘리는 생각했다. 약간 흥분한 상태였다. 그도 그럴 것이 대통령을 만나는 것은 이번이 처음이었던 것이다. 그리고 20세기 후반의 예의범절에 비춰볼 때 문제는 심각했다. 화장은커녕, 머리를 매만질 시간조차 없었으니까. 하지만 뭐, 예쁜 모습을 보여주기 위해 백악관에 가는 것은 아니지 않은가.

계부는 어떻게 생각할까? 아직도 내가 과학에는 맞지 않는 사람이라고 여기고 있을까. 양로원에서 휠체어에 의지하고 있는 어머니는? 한 주 전의 그 발견 이후 엘리는 어머니와 단 한번 짧게 통화할 수 있었을 뿐이었다. 다음날 전화하겠다고 약속했었는데…….

이전에 수없이 그랬듯 이번에도 엘리는 창밖을 내다보면서 이 정도 고도에서 외계인들의 눈에 지구가 어떻게 보일지 상상했다. 물론 그건 외계인들이 우리와 같은 눈을 가졌다고 가정했을 때 일이었다. 미 대륙의 광활한 중서부는 농촌과 소도시로 형성된 정사각형, 직사각형 그리고 원들로 복잡한 기하학 형태를 이루고 있었다. 하지만 지금 눈 아래 펼쳐지는 남서부에서 지능을 가진 생명체의 흔적이란 산맥 혹은 사막을 가로지르는 가느다란 직선들뿐이었다. 좀더 진보한 문명의 모습은 어떨까? 한층 더 심한 기하학적 형태일까, 아니면 오히려 아무런 흔적도 없을까? 그들은 한 번 쳐다보는 것만으로도 인류가 우주의 지능체 진화 단계에서 어느 부분에 속하는지를 금방 알아차릴지도 모른다……

그밖에 또 어떤 걸 알지? 하늘 색깔만 보고서도 1세제곱센티미터 공기 중의 분자 수가 몇 개인지를 추산해낼 수도 있다. 땅에 비치는 그림자로 구름의 고도를 금방 알아차릴지도 모른다. 또한 구름이 물의 응결체라는 걸 안다면 대기 온도 범위도 대충 계산이 가능할 것이다. 왜냐하면 구름 높이에서는 대기 온도가 영하 40도까지 떨어져야 하기 때문이다. 가장자리가 부드럽게 깎인 육지, 구부러진 강, 둥글게 된 화산 꼭대기 등은 모두 이 땅이 오랫동안 형성과 침식 단계를 거쳐 왔음을 알려주었다. 정말로 한 번 보기만 해도 여기는 이제 막 태동한 문명의 낡은 고향임이 분명할 거야……

은하계에 속한 대부분의 행성들은 기술 문명 이전의 단계에다 생명체가 살고 있을 가능성도 낮았다. 하지만 몇몇은 우리보다 훨씬 역사가 오래된 문명을 품고 있을 수도 있었다. 기술 문명이 이제 막 시작된 행성은 분명 드물 것이었다. 결국 지구는 아주 독특한 존재인지도 몰랐다.

점심 식사 후 비행기가 미시시피 계곡 근처를 날아가기 시작하자 주위 풍경은 점차 푸르러졌다. 요즘 비행기는 전혀 움직이는 느낌이 없다고 엘리는 생각했다. 피터 발레리언은 점심도 마다한 채 계속 자고 있었다. 통로 건너편에는 태어난 지 석 달이나 되었을까 싶은 아주 어린아이가 아버지 품에 편안하게 안겨 있었다. 저 아이 눈에 비행기 여행은 어떻게 보일까? 의자가 들어찬 커다란 방에 들어가 앉는다. 네 시간 동안 방 전체가 흔들리고 나면 일어나서 걸어나간다. 신기하게도 그곳은 전혀 다른 장소이다. 구체적인 방법은 얼마나 복잡한지 몰라도 개념은 간단하지 않은가? 골치 아픈 공식을 달달 외어야 할 필요 따위 전혀 없다.

늦은 오후가 되자 비행기는 워싱턴 상공을 선회하며 착륙 신호를 기다렸다. 워싱턴 기념탑과 링컨 기념관 사이에 운집한 군중들의 모습이 분명했다. 한 시간 전에 텔레팩스로 읽은 《타임스》에 따르면 경제 및 교육의 불평등에 항의하는 대규모 흑인 집회가 열릴 거라고 했다. 엘리는 그 항의가 당연하다고 생각했다. 오히려 이렇게 오랫동안 참아왔다는 것이 신기할 정도였다. 그 항의 집회에 대해, 그리고 직녀성의 메시지에 대해 대통령이 어떻게 대답할지 궁금했다. 다음날이면 두 문제 모두에 대해 공식 성명이 있어야 했다.

*　*　*

「〈나갔다〉라니 그게 무슨 뜻이오?」
「제 말은, 대통령 각하, 지구의 방송 신호가 우주로 나갔다는 말입니다」

「도대체 그 신호가 얼마나 멀리 갈 수 있지요?」
「죄송합니다만, 각하, 그런 식으로 설명할 수는 없습니다」
「그럼 어떤 식으로 설명할 수 있소?」
「신호는 지구에서 출발해 구상 파동으로 퍼져나갑니다. 그러니까, 물 위에 생겨나는 물결과 비슷하지요. 그리고 광속, 즉 초당 18만 6천 마일로 영원히 움직이는 것입니다. 다른 문명이 가진 수신기 성능이 좋을수록 더 먼 곳에서 우리 텔레비전 신호를 잡을 수 있습니다. 인류 문명 수준으로도 가까운 별 주위를 도는 행성이 강한 텔레비전 신호를 송신한다면 탐지할 수 있습니다」
잠시 대통령은 문 쪽을 응시한 채 말없이 서 있었다. 그러다가 데어 헤르 쪽으로 돌아섰다.
「그러니까 뭐든지 갈 수 있다는 말입니까?」
「뭐든지 가능합니다」
「텔레비전에 나오는 모든 것이? 교통 사고를 보도하는 뉴스든, 레슬링이나 포르노든 말이오?」
「네, 그렇습니다, 각하」
데어 헤르는 대통령이 어떤 느낌을 받았는지 충분히 이해한다는 듯 고개를 끄덕였다.
「데어 헤르, 내가 제대로 이해한 것인지 모르겠군. 그럼 내가 했던 기자 회견, 토론, 취임사 등등 모든 것이 우주 공간을 떠다닌다는 거요?」
「그건 괜찮죠. 나쁠 것 없는 일이니까요. 하지만 각하의 전임자들이나 소련 서기장이 하는 말도 있습니다. 정적들이 떠들어대는 악담도 있고요. 모든 것이 섞인 셈입니다」
「원 세상에. 자, 그럼 계속합시다」

이제 대통령은 스미소니언 박물관 지하에 보관해 오다가 최근에 가져다 놓은 토머스 페인의 흉상을 바라보았다.

「이렇게 생각할 수 있습니다. 직녀성에서 온 그 몇 분 남짓한 텔레비전 영상은 본래 1936년 베를린 올림픽 개막식 때 독일에서 방송되었습니다. 그리고 그건 지구에서 송신되는 텔레비전 신호로는 처음으로 우주 바깥에서 수신될 수 있을 정도로 강했지요. 당시 다른 미약한 전파에 비해 강했던 이 신호는 전리층을 지나 우주로 퍼져나갔습니다. 어쩌면 히틀러의 모습은 직녀성에서 잡아낸 지구의 신호 중 일부에 불과할지도 모릅니다. 이 외에 무엇이 송신되었는지 알아내려고 합니다만, 시간이 좀 걸릴 것 같습니다.

그러니까 그들의 입장에서 보자면 히틀러야말로 지구에 지능을 가진 생명체가 살고 있다는 것을 알려준 최초의 상징이 되겠지요. 역설적이게도 말입니다. 하지만 그 신호가 의미하는 바가 무엇인지는 몰랐을 겁니다. 그래서 그것을 녹화해서 다시 우리에게 보낸 것입니다. 그건 〈안녕하세요, 우리는 당신 방송을 보았습니다〉라고 말하기 위한 방법이지요. 적대적인 태도로는 보이지 않습니다」

「그럼 제2차 세계대전이 끝날 때까지 텔레비전 방송이 일체 없었다는 말인가요?」

「별다른 것이 없었습니다. 물론 조지 6세의 대관식이 영국 일부 지역에서 방송되었고 그 밖에도 비슷한 경우가 좀더 있긴 했지만 대규모로 텔레비전 방송이 송신되기 시작한 것은 1940년대 후반입니다. 그때부터 모든 프로그램이 지구를 떠나 광속으로 날아갔습니다. 지구가 여기 있다고 하면……」

데어 헤르는 손가락으로 허공에 동그라미를 그렸다.

「여기서부터 구상 파동이 퍼져간 겁니다. 1936년부터 말입니다. 퍼져 나가면서 점점 더 지구에서 멀어졌습니다. 그러고는 결국 가장 가까이 위치한 문명에 도달하게 되었습니다. 이 영상을 다시 보내온 존재들은 아주 가까운 곳, 즉 직녀성 근처의 행성에 있는 것 같습니다. 또 녹음한 영상이 다시 우리에게 도달하기까지 26년이 필요하다는 점을 감안하면 그들이 신호를 읽는 데 별로 오래 걸리지 않았다는 걸 알 수 있습니다. 분명 필요한 모든 장비를 갖추고 준비를 마친 상태에서 우리의 첫 신호를 기다리고 있었을 겁니다. 그래서 신호를 받자마자 녹화해서 곧 다시 보내온 겁니다. 하지만 지구에 미리 와 보지 않았다면, 이를테면 백 년 전에 지구를 방문 탐사하지 않았다면 인류가 텔레비전을 발견하게 될 거라는 걸 알 리가 없었을 겁니다. 그러니까 엘리 애로웨이 박사는 그 문명이 주변의 모든 행성 체계를 탐지하면서 혹시라도 첨단 기술을 개발한 문명이 있는지 찾는 중이라고 생각하는 겁니다」

「생각해 보아야 할 문제가 정말 많군요. 직녀성인가 하는 곳에 있다는 외계인들이 방송 내용을 이해하지 못했다는 건 확실한가요?」

「대통령 각하, 외계인들이 대단히 앞선 기술을 가졌다는 건 분명합니다. 1936년의 미약한 방송을 잡을 정도니까요. 상상을 초월할 정도로 민감한 수신기를 가지고 있을 겁니다. 하지만 그 내용을 이해할 수 있다고는 생각되지 않습니다. 그들은 우리와 아주 다른 존재일 겁니다. 역사도 관습도 모두 다르겠지요. 나치의 십자 기장이나 아돌프 히틀러를 알 리가 없습니다」

「아돌프 히틀러라니! 정말 화가 치미는군. 그 과대망상증 환자 때문에 4천만 명이나 죽었어요. 그런데 그가 다른 문명이 수신한 최초의 방송 주인공이 되다니요? 그가 인류를 대표했다는 말이 아닙니까? 그 미치광이의 무모한 꿈이 실현된 셈이군요」

대통령은 잠시 멈추었다가 한결 침착해진 말투로 계속했다.

「히틀러는 제대로 나치식 경례를 해낸 적이 없어요. 똑바르지 않고 늘 삐딱한 경례였죠. 다른 누가 그런 식으로 형편없는 경례를 했다면 당장 러시아 전선으로 쫓겨났을 거요」

「하지만 히틀러는 그럴 필요가 없지 않았습니까? 스스로에게 〈하일, 히틀러〉라고 경례할 일도 없고요」

「아니, 그래도 그렇지가 않지요」

대통령은 고집스럽게 대답했다.

「1936년에 나치가 텔레비전을 가지고 있지 않았다면 어떻게 되었을까요?」

「그렇다면 조지 6세의 대관식이나, 1936년 뉴욕 세계박람회 화면이 왔을지도 모르죠. 물론 직녀성에서 수신할 만큼 충분히 강한 신호라는 전제하에 말입니다. 아니면 1940년대 후반이나 1950년대 초반의 프로그램들이었을 테고요」

「텔레비전 프로그램들이 인류를 우주에 알리는 대사 역할을 한다는 말이군……」

대통령은 잠시 걸음을 멈췄다.

「그런데 우리는 거기에는 신경도 쓰지 못하고 쓰레기 같은 프로그램들을 온 우주로 날려 보냈던 거군요. 방송 관계자들에게 그런 사실을 알려줘야겠군요. 그 미치광이 히틀러의 모습이 인류가 보낸 최초의 신호였다니 도대체 이게 무슨 망신이란 말인가!」

* * *

    데어 헤르와 대통령이 들어서자 방 안은 일시에 조용해졌다. 앉아 있던 사람들은 서둘러 일어나려고 했다. 대통령은 손짓으로 딱딱한 절차는 생략하자는 뜻을 표하면서 국무장관과 국방성 차관보에게 눈인사를 건넸다. 그리고 천천히 고개를 돌리면서 모인 사람들을 살펴보았다. 일부는 감격스럽다는 표정을 지었고 다른 사람들은 대통령의 곤혹스러운 심기를 눈치 채고는 시선을 다른 쪽으로 돌렸다.

    「그 천문학 박사 양반이 여기 와 있나요? 애로우라고 했던가?」

    「애로웨이입니다, 각하. 어제 도착했는데 차가 밀려서 아직 도착하지 못한 모양입니다」

    「애로웨이 박사가 호텔에서 전화를 했었습니다. 텔레팩스로 새로운 자료들을 받고 있다면서 여기에 가져오고 싶다고 했습니다. 그러니까 그분 없이 먼저 시작하셔도 됩니다」

    마이클 키츠 차관보는 도저히 이해할 수 없다는 표정으로 몸을 앞으로 내밀었다.

    「아니, 그럼 애로웨이 박사는 지금 그 자료를 아무런 보안 조치도 없이 워싱턴의 호텔에서 수신하고 있다는 말이오?」

    데어 헤르는 키츠 차관보가 몸을 앞으로 더 숙여야 간신히 들을 수 있을 만큼 낮은 소리로 대답했다.

    「애로웨이 박사의 텔레팩스 장비에 최소한의 민간용 보안 장치는 갖춰져 있을 겁니다. 아직은 이 문제에 관한 보안 지침이 없지 않습니까. 지침이 정해지면 애로웨이 박사는 충분히 협조할 것입니다」

「좋아요, 그럼 시작합시다」

대통령이 말을 시작했다.

「지금부터 국가안전보장회의와 특별 임시 대책위원회의 비공식 합동 회의를 열도록 하겠습니다. 먼저 오늘 이 자리에서 언급된 내용은 일체 다른 누구에게 알려서는 안 된다는 점을 분명히 하고 싶습니다. 단 현재 해외에 나가 있어 여기 참석하지 못한 국방 장관과 부통령만은 예외입니다. 어제 우리는 데어 헤르 박사로부터 직녀성에서 왔다는 그 믿기 어려운 텔레비전 방송에 대해 설명을 들었습니다. 데어 헤르 박사와 기타 전문가들의 견해에 따르면……」

대통령은 탁자를 둘러싸고 앉은 사람들을 둘러보았다.

「그것은 직녀성이 수신한 최초의 텔레비전 프로그램이라고 합니다. 그러니까 그게 히틀러의 모습이었던 것은 순전히 우연이었다는 거지요. 하지만…… 어쨌든 당황스러운 일임에는 틀림없습니다. 그래서 저는 이것이 국가 안보상 어떤 의미를 가질 수 있는지 파악해 달라고 중앙정보국장에게 지시했습니다. 어떤 직접적인 위협을 우려할 필요는 없는지요? 또다른 메시지가 있고 다른 나라에서 그것을 먼저 해독할 경우 미국에 피해는 없는지요? 자, 중앙정보국장, 먼저 이 질문부터 답해 주십시오. 이건 UFO와 무슨 관련이 있는 건가요?」

중앙정보국장은 강철 테 안경을 쓴 50대의 위엄 있는 신사였다. 미확인 비행 물체, 즉 UFO는 1950년대와 1960년대 미 공군과 CIA에게는 초미의 관심사였다. 불안을 조성하거나 통신 채널을 마비시키기 위한 공산 세력의 술책일 수도 있다고 생각했기 때문이다. 실제로 소련이나 쿠바의 고성능 전투기가 미국 제공권을 뚫고 지나가거나 해상 기지 상공을 통과한 것으로 보이는 경우도 몇몇 있었다. 이런 식의 비행은 상대의 전투 태세를 확인하기 위한 것으로 미군 역시 소련 영공을 침범하는 일이 그보다 많으면 많았지 적지는 않은 상황이었다. 미시시피 강 유역을 따라 200마일이나 올라오다가 탐지된 쿠바의 미그기 사건 같은 것은 북미 대공 방위사령부에게는 치욕적인 일이었다. UFO 목격 사건이 발생하면 일단 해당 지역 부근에 미군 비행기가 얼씬도 하지 않았다는 공군 발표가 먼저 나가는 것이 보통이었다. 그러면 대중의 신비감은 더더욱 커지는 것이다. 이런 식의 설명이 계속되자 공군참모총장은 아주 난처한 듯했지만 그래도 나서서 발언하려 들지는 않았다.

중앙정보국장이 말을 이었다. 대부분의 UFO 목격 사건은 결국 시험용 비행기, 하늘로 반사된 자동차 전조등, 커다란 풍선, 새나 발광 곤충, 심지어 별을 잘못 본 것으로 판명났다. 장난이나 정신분열 환각으로 확인된 것도 상당수였다. 1940년대 말 UFO라는 말이 생겨난 이후 세계 각지에서 UFO를 보았다는 보고가 백만 건 이상 있었지만 정작 외계 생명체의 방문에 대한 증거가 될 만한 것은 전혀 없었다. 그럼에도 불구하고 이 개념은 여전히 커다란 인기를 누렸고 UFO와 외계 생명체를 연결짓는 책도 무수히 출판되었으며 학자들까지도 이 문제에 진지하게 매달렸다. 사이비 종교 단체는 구원자가 UFO를 타고 나타날 것이라고 주장했다. 이들 문제에 대한 공군의 공식 조사는 별 성과를 거두지 못한 채 1960년대에 종료되었다. 공군과 CIA는 그럼에도 불구하고 어느 정도 관심을 가지고 있었다. 반면 과학계에서는 전혀 연구할 가치를 느끼지 못했다. UFO에 대한 심층 연구를 의뢰하는 지미

카터 대통령의 부탁을 미 항공우주국이 국립 기관답지 않게 단호히 거절했던 사건도 같은 맥락에서 설명할 수 있었다.

「사실상……」

과학자 한 사람이 끼어들었다.

「어설픈 UFO 소동이 진지한 외계 생명체 탐사 작업을 한층 더 어렵게 만들어 왔습니다」

「좋습니다」

대통령은 한숨을 내쉬었다.

「UFO와 직녀성으로부터 온 메시지가 무슨 연관을 가지고 있으리라 생각하시는 분은 없나요?」

데어 헤르는 자기 손톱만 바라보았다. 아무도 입을 열지 않았다.

「아무래도 상관없습니다. UFO 신봉자들은 어찌 되었든 신나게 떠들어댈 테니까요. 자, 그럼 중앙정보국장, 말씀을 계속하시지요」

「예, 대통령 각하. 그러니까 1936년에 아주 약한 텔레비전 신호가 올림픽 개막식 장면을 베를린 부근에 송신했습니다. 선전 활동의 일환이었지요. 독일의 기술이 얼마나 발전된 단계인지를 보여주고 싶었던 겁니다. 그보다 앞선 텔레비전 방송이 있긴 했지만 모두 형편없이 낮은 수준이었거든요. 미국이 독일보다 뒤진 것은 아니었습니다. 허버트 후버가 상공부 장관이던 시절 잠시 텔레비전에 모습을 비친 것이…… 아마 1927년 4월 27일이었을 겁니다. 어쨌든 독일의 텔레비전 신호는 지구를 떠나 광속으로 26년을 날아갔고 마침내 직녀성에 도착했습니다. 직녀성에서는 누군지는 모르지만 하여튼 어떤 생명체가 몇 년 동안 그 신호를 가지고 있다가 크게 증폭시켜 다시 보내온 것입니다. 그 약한 신호를 수신했다는 것도, 다시 증폭시켜 되돌려보냈다는 것도 놀라운 일입니다. 여기에는 분명 안보 문제가 개입되어 있습니다. 그런 약한 신호를 어떻게 탐지할 수 있는지 궁금한 일이 아닙니까? 직녀성에 있는 존재는 우리 인류보다 몇십 년, 아니 그 이상으로 앞서 있습니다.

그들은 자신들에 대한 정보를 주지 않고 있습니다. 우리는 다만 특정 주파수대에서 그 행성의 움직임에 따른 도플러 효과가 나타나지 않고 있다는 점을 알 뿐입니다. 우리의 데이터 해석 작업을 간단하게 해주려는…… 배려로 보입니다. 아직까지는 군사적인 것을 포함한 어떤 의도도 표현되지 않았습니다. 전파천문학의 수준이 아주 높다는 것, 소수를 좋아한다는 것, 그리고 우리의 최초 텔레비전 방송을 되돌려보낼 능력이 있다는 것 정도가 밝혀졌을 뿐입니다. 이 정도라면 다른 나라가 안다 하더라도 아무 문제없을 것으로 보입니다. 또한 우리가 기억해야 할 점은 현재 여러 나라에서 직녀성의 신호를 반복해서 수신하고 있다는 것입니다. 아직은 어떻게 해야 할지를 모르고 있지만 조만간 소련이나 중국에서도 편광 변조를 시도하겠지요. 따라서 제 의견으로는 미국이 정보를 감추고 있다는 비난을 받기 전에 미리 현재까지의 진척 상황을 전세계에 공개하는 편이 좋을 것 같습니다. 3분짜리 히틀러 연설 필름을 공개할 수도 있을 겁니다.

특히 그렇게 공개를 하고 나면 독일 측에 협조를 요청할 수 있으므로 당시 필름의 확보를 통한 대조 작업도 가능합니다. 현재로서는 직녀성의 외계인이 텔레비전 신호를 되돌려보내기 전에 내용에 손을 댔는지의 여부도 확인할 수 없습니다. 물론 히틀러의 모습은 틀림이 없고 올림픽 스타디움도 당시의 모습과 정확히 일치합니다. 하지만 이를테면 히틀러가 실제로는 미소를 짓지 않고 콧수염을 만지고 있었을지도 모르는 일 아닙니까」

그 순간 숨을 헐떡거리며 엘리가 들어섰다. 피터 발레리언과 함께였다. 두 사람은 구석 자리에 슬그머니 앉으려고 했다. 데어 헤르는 큰소리로 대통령에게 그들을 소개했다.

「아, 애로웨이 박사라고 하셨죠? 만나서 반갑습니다. 대단한 발견을 해내셨군요. 축하합니다.…… 자, 그럼 중앙정보국장, 어디까지 말씀하셨죠?」

「제 말은 그게 전부입니다, 각하」

「좋습니다. 애로웨이 박사, 무언가 새로운 정보를 가지고 오셨다고요, 말씀해 주시겠습니까?」

「대통령 각하, 늦어서 죄송합니다. 엄청난 자료를 받아야 했기 때문에…… 제가 가지고 온 것은…… 아, 이렇게 설명을 드려 보겠습니다. 지금으로부터 수천 년 전에는 양피지가 매우 귀했습니다. 그래서 사람들은 사용했던 양피지를 다시 사용하곤 했지요. 어떤 문서 아래 다른 문서, 그 아래 다시 다른 문서들이 몇 겹씩 겹쳐지는 식입니다. 직녀성에서 온 신호는 바로 이와 같습니다. 처음에는 소수들이 있었지요. 그리고 그 아래에는 히틀러의 연설 장면이 있었습니다. 다들 아시겠지만 편광 변조를 통해 찾아냈지요. 방금 저희는 히틀러 아래에 또다른 것이 있다는 것을 알게 되었습니다. 내용이 대단히 풍부한 진짜 메시지로 보입니다. 이제까지 왜 찾지 못했는지 이상하게 여겨질 정도지요」

「그게 도대체 뭡니까?」

대통령이 물었다.

「무슨 내용입니까?」

「아직은 전혀 모릅니다. 그런 메시지가 숨어 있다는 것조차 오늘 새벽 연락을 받았습니다. 밤새도록 신호에 매달려 있던 연구원들이 발견한 거죠」
「보안 장치가 안 된 전화를 사용했겠지요?」
키츠 차관보가 끼어들었다.
「통상적인 민간 보안 장치는 되어 있었습니다」
엘리가 즉각 응수했다. 텔레팩스를 꺼낸 엘리는 곧 내용을 투명 용지에 인쇄한 뒤 영사기 위에 올렸다. 영사막에는 끝없이 계속되는 숫자들이 떠올랐다.
「이것이 현재까지 저희가 알아낸 정보입니다. 한 단위의 정보는 천 비트 정도로 되어 있습니다. 한 단위가 끝나면 잠시 멈췄다가 그 단위가 반복되고 반복이 끝나면 역시 잠시 멈췄다가 다음 단위가 시작됩니다. 이런 식으로 각 단위를 반복하는 것은 송수신 과정의 오류를 최소화하기 위한 것으로 보입니다. 아직 분명한 내용은 모르지만 메시지가 정확하게 수신되기를 그들이 바라고 있다는 점은 분명합니다. 그럼 각 정보 단위를 〈페이지〉라고 불러봅시다. 아르고스 연구소는 하루에 이런 페이지를 십여 장씩 받을 수 있습니다. 하지만 내용을 파악하려면 시간이 더 걸리겠지요. 이건 히틀러 연설 장면 같은 단순한 사진이 아니라는 건 분명합니다. 보다 풍부하고 많은 내용을 담고 있을 겁니다. 이것이야말로 진짜 그들이 만들어낸 메시지인 셈이죠. 아직까지 우리가 얻은 유일한 단서는 각 페이지마다 번호가 매겨져 있다는 것입니다. 매 페이지가 시작될 때마다 2진법으로 숫자가 표시되고 다음 페이지에는 하나 더 큰 숫자가 쓰어 있습니다. 지금 우리는……10413페이지에 있군요. 아주 두꺼운 책입니다. 대충 계산을 해보면 신호음은 3개월 전부터 시작되었던 것 같습니다. 우리는 다행

히도 상당히 빨리 신호를 잡아낸 셈입니다」

「내 말이 맞았지요, 안 그래요?」

키츠 차관보가 탁자 건너편의 데어 헤르 쪽으로 몸을 구부리며 말했다.

「이건 중국이나 소련, 일본에 주고 싶지 않은 메시지이지 않습니까」

「해석하는 작업은 쉬울까요?」

대통령이 조용히 물었다.

「저희는 물론 최선을 다할 겁니다. 국가안보국도 함께 작업을 해나간다면 도움이 될 것 같습니다. 하지만 기본적으로는 직녀성으로부터의 어떤 설명이 없으면 별 진전을 보지 못할지 모른다는 생각이 듭니다. 메시지가 영어나 독일어 같은 지구상의 언어로 쓰이지 않았다는 점은 분명합니다. 저희는 그 메시지가 2천 페이지 혹은 3천 페이지에서 끝난 후 다시 처음부터 시작했으면 하고 바라고 있습니다. 그래야 놓쳐 버린 부분을 채워 넣을 수 있겠죠. 그리고 전체 메시지가 반복되기 전에 해독을 위한 열쇠 같은 부분이 나온다면 더 바랄 것이 없고요」

「제가 한말씀 드려도 될까요, 대통령 각하」

「각하, 이분은 칼텍 연구소의 피터 발레리언 교수입니다. 이 분야의 개척자시죠」

「말씀하십시오, 발레리언 박사」

「이것은 의도적으로 지구에 보낸 메시지입니다. 즉 그들은 지구에 인류가 살고 있다는 점을 알고 있습니다. 1936년의 방송을 받아본 만큼 우리 기술 수준이 어느 정도인지, 지능 수준은 어떤지 또한 대충은 알고 있을 겁니다. 우리가 그 메시지를 받아 해독하는 것을 원치 않았다면 굳이 이런 식으로 신호를 되돌려보냈을 리가 없지요. 그러니까 메시지 안에는 반드시 해독을 위한 열쇠가 있을 겁니다. 문제는 다만 전체 데이터를 확보하고 세밀하게 분석하는 데 있습니다」

「그러면 메시지 내용이 무엇일 거라고 생각하시나요?」

「그것은 저도 전혀 모르겠습니다, 각하. 그저 애로웨이 박사가 말한 정도에서 이야기할 수 있을 정도입니다. 이것은 정교하고 복잡한 메시지입니다. 송신하는 문명은 인류가 그것을 받아 해독하기를 간절히 바라고 있고요. 어쩌면 〈은하 대백과사전〉의 일부일지도 모릅니다. 직녀성은 태양보다 부피가 3배 정도에 밝기는 50배나 됩니다. 핵 연료를 훨씬 빨리 태우는 셈이지요. 따라서 수명은 태양보다 당연히 짧습……」

「그렇다면 직녀성에 무슨 문제가 생겼는지도 모르겠군요」

중앙정보국장이 말을 가로막고 나섰다.

「자신들의 행성이 종말을 맞기 전에 그 문명에 대해 알리고 싶어했을 수도 있지요」

키츠 차관보도 입을 열었다.

「아니, 어쩌면 이사할 장소를 물색하는 건 아닐까요. 그런데 지구가 딱 적당한 장소였던 겁니다. 결국 아돌프 히틀러의 연설 장면을 보내온 것은 우연이라고만 볼 수는 없군요」

「잠깐만요」

엘리가 말했다.

「가능성은 아주 많습니다. 하지만 모든 것이 가능하다는 말은 아닙니다. 우리가 메시지를 받았는지, 또 해독 작업에 진척을 보이고 있는지의 여부를 그들은 전혀 확인할 수 없습니다. 메시지가 공격적인 내용이라면 우리는 답변을 하지 않으면 됩니다. 또 설령 회답을 한다 해도 그것이 직녀성에 도착하기까지는 26년이 걸립니다. 광속이란 물론 눈부시게 빠른 속도지만 무한정 빠른 것은 아니거든요. 그러니까 우리는 직녀성으로부터 상당한 거리에 격리되어 있는 셈이지요. 메시지가 위험한 내용이라 해도 대처할 시간은 수십 년이나 남아 있습니다. 미리부터 두려움에 떨 필요는 없습니다」

엘리는 키츠 차관보를 향해 밝은 미소를 지어보이면서 마지막 문장에 힘을 주었다.

「말씀 감사합니다, 애로웨이 박사」

대통령이 말을 받았다.

「하지만 상황이 너무 빠르게 전개되는군요. 가능성도 무수히 많고요. 아직 이 모든 일에 대해 공식 성명도 내지 않은 상태입니다. 소수니 미치광이 히틀러의 연설이니 하는 것들에 대해서 말입니다. 그런데 이제 또 그 아래 숨은 커다란 메시지가 나왔군요. 과학자들이 아무 생각없이 말을 주고받는 바람에 풍문만 잔뜩 돌아다니고 있어요. 그 신문 기사 모아놓은 것이 어디 있지요? 자, 이 머릿기사 제목들 좀 보세요」

대문짝만한 글씨로 씌어진 제목은 대개 비슷한 투였다. 〈눈이 툭 튀어나온 괴물들이 보내오는 전파 쇼〉, 〈천문학자들, 외계 생명체에 대한 전신 교환〉, 〈하늘에서 들려오는 목소리?〉, 〈외계인들이 오고 있다, 외계인들이!〉 등등. 엘리는 신문 기사들이 탁자 위에서 펄럭이는 것을 바라보았다.

「최소한 히틀러 이야기는 새어나가지 않았군요. 전 또 〈미국, 히틀러가 우주에서 전하는 인사 공개〉 정도 되는 것이라도 있나 했지요. 아니면 훨씬 더 심각한 것이든지. 이제 그만 회의를 끝내고 다음에 계속하는 편이 좋을 것 같습니다」

「한말씀드리겠습니다, 각하」

데어 헤르가 머뭇거리며 입을 열었다.

「이 자리에서 의논해야 할 중요할 사항이 있어서요. 국제적인 문제입니다」

대통령은 말을 계속하라는 듯 잠자코 듣기만 했다.

데어 헤르가 말했다.

「제 말에 혹시 틀린 부분이 있다면 지적해 주십시오, 애로웨이 박사. 그 직녀성이란 별은 매일 뉴멕시코 사막 위에 뜹니다. 그리고 우리는 아직 내용이 뭔지 모르는 이 복잡한 신호를 받습니다. 전체 중의 일부 페이지겠지요. 8시간 정도가 지나면 별이 집니다. 제 말이 맞습니까? 자, 그럼 계속하겠습니다. 다음날 직녀성은 다시 떠오릅니다. 하지만 전날 져버린 이후부터 다음날 다시 뜰 때까지 우리는 신호를 받을 수 없습니다. 몇 페이지를 놓쳐버리는 거지요. 결국 첫날 30페이지부터 50페이지까지 받고 둘째날 80페이지부터 100페이지까지 받고 하는 식이 됩니다. 이래서는 도저히 전체 정보를 얻을 수가 없습니다. 설령 전체 메시지가 다시 반복된다 하더라도 놓쳐버린 페이지를 채울 수 있는지는 아무도 모르는 것입니다」

「그 말씀은 전적으로 옳습니다」

엘리가 자리에서 일어나 커다란 지구의 쪽으로 다가갔다. 분명히 백악관은 지구가 기울어져 있다는 데 대해 반대하는 듯했다. 그 지구의의 축은 완전히 수직이었다. 엘리가 지구의를 돌렸다.

「지구는 돌고 있습니다. 중간 정보를 놓치기 싫다면 각 경도

6장 겹쳐 쓴 양피지의 사본   145

상에 골고루 분포된 망원경이 필요합니다. 어느 나라건 자기네 영토 안에서만 메시지를 받는다면 중간중간이 비어 버린 쓸모없는 정보를 얻게 되는 거지요. 설령 그 부분이 가장 핵심적인 내용이라 해도 아무 소용이 없습니다. 그러니까 이것은 미국의 행성간 우주선이 당면한 것과 똑같은 문제입니다. 우주선은 미지의 행성 곁을 스쳐가면서 얻어낸 정보를 지구로 보냅니다. 하지만 그 시간에 미국은 지구의 반대 방향을 향하고 있을지 모릅니다. 그래서 항공우주국은 지구 경도대를 삼등분하여 전파 추적 관측소 세 곳을 마련하는 계획을 추진 중입니다. 몇십 년 동안 그 준비 작업이 성공적으로 이루어져 왔습니다. 하지만 최근 들어서는……」

엘리는 머뭇거리다가 항공우주국에서 온 개리슨 대표를 바라보았다. 그가 알아들었다는 듯 눈을 찡긋했다.

「네, 제가 설명드리지요. 그건 우주 네트워크라고 불립니다. 엄청난 규모의 작업이지요. 세 관측소는 모하브 사막, 스페인, 그리고 호주에 위치하게 될 예정입니다. 재정 부족 문제 때문에 어려움을 겪고 있는 상황이지만 조금만 도움을 받으면 빨리 일이 진행될 것입니다」

「스페인과 호주라고 했습니까?」

대통령이 되물었다.

「순수한 과학적 목적만을 생각한다면……」

국무장관이 덧붙였다.

「아무 문제없을 겁니다. 다만 탐사 작업이 정치적 색채를 띠게 된다면 좀 곤란해지겠지요」

두 나라와 미국 간의 관계는 최근 냉각 상태였다.

「이건 분명 정치적인 색채를 띠게 될 겁니다」

대통령이 떠보려는 듯 말했다.

「하지만 망원경이 땅에 붙어 있어야 한다는 법은 없습니다」

공군 장성이 끼어들었다.

「직녀성의 회전에 맞추어 거대한 전파망원경을 지구 궤도에 올리는 겁니다」

「좋아요」

대통령이 탁자 주위의 사람들을 둘러보았다.

「그런 우주 전파망원경이 현재 있습니까? 쏘아 올리려면 얼마나 오래 걸릴까요? 누구 이 문제에 대해 아는 분 없습니까? 항공우주국의 개리슨 박사가 말씀해주시겠습니까?」

「저희 항공우주국은 지난 3년 동안 해마다 맥스웰 관측소 설립 계획을 내놓았습니다. 하지만 그때마다 예산관리국에서 예산 배정을 거부했습니다. 세부 설계까지 끝난 상태이기는 합니다만 완성되려면 몇 년 정도는, 대략 3년은 걸릴 것으로 보입니다. 여기서 한 가지 말씀드려야 할 것이 있습니다. 작년 가을까지만 해도 소련은 밀리미터 이하급 전파망원경을 지구 궤도에서 가동했다는 점이지요. 저희로서는 그 망원경이 현재 작동을 중단한 이유를 알 수 없습니다. 하지만 분명한 것은 새로 전파망원경을 만들어 궤도로 쏘아올려야 하는 미국보다는 있는 망원경을 수리하여 사용하면 그만인 소련이 훨씬 더 유리한 상황이라는 점입니다」

「그 말이 맞나요?」

대통령이 되물었다.

「그럼 항공우주국은 우주 공간에 보통 망원경만 갖추고 있을 뿐 전파망원경이 없다는 거군요…… 그럼 혹시라도 다른 기관에서 필요한 망원경을 보유하고 있지는 않은가요? 정보국 쪽은 어떤가요? 국가안보국은?」

「추가 설명을 드리자면……」

데어 헤르가 말을 꺼냈다.

「이것은 아주 강한 신호로 다양한 주파수에서 수신되고 있습니다. 직녀성이 미국 하늘에서 지고 난 후 신호를 수신할 수 있는 관측소가 대여섯 나라에 있습니다. 하지만 다른 나라의 망원경들은 아르고스 연구소가 보유한 것에 비해 훨씬 더 성능이 떨어집니다. 아마 아직 편광 변조에 대해서는 생각도 못하고 있을 겁니다. 그렇다면 크게 염려할 필요없이 협력할 수 있지 않을까요. 우리가 나름대로 전파망원경을 제작해서 우주로 쏘아올릴 경우 메시지가 진작에 끝나버리고 말 위험도 있습니다. 애로웨이 박사님의 의견은 어떠십니까?」

「저는 이것이 어느 한 나라가 홀로 해낼 수 있는 일이라고 생각하지 않습니다. 지구의 여러 경도에 흩어져 있는 국가들 간의 협력이 필요한 것입니다. 호주, 중국, 인도, 소련, 중동, 서유럽 천문대의 전파망원경이 모두 필요합니다. 언제나 최소한 한 개 이상의 망원경이 직녀성으로부터 오는 메시지를 받고 있어야 완전한 데이터가 만들어집니다. 하와이와 호주 사이의 동태평양 지역, 그리고 대서양 한가운데에 이르기까지 조치를 취해 놓아야 합니다」

「소련은……」

중앙정보국장이 마지못한 듯 말했다.

「S대역에서 X대역까지 잡아내는 탐지 인공위성을 보유하고 있습니다. 〈아카데믹 켈디시〉나 〈마샬 네델린〉 같은 것이 그런 것들입니다. 우리가 소련과 협약을 맺는다면 그 인공위성을 대서양이나 태평양 위에 띄워 중간 지역을 채울 수 있을 겁니다」

엘리가 막 입을 열려고 할 때 대통령이 말을 시작했다.

「좋습니다. 협력이 필요하다는 데어 헤르 자문의 말이 옳을 수도 있습니다. 하지만 지금 너무 빨리 일이 진행되고 있다는 점을 다시 지적하고 싶습니다. 중앙정보국과 국가안전보장회의 관계자 여러분께서는 밤을 새워서라도 우리가 다른 나라, 특히 우방이 아닌 나라들과 협조하는 것 외에 다른 방안이 없는지 연구해 주시기를 바랍니다. 국무장관께서는 과학자들과 함께 협력 관계가 필요한 국가와 과학자 들의 명단을 작성해 주십시오. 우리가 협력을 요청하지 않았다는 이유로 화를 낼 만한 나라는 없는지, 자료를 주겠다고 했다가 딴소리를 할 경우에는 어떻게 해야 할지, 한 경도당 하나 이상의 나라를 포함해야 하는지 등의 문제도 살펴 주십시오. 그리고 마지막으로 꼭 부탁드리고 싶습니다」

대통령은 탁자 주위의 사람들을 하나하나 둘러보았다.

「이 문제를 밖에서 발설하지 말아 주십시오. 애로웨이 박사님도 마찬가지입니다. 안 그래도 해결해야 할 문제가 너무 많으니까요」

7장
은하 구름 에탄올

악마가 인간과 신 사이의 연락병이자 중재자로서
인간의 기도를 신에게 전하고
신의 도움을 인간에게 전달한다는 주장은
절대 믿을 수가 없다. 악마는 인간에게
해를 입히기 위해 혈안이 되어 있는 동시에
올바른 인간을 미워하고 조롱하면서 속임수를 사용하며
선한 인간을 가만 두고보지 못하는
고약한 존재인 것이다…….
——아우구스티누스의 『신의 도시』 VIII, 22

저 이단들이 일어난다면
우리는 그리스도의 계시를 받게 된다.
하지만 옛것이 사라진다면 우리에게 계시는 없다.
——토머스 브라운의 『의사의 종교』 I, 8(1642)

엘리는 앨버커키 공항까지 베게이를 마중 나가 연구소로 태워올 계획이었다. 나머지 소련 학자들은 연구소 차량으로 모셔 오면 될 일이었다. 지붕을 떼어버린 차에서 시원한 새벽 공기를 만끽하며 공항으로 달려가는 길가에는 또다시 뒷발로 선 토끼들이 줄지어 엘리를 배웅하겠지. 또 연구소로 되돌아오는 길에는 베게이와 단 둘이서 오랫동안 여러 가지 이야기를 나눌 수도 있을 것 같았다. 하지만 총무처에서 나온 보안 담당자는 결사 반대였다. 두 주 전 대통령의 신중한 기자 회견의 여파에다가 흥분한 언론의 영향까지 더해져 이 외딴 사막에 위치한 연구소에는 엄청난 군중이 몰려들었다. 보안 담당자는 폭력 사태의 위험성까지도 경고하는 판이었다. 그래서 엘리는 관용차만 타야 했고 거기다 무장 경호까지 받아야 했다. 결국 무장 경호원들이 사방을 둘러싼 거창한 행렬에 끼어 공항으로 향할 수밖에 없었다. 행렬은 주위를 살피며 느리게 나아갔다.

베게이와 다시 만나 함께 지내게 된 것은 즐거운 일이었다. 마지막으로 그를 만난 것은 3년 전 모스크바에서였다. 당시 그는 서방 방문이 금지된 상태였다. 출국 허가는 소련 정치권의 변덕스러운 정책 변화에 따라, 그리고 베게이 자신의 예측 불가능한 행동에 따라 나왔다 말았다 했다. 그가 도저히 자제하지 못하고 그나마 온건한 형태로 정치권을 비난하는 일이 생기면 허가가 나오지 않았고 이런 저런 과학자 대표단이 그만큼 자격 있는 사람을 찾지 못하는 경우에나 허가가 나왔다. 그는 세계 도처에서 강연, 세미나, 토론, 공동 연구 등의 요청을 받았다. 노벨 물리학상 수상자이자 소련 과학 아카데미 정회원으로서 그는 대부분의 다른 학자들보다는 조금 자유로웠다. 그러면서도 자주 소련 정부의 완고한 정책과 한계에 다다른 인내심 사이에서 아슬아슬하게 균형을 잡고 있는 듯했다.

그의 본래 이름은 바실리 그레고로비치 루나카르스키였지만 전 세계 물리학자들 사이에서는 이름과 부칭(父稱)의 첫글자를 따서 러시아어 식으로 발음한 베게이로 불리고 있었다. 베게이와 소련 정부 간의 관계는 서방 학자들에게는 도무지 알 수 없는 수수께끼였다. 그와 먼 친척이 되는 아나톨리 바실리에비치 루나카르스키는 고리키, 레닌, 트로츠키 등과 함께 볼셰비키 세력을 형성했고 이후에는 인민 교육 위원으로 일했으며 1933년 사망할 때까지 스페인 주재 소련 대사로 있었다. 베게이의 어머니는 유태인이었다. 또 베게이가 소련 핵무기 개발에 참여했다는 소문도 있었는데 그건 최초의 소련 핵무기 개발 당시 그가 어린 꼬마에 불과했다는 점을 감안하면 믿기 어려운 이야기였다.

베게이의 연구소는 인력이나 장비 등이 모두 현대적이었고 베게이 자신도 엄청난 학문적 업적을 쌓고 있었지만 그것은 소련

안보위원회의 지속적인 주목을 받아야 한다는 점을 의미할 뿐이었다. 이랬다저랬다 하는 출국 허가에도 불구하고 베게이는 고(高) 에너지 물리학에 관한 로체스터 심포지엄, 상대성 천체물리학을 주제로 한 텍사스 회의, 그리고 국제 관계 긴장을 논의하는 비공식적이지만 영향력이 큰 퍼그워시 모임 등에 자주 얼굴을 내밀 수 있었다.

엘리는 베게이가 1960년대에 캘리포니아 버클리 대학교를 방문했을 때의 일을 들은 적이 있었다. 당시 베게이는 외설적이고 선동적인 구호를 담은 값싼 배지들을 퍽 마음에 들어했다고 했다. 〈그래, 그랬어.〉 엘리도 희미한 기억을 더듬었다. 〈그땐 정말 어떤 배지를 달고 있는지 흘깃 보기만 해도 그 사람 성향을 알 수 있을 정도였지.〉 소련에서도 그런 배지는 인기가 있었지만 그건 그저 〈디나모〉 축구팀의 승리를 축하하거나 최초로 달에 착륙한 우주선 〈루나〉 호를 기념하기 위한 것이었다. 버클리 대학교의 배지는 그와는 전혀 달랐다. 베게이는 배지를 수십 개나 샀지만 그중에서도 특히 하나만을 줄곧 달고 다녔다. 〈섹스를 위해 기도하라〉라고 쓰인 손바닥만한 배지였다. 과학자들의 모임에도 그걸 달고 나타날 정도였다. 어째서 그렇게 그 배지를 좋아하느냐는 질문을 받으면 그는 〈당신네 나라에서는 이게 한 면으로만 공격적이오. 하지만 우리나라에서는 두 가지 면에서 그렇지〉라고 대답했다. 좀더 캐묻는다 해도 유명한 볼셰비키였던 자기 친척 한 사람이 공산주의 사회에서 종교의 지위에 대한 책을 썼다는 말이 나올 뿐이었다. 그때 이후 베게이의 영어 실력은 놀랍게 늘었다. 엘리의 러시아어 실력보다 훨씬 훌륭했다. 하지만 유감스럽게도 그와 함께 배지에 대한 열정은 사그라들고 말았다.

한번은 두 사회 체제의 장점에 대해 격론을 벌이다가 엘리가 자신은 베트남전에 반대하면서 백악관 앞을 자유로이 행진할 수 있었다고 자랑한 적이 있었다. 베게이는 그 당시 자신도 미국의 베트남전 개입을 항의하면서 크렘린궁 앞을 자유로이 행진했었다고 대답했다.

베게이는, 뉴욕에서 열린 회의 도중 엘리의 안내를 받아 스태튼 섬을 구경한 소련 학자처럼 쓰레기를 산더미처럼 쌓아올린 청소차나 음식물 찌꺼기를 찾아 자유의 여신상 앞을 날아다니는 갈매기 떼를 향해 다급히 사진기를 들이대는 일은 전혀 없었다. 호사스러운 해안 호텔에서 아레시보 관측소로 가는 길에 볼 수 있는, 금방이라도 무너질 듯한 판자촌을 열심히 찍어대지도 않았다. 그런 사진을 소련 과학자들은 어디다 갖다 바치는 것일까? 엘리는 속으로 궁금했다. 어쩌면 자본주의 사회의 불행과 모순들을 고발하기 위한 KGB 도서관이라도 있는지 몰랐다. 소련 사회의 실패에 마음이 착잡해질 때면 불행한 미국인들의 모습을 담은 사진들 사이를 걸어다니는 것이 그나마 위로가 될 테니까.

소련에는 알려지지 않은 이유로 몇십 년 동안이나 동유럽 바깥으로 나오지 못하는 위대한 과학자들이 많았다. 예를 들어 콘스탄티노프라는 사람은 1960년대 중반까지 서방을 단 한번도 방문하지 못했다. 바르샤바에서 열린 어느 국제 회의 기간 중 술자리에서 그 이유를 묻는 질문이 나오자 콘스탄티노프는 〈한번 내보내면 내가 결코 돌아오지 않으리라는 것을 알기 때문이오〉라고 대답했다. 하지만 1960년대 후반에서 1970년대 초반, 미·소 간의 과학 교류가 해빙기를 맞았던 동안 그는 몇 번이나 출국 허가를 받았고 그때마다 조국으로 되돌아갔다. 하지만 이제는 더 이상 그의 모습을 볼 수 없었다. 서방 학자들은 그저 해마다 연하장을 받아보는 것으로 그의 소식을 확인할 뿐이었다. 연하장 그림은 책상 다리를 하고 고개를 늘어뜨린 채 블랙홀 반경에 대한 슈바르츠실트 공식이 쓰여진 구체(球體) 위에 앉아 있는 그 자신의 모습이었다. 모스크바를 방문하는 손님들에게 그는 물리학적 은유법을 사용해 아직도 그가 양자 우물(좁고 깊은 포텐셜──옮긴이)에 갇힌 상황이라고 말하곤 했다. 소련 정부는 다시는 그를 밖으로 내보려고 하지 않았다.

베게이는, 1956년의 헝가리 혁명이 비밀 파시스트의 손에 의해 이루어졌고 1968년 프라하의 봄은 대표성이 없는 반(反)사회주의 단체의 소행이라는 등의 소련 정부의 공식 입장을 설명했다. 하지만 그러면서도 만약 자기가 들은 말이 잘못된 것이라면, 그리하여 그것이 순수한 민중 봉기였다면 그들을 억압한 자기 조국은 잘못을 저지른 것이라는 말을 덧붙였다. 아프가니스탄 사태에 대해서는 굳이 정부 공식 입장 따위를 언급하려 들지도 않았다. 한번은 연구소 안 그의 집무실에 있는 개인용 단파 라디오를 일부러 보여준 일이 있었다. 라디오의 주파수 표시판에는 러시아 어로 〈런던〉, 〈파리〉, 〈워싱턴〉 등의 딱지를 붙여 놓은 상태였다. 그러면서 자신은 모든 나라의 선전 선동을 들을 수 있는 자유가 있다고 말했다.

한때 베게이를 제외한 대부분의 소련 과학자들은 정부가 화려한 문구로 선전하는 〈황화(黃禍, 독일의 윌리엄 2세가 주장한 황색 인종 우세설──옮긴이)〉에 동조하기도 했다.

「중국-소련 국경선 전체에 중공군들이 서로 어깨를 맞대고 늘어서 있는 모습을 상상해 보시오」

7장 은하 구름 에탄올 157

한 과학자는 엘리에게 이렇게 말했었다. 연구소 소장실에서 사모바르(러시아식 차 끓이는 주전자——옮긴이)를 둘러싸고 있을 때였다.

「지금과 같은 출생률이라면 대체 국경을 넘어오는 데 얼마가 걸리겠소?」

하지만 암울한 예감과 산술이 교차된 뒤 절대 그럴 리 없다는 결론이 나왔다. 윌리엄 랜돌프 허스트(미국의 신문 경영자——옮긴이)는 아무 의심 없이 황화의 위협에 동조했다. 하지만 베게이는 달랐다. 그렇게 많은 중공군들이 국경에 배치된다면 자동적으로 출생률이 떨어지게 된다는 가정하에 그는 그런 식의 계산은 오류라고 주장했다. 잘못된 수학적 모델이 문제의 핵심인 양 말하는 베게이의 속마음은 모두들 이해하고도 남았다. 소련과 중국 간의 긴장이 최고조에 달한 시기라 해도 엘리가 아는 한 그는 병적인 편집증과 인종 차별에 휩쓸리는 것을 결코 스스로 용납하지 못하는 사람이었다.

엘리는 사모바르가 좋았다. 소련인들이 왜 그렇게 사모바르를 아끼는지도 알 것 같았다. 성공적으로 달에 쏘아올려진 루나호드 호는 철사 바퀴가 달린 욕조 비슷한 모양이었는데 엘리 눈에는 사모바르 기술이 응용된 것으로 보였다. 어느 환한 유월의 아침 베게이의 안내를 받아 모스크바 교외 전시 공원에서 루나호드 호의 모형을 본 적이 있었다. 타지키스탄 자치구의 세공품 전시관 바로 옆에 실물 크기 소련 우주선 모형들이 들어찬 대형 건물이 있었다. 최초의 궤도 우주선인 스푸트니크 1호, 처음으로 생명체를(《라이카》라는 그 개는 우주에서 죽었다) 실어 날랐던 스푸트니크 2호, 다른 천체까지 날아간 최초의 우주선 루나 2호, 최초로 달의 반대편을 촬영한 루나 3호, 최초로 다른 행성에 안전하게 착륙한 베네라 7호, 소련인들의 영웅인 유리 가가린을 태우고 지구 궤도를 돈 최초의 유인 우주선 보스토크 1호 등을 볼 수 있었다. 전시관 밖에서는 붉은 소년단 스카프를 두른 금발의 어린아이들이 보스토크 호의 발사대 모형을 미끄럼틀 삼아 썰매를 탔다. 소리 높여 즐거운 고함 소리를 지르며 땅으로 미끄러져 내려오는 것이다. 〈땅〉을 뜻하는 소련 말은 〈제믈랴〉였다. 북극해의 소련령 섬인 〈노바야 제믈랴〉는 〈새로운 땅〉이라는 의미였다. 1961년 58메가톤급 열핵 무기로 인류 최대의 폭발 실험이 이루어진 곳이 바로 그 섬이었다. 하지만 그 봄날, 거리는 모스크바인들이 커다란 자랑거리로 여기는 맛있는 아이스크림 판매상들로 북적거렸고 산책 나온 가족이나 이 빠진 노인들은 엘리와 베게이를 연인으로 생각한 듯 미소를 보내왔다. 그 거대한 국가는 너무도 평화롭고 아름다웠다.

 엘리가 드물게 모스크바나 페테르부르그를 찾을 때마다 베게이는 저녁 공연을 예약해 놓곤 했다. 여섯 내지 여덟 명이 함께 볼 쇼이나 키로프 발레를 보러 가는 것이다. 베게이가 어떻게 그런 귀한 표를 구하는지는 모를 일이었다. 엘리가 고맙다고 인사를 하면 러시아 학자들은 오히려 외국 손님들과 동반하는 경우에나 자신들도 그런 공연을 구경할 수 있다며 거꾸로 이쪽에 고마워했다. 베게이는 그저 미소를 지을 뿐이었다. 베게이가 저녁 공연에 아내를 데리고 나온 적은 한번도 없었다. 엘리가 아내에 대해 궁금해 하면 베게이는 환자 돌보기에 바쁜 의사라고 설명했다. 부모님이 계획만 했을 뿐 결국 미국으로 이민을 떠나지 않은 데 대해 아쉬운 마음이 있느냐고 물었을 때 베게이는 굳은 목소리로 대답했었다.
「딱 한 가지 아쉬운 점이 있지요. 부모님이 미국으로 가셨다면 우리 딸이 불가리아 사람하고 결혼하게 되지는 않았을 게 아닙니까」
한번은 그가 모스크바의 코카서스 식당에서 저녁 모임을 주선한 적이 있었다. 〈타마다〉라고 불리는 전문적인 사회자가 모임 진행을 맡았다. 〈칼라제〉라는 이름의 그 남자는 멋들어진 축배의 말로 술을 권하는 데 있어 경지에 다다른 사람이었다. 하지만 엘리의 러시아어 실력으로는 통역을 부탁할 수밖에 없었다. 타마다는 엘리를 바라보며 설명했다.
「우리는 축배의 말도 없이 술을 마시는 사람을 알코올 중독자라고 부릅니다」
첫 축배의 말은 〈모든 행성의 평화를 위해〉로 끝났다. 베게이는 〈평화〉를 뜻하는 〈미르〉라는 단어가 세계, 또는 그리고 고대 농촌 사회의 자율적인 평화 공동체라는 의미도 갖는다고 말했다. 이어 그들은 최대 정치 단위가 마을 이하였던 시대가 현재보다 더 평화로웠을까를 두고 토론을 벌였다.
「모든 마을은 행성이오」
베게이가 잔을 높이 들고 말했다.
「그리고 모든 행성은 마을이지요」
엘리는 이렇게 대답했었다.
그런 자리는 소란스러웠다. 엄청난 브랜디와 보드카 병을 비워냈지만 지나치게 취해버리는 사람은 아무도 없었다. 새벽 한두시에 고함을 지르며 식당을 빠져나와 택시를 잡는 게 보통이었지만 결국 헛수고로 끝나는 일이 많았다. 그러면 베게이는 5, 6킬로미터나 떨어져 있는 호텔까지 걸어서 엘리를 데려다 주었다. 그는 남의 말에 귀를 기울이는 친절한 성품이었고 정치적 판단에 있어서는 관대했으며 과학적 연구에서는 맹렬했다. 동료들 앞에서는 거리낌없이 성 해방에 대한 배지를 달고 다니면서도 엘리에게는 작별의 입맞춤 한번 하지 않았다. 하지만 그가 엘리를 좋아한다는 건 분명했다.

소련 과학계에는 여성의 비중이 미국보다 오히려 더 높았다. 하지만 대부분은 심부름꾼 수준이었고 높아봐야 중간 관리자를 넘지 못했다. 따라서 소련 과학자들도 미국에서와 마찬가지로 재능이 뛰어난 미모의 여성 과학자가 당당하게 자기 의견을 밝히는 상황에 접하면 당황하곤 했다. 그리고 종종 말을 가로막거나 못 들은 척하는 일도 있었다. 그런 때면 어김없이 베게이가 나서서 커다란 목소리로 〈뭐라고 했지요, 애로웨이 박사? 다시 한번 말씀해 주십시오〉라고 말해주곤 했다. 그러면 다른 사람들은 입을 다물었고 그제서야 엘리는 갈륨 비소 탐지기, 혹은 은하 구름 W-3에 포함된 에탄올에 대해서 설명을 계속할 수 있었다. 행성간 구름 하나에 들어 있는 200도짜리 순수 알코올의 양은 전 지구의 어른들이 지독한 알코올 중독자라 해도 태양계가 지속되는 동안은 충분히 먹이고도 남았다. 코카서스 식당의 타마다는 그 말을 듣고 대단히 즐거워했다. 다시 축배를 거듭하면서 그들은 다른 생명체들도 에탄올을 마시면 취하게 될지, 알코올 중독이란 은하계 전반의 문제일지, 또 그날 만난 칼라제만큼 솜씨가 좋은 다른 어떤 타마다가 우주에 존재할지 등에 대해 토론을 벌였다.

7장 은하 구름 에탄올 161

* * *

앨버커키 공항에 도착한 엘리는 소련 과학자들을 태운 뉴욕발 비행기가 30분이나 빨리 도착했다는 것을 알았다. 그리고 기념품 판매장에서 한창 가격을 흥정하고 있는 베게이를 찾아냈다. 곁눈질로 엘리를 본 베게이는 손가락을 들어 보이며

「일분만 기다려줘요. 19달러 95센트라고요?」

라고 심드렁한 판매원을 향해 말했다.

「어제 뉴욕에서 똑같은 걸 보았는데 17달러 50센트였소」

가까이 다가가 보니 베게이가 사려고 하는 것은 알몸으로 뒤엉킨 남녀 사진이 인쇄된 트럼프였다. 이전 세대라면 사회의 비난을 받을 만했지만 지금은 그저 볼썽사납다는 정도로 넘어갈 만한 그런 물건이었다. 판매원의 만류에도 불구하고 베게이는 카운터 전체에 카드를 펼쳐 놓으며 협상을 계속했다.

「죄송합니다만, 손님, 가격은 제가 매기는 것이 아닙니다. 전 그저 여기 직원일 뿐이라고요」

판매원이 투덜거렸다.

「이런 건 계획경제만의 문제인 줄 알았는데」

결국 지고 만 베게이가 20달러 지폐를 판매원에게 건네며 엘리를 향해 말했다.

「진정한 자유 기업 체제라면 15달러만 주고도 살 수 있었을 거요. 아니 12달러 95센트도 가능했겠지. 날 그런 식으로 보지 말아요, 엘리. 내가 가지려는 것이 아니오. 연구소 직원들에게 한 장씩 나눠주면 좋은 기념품이 될거요」

엘리는 미소지으며 그의 팔을 잡았다.

「다시 만나뵙게 되어 반가워요, 베게이」
「나도 정말 기쁘오」

* * *

연구소로 가는 차 속에서 두 사람은 약속이나 한 듯이 잡담으로 일관했다. 발레리언과 운전사, 그리고 새로 온 보안 요원은 앞좌석에 앉아 있었다. 발레리언은 보통 때도 입을 잘 열지 않는 터라 그저 두 사람의 대화를 듣는 것으로 만족하는 듯했다. 정작 소련 과학자들이 온 목적인 세번째 층의 메시지 이야기는 가끔 간접적으로만 언급될 뿐이었다. 미국 정부는 마지못해 소련 측의 참여가 필요하다는 결정을 내렸다. 직녀성으로부터의 신호가 너무 강해서 작은 망원경으로도 신호를 탐지할 수 있는 상황이었기 때문에 도저히 피할 수 없는 결정이기도 했다. 이미 몇 년 전부터 소련인들은 유라시아 대륙 전체에 걸쳐 작은 망원경들을 배치시켜 두었던 것이다. 지구 표면 둘레 9천 킬로미터를 망라하는 규모였다. 또한 최근에는 사마르칸트 근처에 전파망원경 관측소를 완공하기도 했다. 이뿐만 아니라 소련의 인공위성은 대서양과 태평양 두 곳 모두에서 신호를 잡을 수 있었다.

소련 측 데이터 중 일부는 일본이나 중국, 인도, 이라크 등지에서 이미 수신된 것과 중복되었다. 영국, 프랑스, 네덜란드, 스웨덴, 독일, 체코슬로바키아, 캐나다, 베네수엘라, 호주 등 자국 하늘 위로 직녀성이 떠오르는 전세계 각국의 전파망원경 관측소들은 모두들 별이 뜰 때부터 질 때까지 메시지를 수신해 저장하는 상황이었다. 일부 뒤떨어진 탐지 장비를 갖춘 관측소는 개개 파동을 구분해 내지도 못했다. 하지만 그럼에도 불구하고 소리는 잡아냈다. 이리하여 각국은 조각 그림 맞추기의 조각을 몇 개씩 가진 셈이었다. 엘리가 키츠 차관보에게 설명했듯이 지구가 회전하고 있기 때문에 말이다. 각국은 그 파동에서 무언가 의미를 찾아보려고 했다. 하지만 그건 대단히 어려운 일이었다. 메시지가 문자인지 그림인지조차 알 수 없었다.

메시지가 첫번째 페이지로 다시 돌아가 주지 않는 한, 그리고 메시지에 대한 소개와 해독 열쇠가 주어지지 않는 한 해독이 불가능하다는 점은 분명했다. 〈아주 긴 메시지인 것 같아.〉 주변의 사막 지대를 시베리아 침엽수림과 비교하는 베게이의 말을 들으며 엘리는 생각했다. 그럼 백년이 흘러도 끝까지 받지 못할 수도 있지. 아니면 해독 열쇠 같은 게 아예 없을지도 모르고. 메시지를 수신하는 생명체의 지능을 시험하려고 하는 거라면 어떨까. 아둔하여 해독을 못하는 생명체라면 그 내용을 잘못 사용하는 일이 없을 것이 아닌가. 결국 메시지 해독에 실패한다면 자신이 전인류를 대표해서 치욕감을 느끼게 되리라는 생각이 새삼 머리를 쳤다. 미국과 소련이 협력하여 합의서에 서명하는 그 순간부터 전파망원경을 보유한 모든 국가는 협력을 약속했다. 세계 메시지 컨소시엄이 생긴 셈이었다. 서로간의 데이터를 교환하고 두뇌도 공유하기로 한 것이다.

신문은 사소한 기사들로 가득했다. 소수, 올림픽 개막식 방송, 복잡한 메시지 등 빈약하기 짝이 없는 내용이 수없이 반복되었다. 직녀성의 메시지에 대해 어떤 경로로든 들어보지 못한 지구인은 한 명도 없을 정도였다.

종교 단체들은 규모와 세력을 막론하고 이 메시지의 신학적인 의미를 파고들었다. 메시지를 배경으로 새로 탄생한 종교도 있었다. 어떤 사람들은 메시지를 신이 보냈다고 하고, 다른 사람들은 악마로부터 온 것이라 했다. 히틀러와 나치 체제는 새삼스레 재조명되었다. 베게이는 일요일자 《뉴욕타임스 북 리뷰》에서 나치의 십자기장을 여덟 개나 보았다고 말하기도 했다. 엘리는 여덟 개 정도면 평균이라고 대답했지만 그건 과장이었다. 보통은 두세 개 정도였기 때문이다. 〈우주교〉라는 종파에서는 비행접시가 히틀러 시대 독일에서 발명되었다고 주장했다. 그 비행접시를 타고 당시 독일을 탈출한 나치의 순혈통 후손들은 이제 직녀성으로부터 지구로 돌아올 채비를 갖췄다는 것이었다.

신호 수신을 결사 반대하며 당장 중단할 것을 요구하는 사람들도 있었다. 또 이를 재림의 징표로 여겨 더 큰 전파망원경을 우주에 띄워야 한다는 주장도 있었다. 소련이 위조된 거짓 정보를 넘겨줄 위험이 크다는 우려의 목소리도 높았다. 일본, 중국, 이라크, 인도 등지에서 수신된 중복 데이터를 통해 진위 여부가 확인될 수 있는 상황이었음에도 불구하고 말이다. 해독 여부에 무관히 메시지의 존재 자체가 국제 정치 구도, 특히 분쟁 지역 구도에 영향을 미친다는 분석도 나왔다. 송신 문명이 인류보다 훨씬 앞서 있다는 점은 분명했고 따라서 이것은 기술 문명이 반드시 스스로를 파괴하는 방향으로 나아가지는 않음을 보여주는 증거라는 의견도 있었다. 핵무기와 그 발사 방법에 대한 실험이 끊임없이 이루어지는 세상에서 직녀성의 메시지는 희망의 상징으로 여겨졌다. 많은 사람들이 메시지를 정말 오래간만에 듣는 기쁜 소식으로 반가워했다. 몇십 년 동안이나 젊은 사람들은 미래에 대한 진지한 고민을 애써 피해 왔다. 하지만 이제 마침내 밝은 미래를 상상할 여지가 생긴 것이다.

이렇게 긍정적으로 메시지를 받아들이는 사람들은 자신도 모르게 천년왕국설 신봉자들이 십여 년 동안 근거로 삼아온 논리에 근접하고 있었다. 일부 천년왕국설 신봉자들은 임박한 세번째 천년왕국이 예수나, 부처, 마호메트 같은 예언자들의 재림과 함께 일어나 지구상에 자비로운 신정(神政)을 구현하며 죽은 자들을 심판하게 된다고 말했다. 반면 더 많은 수의 다른 신봉자들은 고대 예언서에 분명히 씌어진 대로 재림을 위해서는 세상의 물리적 파괴를 피할 수 없다고 생각했다. 이런 사람들은 온 세계가 협력하는 분위기가 마음에 들지 않았고 곳곳에서 전략 무기가 감소 추세를 보인다는 점도 못마땅했다. 신앙의 중심 교리가 실현될 가능성이 매일매일 줄어드는 셈이었기 때문이다. 세상을 파괴할 대재앙의 다른 요인들, 즉 인구 과잉, 산업 공해, 지진, 화산 폭발, 온실 효과, 빙하 시대, 유성 충돌 등은 진행 속도가 느리거나 실제 발생할 확률이 낮았고 종말의 효과를 강조하기에 부적당했다.

몇몇 천년왕국설 지도자들은 신봉자들에게 생명보험 가입이란 신앙이 흔들리는 증거이며 젊은 사람들이 미리 묘 자리를 사두는 것은 크나큰 불경 행위라고 강조했다. 몇 년만 지나면 믿는 자들은 모두 하늘로 들려 올라가 하느님 앞에 서게 된다는 것이었다.

엘리는 베게이의 유명한 친척이 볼셰비키 혁명가로서는 드물게도 세계 여러 종교에 학문적인 관심을 지녔다는 점을 알고 있었다. 하지만 베게이는 그러한 전세계적인 종교계의 동요에 별 관심이 없었다.

「우리나라에서 가장 중요한 종교적 문제라면 직녀성 사람들이

레온 트로츠키를 제대로 탄핵했느냐 하는 것뿐이오」

그가 말했다.

* * *

아르고스 연구소가 가까워질수록 길가는 세워둔 자동차, 텐트, 그리고 사람들로 북적거리는 모습이 되었다. 예전에 조용하기 이를 데 없었던 오거스틴 평원은 밤만 되면 모닥불로 사방이 훤했다. 고속도로를 따라 모여 있는 사람들은 절대 다들 부유한 것 같지는 않았다. 엘리는 두 쌍의 젊은 남녀를 보았다. 티셔츠와 청바지를 입은 남자들은 엉덩이에 허리띠를 걸쳐 매고 고등학교 선배들에게 배운 것 같은 건방진 자세로 어슬렁거리며 무언가 열심히 이야기하고 있었다. 그중 한 사람은 두 살쯤 되어 보이는 꾀죄죄한 아이가 탄 유모차를 밀었다. 남편들 뒤를 따르는 여자들 가운데 한 명은 막 인간의 걸음마를 배운 아이의 손을 잡았고 다른 한 명은 이제 한두 달만 있으면 이 혼란스러운 지구 위에서 생명체로 합류할 존재를 품은 불룩한 배를 앞으로 내밀고 있었다.

사일로사이빈(환각 작용을 일으키는 멕시코산 마취성 버섯——옮긴이)을 신성시하는 타오스 외곽 외딴 마을에서 온 신비론자들도 있었고 에탄올을 성스럽게 여기는 앨버커키 근처 수녀원 소속 수녀들도 보였다. 평생을 집 밖에서 보낸 듯 가죽같이 두꺼운 피부에 눈가 주름이 깊은 남자들 틈에서 애리조나 대학생들의 하얀 얼굴이 두드러졌다. 터무니없이 비싼 가격에 비단 넥타이 따위를 내놓은 나바호족 장사치는 백인과 원주민들 사이에 존재했던 역사적인 상거래 관계를 소규모로나마 뒤집어놓고 있는 셈이었다.

데이비스-몬탄 공군 기지에서 온 휴가병들은 씹는담배와 풍선껌을 열심히 우물거렸다. 족히 9백 달러는 나갈 것으로 보이는 정장을 차려입은 백발의 남자는 아마 목장 주인인 듯했다. 허름한 임시 가옥, 고층 빌딩, 찰흙으로 빚은 오두막, 기숙사, 이동식 가옥 등 각양각색의 주거지가 늘어서 있었다. 일부는 달리 할 일이 없어서, 다른 일부는 손자들에게 들려줄 좋은 이야깃거리를 만들기 위해서 온 것이었다. 어떤 사람들은 실패를 바랐고 다른 사람들은 기적을 보게 되리라 확신했다. 조용한 기도 소리, 귀에 거슬리게 떠들고 웃는 소리, 신비적인 황홀감, 기대감 등이 오후의 밝은 햇살 아래 넘쳐흘렀다. 고개를 들어 자동차 행렬을 바라보는 사람들은 몇 명 되지 않았다. 그나마 흥미 없다는 듯한 눈길이었다. 자동차 하나하나에는 〈미 정부 협력 차량〉이라고 씌어 있었다.

자동차 뒷좌석에 앉아 점심을 먹는 사람들도 보였다. 또 〈우주 기념품〉이라고 쓰인 트럭 앞에는 구경꾼들이 몰려 있었다. 연구소 측의 배려로 마련된 1인용 화장실 앞에는 아주 긴 줄이 생겨났다. 아이들은 자동차와 침낭, 담요, 이동 피크닉 테이블 사이를 신나게 휘젓고 다녔다. 노란 옷을 걸친 삭발한 젊은이들이 둘러서 힌두교 기도문을 외우고 있는 61번 망원경 근처에 가서 방해를 하거나 고속도로 쪽으로 나가지 않는 한 아이들은 어떤 어른에게서도 제지를 받지 않았다. 만화책이나 영화에 나왔던 외계인의 모습을 그린 포스터들도 있었다. 〈외계인들은 우리 가운데 있다〉라는 포스터 문구가 보였다. 금 귀걸이를 단 남자는 누군가의 트럭 후미등을 보면서 수염을 깎았고 숄을 두른 검은 머리의 여인은 엘리의 행렬에 커피잔을 들어 인사를 던졌다.

101번 망원경 옆, 새로 만든 출입구를 향해 다가가고 있을 때 엘리는 급조한 연단 위에서 군중을 상대로 연설하고 있는 젊은 남자를 보았다. 천국의 번갯불이 지구에 떨어지는 장면을 묘사한 티셔츠 차림이었다. 군중들 틈에서도 똑같은 셔츠를 입은 사람들이 몇 명 보였다. 엘리는 정문을 통과한 직후 행렬을 멈춰 세우고 유리창을 내려 젊은 남자의 연설을 들었다. 그는 자동차 행렬과는 반대 방향을 보고 있었고 때문에 일행은 청중과 얼굴을 마주 보는 위치가 되었다. 깊이 감동한 표정들이야, 엘리는 생각했다.

연설은 한창 이어지는 중이었다.

「…… 또 과학자들이 악마에게 영혼을 팔아버렸다고 말하는 사람들도 있습니다. 저 망원경들 하나하나에는 비싼 보석이 들어 있습니다」

그는 손짓으로 101번 망원경을 가리켰다.

「과학자들조차 그 사실을 인정하는 상황입니다. 어떤 사람은 그 보석이 거래를 통해 악마가 차지한 몫이라고 말합니다」

「종교 깡패군」

어서 가자는 듯 눈짓을 하면서 베게이가 침울하게 중얼거렸다.

「아니, 잠시만 더요」

엘리가 경탄을 담은 미소를 지으며 말했다.

「신을 두려워하는 종교적인 사람들은 메시지가 우주의 사악한 존재로부터 온 것이라고 생각합니다. 인간에게 해를 끼치기 위해서 말입니다」

연설 중인 젊은 남자는 특히 두번째 문장을 강조했다.

「하지만 당신들은 모두 이 사회의 부패와 타락에 지쳐 있습니다. 역겨움을 느끼기도 하겠죠. 이러한 타락은 생각없이 무책임하게 이루어진 불경스러운 과학 발전 때문입니다. 저는 어느쪽이 옳은지 모르겠습니다. 메시지가 무슨 내용을 담고 있는지, 어디서 보내진 것인지는 모릅니다. 아마 곧 알게 되겠지요. 하지만 과학자들과 정부 관리들이 우리에게 솔직하게 모든 것을 털어놓지 않는다는 점은 분명합니다. 늘 그랬듯이 우리를 기만하고 있는 것입니다. 오랫동안 그래 왔습니다. 오, 하느님, 우리는 늘 그들의 거짓을, 부패된 세상을 받아들여 온 것입니다」

그 순간 놀랍게도 청중들은 우레와 같은 동조의 박수를 보냈다. 연사는 엘리가 그저 막연하게만 알고 있었던 분노의 핵심을 지적한 것이다.

「이들 과학자들은 우리가 하느님의 자녀들이라는 것을 믿지 않습니다. 그저 원숭이의 후손이라고 생각할 뿐이죠. 그런 자들이 세상의 운명을 결정하기를 원하십니까?」

「아니오!」

청중들은 소리 높여 대답했다.

「무신론자들이 하느님과 대화하기를 원하십니까?」

「아니오!」

「그들은 외계의 괴물들과 우리의 미래를 흥정하고 있습니다. 형제자매 여러분, 이곳에는 악마가 깃들어 있습니다」

엘리는 연사가 자신들의 존재를 알아차리지 못하리라 생각했다. 하지만 이제 연사는 반쯤 몸을 뒤로 돌려 서성거리고 있는 호위병을 가리켰다.

「저들은 우리를 위해 말하지 않습니다! 우리를 대표하지도 않습니다! 저들에게는 인류의 이름으로 하늘과 대화할 권리가 없습니다!」

담장 근처에 있던 군중들이 뒤엉키면서 담장을 밀어대기 시작했다. 발레리언과 운전사는 당장 움직여야 한다고 판단했다. 다행히 시동을 켜놓은 상태라 차는 금방 속도를 높여 아르고스 연구소 본관으로 향할 수 있었다. 군중들의 함성과 타이어 바퀴의 〈끼익〉 소리 너머로 엘리는 연사의 분명한 목소리를 들었다.

「이곳의 악은 멈출 것입니다. 저는 그것을 확신합니다」

8장
무작위 선택

종교학자는 종교가 하늘에서 내려온
순수한 정신이라고 주장하는 즐거운 역할을 맡는다.
역사학자의 과제는 좀더 우울하다.
그는 종교가 땅에 내려와 나약하고 열등한
생명체들 사이에서 어쩔 수 없이 부패와 오류에
물들었음을 발견해야만 하기 때문이다.
——에드워드 기번의 『로마 제국 흥망사』 XV

엘리는 무작위 선택 방법을 마다하고 순서대로 텔레비전 채널을 돌려보는 중이었다. 「대량 학살자의 일상생활」과 「한 번 맞춰봐」라는 프로그램이 나란히 붙은 두 채널에서 나오고 있었다. 이 두 채널만 봐도 매체가 희망적인 역할을 담당한다고는 볼 수 없었다. 젊은 남녀 선수들이 열심히 뛰어다니는 모습을 비추고 있는 채널도 있었다. 존슨 시의 와일드 캐츠 팀과 유니온 엔디코트 타이거즈 팀의 열띤 배구 시합 중계였다. 다음 채널에서는 회교의 9월 단식을 올바로 지키는 방법에 대해 설교가 이어지는 중이었다. 그 다음 채널은 켜지지 않았다. 회원제로 운영되는 섹스 채널이 분명했다. 엘리가 다음으로 돌린 채널은 판타지 게임 시험판을 제공하는 방송이었다. 이 채널을 각 가정의 컴퓨터에 연결하면 새로운 게임을 시험적으로 한번 해볼 수 있었고 그래서 게임이 마음에 들 경우 정식으로 게임 디스크를 주문하는 방식이었다. 오늘의 게임은 〈은하 길가메시〉라는 것이었다. 시험적으로 게임을 해보는 사람들이 혹시라도 프로그램을 복사하지 못하게끔 전자적 보호 장치가 되어 있었다. 〈이런 비디오 게임들은 청소년에게 미지의 미래를 맞을 준비를 시키는 데 전혀 도움이 안 되겠는걸.〉 엘리는 생각했다.

이어 엘리의 시선을 사로잡은 것은 통킹 만의 미 7함대 소속 구축함 두 척이 월맹 어뢰정으로부터 소위 이유 없는 공격을 받은 사건과 그 대응으로 〈필요한 모든 조치를 취하도록 하는〉 대통령의 발언에 대해 분석하고 있는 채널이었다. 「어제의 뉴스」라는 제목의 이 프로그램은 엘리가 즐겨 시청하는 몇 안 되는 프로그램 중 하나로 몇 년 전의 뉴스를 다시 분석하는 내용이었다. 프로그램의 절반은 이전 뉴스를 보여주고 다른 절반은 조목조목 잘못된 정보를 지적하며 언론 매체가 정부에 의해 (그 정당성은 불문으로 하고) 얼마나 좌지우지되는지를 보여주는 데 할애되었다. 이 시리즈를 제작한 〈리얼리 티비〉사는 지방 혹은 중앙 정부 차원에서 벌어지는 각 캠페인의 성과를 분석하는 「약속, 약속들」, 널리 퍼져 있는 편견이나 신화를 해부하는 「기만과 망언」 등의 프로그램도 만들었다. 화면 아래에 쓰인 1964년 8월 5일이라는 날짜를 보는 순간 고등학교 시절의 기억이 물밀듯 밀려왔다. 엘리는 서둘러 다음 채널로 돌렸다.

여러 채널이 흘러갔다. 동양 요리 강습 프로그램, 집안일을 담당하는 제1세대 로봇에 대한 보도, 소련 대사관이 제공하는 러시아어 뉴스, 어린이 프로그램, 새로운 분석기하학을 소개하는 수학 프로그램, 주택과 부동산 거래 전문 방송 등등. 낮 시간대의 지루한 방송들을 지나 엘리는 종교 채널에까지 이르렀다. 들뜬 분위기에서 직녀성의 메시지에 대해 한창 이야기가 오가는 중이었다.

미국 전역에 걸쳐 교회는 신도들로 넘쳐났다. 남녀노소 모두가 그 메시지를 자기 신앙을 되돌아보는 계기로 삼고 있는 것이 확실하다고 엘리는 생각했다. 상호 배타적인 종말론과 내세론이 종합적으로 정당화되는 셈이었다. 페루, 알제리, 멕시코, 짐바브웨, 에콰도르, 그리고 호피(애리조나 주 북부에 거주하는 쇼쇼니족 푸에블로 인디언——옮긴이)족 사이에서는 자신들의 선조 문명이 외계로부터 왔는지의 여부를 두고 열띤 논쟁이 벌어졌다. 여기서 외계 기원설을 주장하는 사람들은 식민주의자로 공격받았다. 천주교는 전 우주에 미치는 신의 은총에 대해 논의했고 개신교도들은 다른 종교에 앞서 외계에 선교단을 파견해야 한다고 생각했다. 쿠웨이트의 한 남자는 자신이 시아파의 숨겨진 이맘(네 명의 초대 칼리프 중 알리의 혈통을 이어받은 이슬람 최고의 7인 혹은 12인 지도자에 대한 칭호——옮긴이)이라고 주장하고 나섰다. 유대교에서는 광적인 메시아 열기가 일어났다. 또다른 유대교 정통파 교단에서는 지식이 신심을 손상시킨다고 두려워한 나머지 당시 지도자 랍비를 설득하여 25세 이하의 젊은이에게 과학이나 철학 공부를 금지시키도록 한 1300년대의 광신도〈아스트럭〉에 대한 관심이 갑자기 높아졌다. 이슬람에서도 유사한 풍조가 일어났다. 니콜라스 폴리데모스라는 이름의 테살로니카 철학자는 종교, 정부, 인간을 모두 새로 결합해야 한다는 논의로 관심을 모았다.

UFO 단체들은 샌안토니오 부근 브룩스 공군 기지에 야간 경계조를 편성, 운영했다. 샌안토니오에는 1947년 비행접시가 추락한 후 발견된 외계인 시신 네 구가 완벽하게 냉동 보관되어 있다는 소문이 돌았던 것이다. 외계인들은 키가 1미터 남짓이고 작고 흠 없이 탄탄한 치아를 가지고 있다고 했다. 인도에서는 비슈누가

환생했다고 떠들썩했고 일본에서는 아미타불이 출현했으며 루르드에서는 수백 명이 기적적으로 병을 치유했다는 소식이었다. 티베트에서도 스스로 새로운 보살이라 칭하는 여인이 나타났다. 때가 오면 죽은 조상의 영혼이 배를 타고 이승으로 돌아와 근대 문화의 소산을 신자들에게 나누어주고 노동할 필요가 없어지며 백인 지배에서 해방된다는 뉴기니 쪽의 토속 신앙이 호주까지 번져나갔다. 외계의 은총을 받아들이기 위해 사람들은 너도 나도 조잡한 모형 전파망원경을 만들어냈다. 세계공상가협회는 직녀성의 메시지가 신의 존재를 부정하는 증거라고 주장했다. 모르몬 교회는 이것이 모로니 천사가 가져오는 두번째 신탁이라고 설교했다.

메시지는 종교 집단에 따라 여럿 혹은 유일한 신의 존재를 증명하기도 했고 거꾸로 신을 부정하는 증거가 되기도 했다. 사바타이 제비란 사람이 주장했던 1666년을 뒤집은 1999년을 천년왕국의 시작으로 보는 이들도 있었다. 다른 이들은 예수의 탄생과 죽음으로부터 각각 2000년 후가 되는 1996년과 2033년을 주장했다. 고대 마야의 대주기는 우주가 끝나는 2011년에 완성되는 것으로 되어 있었다. 기독교의 천년왕국설과 마야의 대주기 예언은 멕시코와 중미 지역에서 종말론의 거센 회오리바람을 일으켰다. 금방 최후의 날이 다가온다고 생각하는 천년왕국설 신봉자들은 재산을 가난한 사람들에게 나누어주었다. 어차피 가지고 있어 보았자 가치가 없다는 생각과 하느님에게 구원받기 위해 선을 쌓는다는 목적 때문이었다.

열광, 광신, 두려움, 희망, 열띤 토론, 침착한 기도, 날카로운 분석, 모범적인 희생, 완고한 신앙, 새롭고 놀라운 사상에 대한 열의 등이 지구라는 작은 행성을 뒤덮었다. 〈그런 소란 속에서 지구라는 세계가 광대한 우주의 융단에서 얼마나 가느다란 실 한 가닥에 지나지 않는지 모두들 어렴풋하게나마 깨닫는 중이지〉 엘리는 생각했다. 그 와중에서도 메시지를 해독하려는 작업은 계속 진행되고 있었다.

 미 헌법이 보장하는 언론 자유에 힘입어 종교 채널의 프로그램 진행자는 엘리와 베게이, 데어 헤르, 그리고 피터 발레리언을 향해 온갖 욕설과 비난을 퍼붓고 있었다. 무신론자다, 공산주의자다, 메시지의 내용을 알면서 공개하지 않는다 등 비난의 이유도 갖가지였다. 엘리가 보기에 베게이는 절대 골수 공산주의자가 아니었고 또 피터 발레리언은 독실한 기독교 신자였다. 운좋게 메시지 해독이 가능해진다면 엘리는 저 건방진 텔레비전 진행자에게 직접 그 사실을 알려주고 말리라 다짐했다. 하지만 데이비드 드럼린 선생만은 영웅 취급을 받았다. 바로 그가 소수와 올림픽 방송을 찾아내는 데 결정적인 공헌을 했다는 것이었다. 〈드럼린이야말로 우리 시대가 요구하는 과학자이다…〉 엘리는 한숨을 내쉬며 채널을 돌렸다.

 이제 TABS 채널이었다. 직접 위성 방송과 180 채널의 케이블 방송이 등장하기 전까지 미국 방송을 독점했던 대형 상업 방송 중에서 유일하게 살아남은 채널이었다. 좀처럼 텔레비전에 출연하지 않는 파머 조스가 나오고 있었다. 그의 맑은 목소리, 단정한 용모는 엘리를 포함한 대부분의 미국인들에게 잘 알려져 있었다. 파머 조스의 눈 밑은 거무스름했다. 〈인류를 걱정하느라 어젯밤 잠을 이루지 못한 모양이겠지…….〉

「과학은 우리를 위해 도대체 무엇을 했습니까?」

 그가 말했다.

「우리는 더 행복해졌습니까? 레이저 수신기나 씨 없는 포도는 중요한 것이 아닙니다. 우리는 예전보다 더 행복합니까? 그렇지 않다면 과학자들은 기술이 가미된 장난감으로 우리의 눈을 현혹시키며 신심을 약화시킨 것에 불과합니다」

〈소박한 시대를 꿈꾸며 서로 조화될 수 없는 것을 조화시키려는 노력으로 평생을 바치는 인물이군.〉 엘리는 생각했다. 그는 대중 종교의 극단적 비대화를 비난함으로써 진화론과 상대성 이론에 대한 자신의 공격을 정당할 수 있다고 생각하는 모양이야. 그럼 왜 전자(電子)의 존재에 대해서는 공격하지 않는 거지? 그 자신이 전자를 본 적도 없고 성서에도 전자기학에 대해서는 씌어 있지 않기 때문인가? 도대체 왜 전자의 존재를 믿는 거야? 엘리는 그때까지 파머 조스의 연설을 한번도 들은 적이 없었다. 하지만 어쩐지 조만간 메시지 해독 작업에 그가 끼어들게 될 거라는 생각이 들었다.

「과학자들은 발견된 사실을 감추어 놓고 우리에게는 아주 작은 조각들만 내놓습니다. 적당히 입을 다물게 할 정도로만 말입니다. 그들이 하는 일을 이해하기에 우리가 너무 어리석다고 생각하는 거지요. 그래서 제대로 된 관측치나 논증 과정 없이 결론을 말합니다. 자신들의 이론이나 가정이 마치 절대적인 계시라도 되는 양 거들먹거리는 거죠. 하지만 그건 보통 사람만 되도 충분히 추측할 수 있는 것들입니다. 그리고 자신들의 이론이 그로 인해 상실되는 신앙심만큼 훌륭한 것인지에 대한 진지한 질문은 결코 던지지 않습니다. 자기들 일을 과대평가하고 우리가 아는 것을 과소평가하는 것입니다. 설명을 요구하면 우리 같은 보통 사람은 이해하는 데만도 몇 년이 걸릴지 모른다고 대답합니다. 물론 종교에도 이해하려면 몇 년씩 걸리는 것이 있습니다. 평생을 고심해도 전능한 주님의 본성은 이해할 수 없는 것입니다. 하지만 그렇다고 과학자들이 종교 지도자를 찾아와 얼마나 오랫동안 연구하고 기도했는지 묻는 일은 없습니다. 우리를 기만하는 경우를 제외하고는 전혀 우리의 존재를 안중에 두지 않기 때문입니다.

이제 그들은 직녀성으로부터 메시지를 받았다고 말하고 있습니다. 하지만 별은 메시지를 보내지 못합니다. 누군가가 보낸 것입니다. 그게 누굴까요? 메시지를 보낸 목적은 선한 것일까요 악한 것일까요? 그들이 메시지를 해독하고 나면 마지막에는 신의 서명이 남을까요 악마의 저주가 남을까요? 메시지 안에 어떤 내용이 들어 있는지 과학자들이 솔직하게 털어놓을 리가 없습니다. 우리가 이해할 수 없다고 생각해서, 혹은 그들이 믿는 바와 다르다는 이유로 무언가 숨기지 않겠습니까? 우리가 스스로 멸망하는 길을 가르쳐준 것이 바로 저들이 아닙니까?

형제자매 여러분, 과학은 과학자들 손에만 맡기기에는 너무도 중요한 것입니다. 각 교파의 지도자들이 반드시 메시지 해독 작업에 참여해야 합니다. 우리도 본래의 자료를 보아야만 합니다. 그렇지 않다면 도대체 우리의 입장은 뭐가 되겠습니까? 과학자들은 메시지에 대해 이야기해 주기는 하겠죠. 그건 실제로 그들이 믿는 내용일 수도, 그렇지 않은 내용일 수도 있습니다. 우리는 그들이 말하는 것을 그대로 믿는 외에 다른 도리가 없습니다. 물론 과학자들이 알 수 있는 내용도 있겠지만 그렇지 못한 것도 있을 것입니다. 어쩌면 천국의 어떤 존재가 메시지를 보낸 것일지도 모릅니다. 메시지가 신탁이나 계시가 아니라고 어떻게 확신할 수 있습니까? 그들은 보았다고 해서 믿을 수 있는 자들이 아닙니다. 우리에게 수소 폭탄을 만들어 준 그런 자들이지 않습니까? 오 하느님, 그런 영혼에 더 이상 관대할 수 없는 저희를 용서하소서!

저는 하느님의 얼굴을 마주보았습니다. 저는 온 영혼을 다 바쳐 주님을 경배하고 사랑하며 믿습니다. 저보다 더 깊이 주님을 믿는 사람은 아무도 없을 것입니다. 주님에 대한 제 믿음보다 과학자들의 과학에 대한 확신이 더 큰 것인지 저는 알지 못합니다.

그들은 새로운 것이 나타나면 언제든 자신들의 〈믿음〉을 내버릴 자세가 되어 있습니다. 그리고 그 점을 자랑스러워합니다. 그들은 지식의 끝을 보지 못합니다. 세상 끝 날까지 우리가 무지의 늪에 빠져 있으리라 생각하고 자연계에는 확실성이란 없다고 주장합니다. 뉴턴은 아리스토텔레스를 무너뜨렸고 아인슈타인은 뉴턴을 부정했습니다. 하나의 이론을 이해하기 무섭게 다른 이론이 등장합니다. 낡은 개념을 두고 그것이 일시적이라는 것을 인정했다면 이렇게 배신감을 느끼지는 않을 것입니다. 보십시오, 그들은 뉴턴 만유인력의 법칙을 말합니다. 〈법칙〉이라는 용어를 사용하는 것입니다. 그것이 자연계의 〈법칙〉이라면 어떻게 그릇된 것일 수 있습니까? 어떻게 부정될 수 있습니까? 자연계의 법칙을 무효로 할 수 있는 존재는 오직 주님 한 분뿐입니다. 과학자들은 잘못된 길을 가고 있습니다. 아인슈타인이 옳다면 뉴턴은 그저 서투른 아마추어 과학자에 불과했다는 식이니까요.

기억하십시오, 과학자들이 언제나 옳은 것은 아닙니다. 그들은 우리의 믿음과 신앙을 앗아가고자 합니다. 그 자리를 대신 채울 영적 가치는 전혀 주지 못하면서 말입니다. 과학자들이 직녀성으로부터 온 메시지에 관해 책을 쓴다고 해도 저는 신을 부정하지 않을 것입니다. 저는 과학을 숭배하지 않습니다. 저는 십계명을 어기지 않을 것입니다. 우상 앞에 고개를 숙이지 않을 것입니다」

* * *

널리 알려지고 존경받는 인물이 되기 전 젊은 시절의 파머 조스는 축제를 쫓아다니는 어릿광대 패의 일원이었다. 그건 언론에 소개된 약력에도 나올 정도로 공개된 사실이었다. 먹고살기 위한 방편으로 그는 몸 전체에 세계지도를 그려 넣었다. 그러고는 오클라호마에서 미시시피에 이르는 시골 장터를 돌아다니며 몸을 밑천 삼아 공연을 했다. 너른 대양에는 뺨을 부풀려 서풍과 북동풍을 만들어내는 바람의 신 네 명이 그려져 있었다. 그는 가슴 근육을 움직여 북풍이 대서양 중부를 따라 불어가도록 하고는 놀라는 구경꾼들 앞에서 로마 시인 오비디우스의 시구를 암송했다.

구름 위를 서성이는 폭력의 군주,
나는 광대한 바다를 출렁이게 하고 커다란 나무를 쓰러뜨린다……
악마의 광포함을 가진 나는
늙은 지구의 가장 깊숙한 동굴까지 파고들며
그 끝없는 심연으로부터 솟구쳐 올라
지옥의 공포스러운 그림자를 뿌린다.
그리고 전세계를 죽음으로 뒤덮을 지진을 일으키리라!

그야말로 고대 로마로부터 온 불과 유황이었다. 그는 근육과 손을 움직여 서아프리카를 남미와 마주 붙이는 식으로 대륙의 이동을 보여주었다. 두 대륙은 그림 조각 맞추기의 조각들처럼 그의 배꼽 근처에서 정확히 합쳐졌다. 과연 〈지구 인간〉이라고 선전할 만했다.

초등학교 졸업이 전부인 학력이었지만 워낙 책을 많이 읽은 탓에 과학과 고전에 대한 그의 지식은 평균치에 전혀 뒤떨어지지 않는 수준이었다. 수려한 외모를 적절히 이용해 그는 순회 길에 들르는 도서관에서마다 사서와 친해졌고 스스로를 계발하기 위해 어떤 책을 읽으면 좋은지 추천해 달라고 부탁했다. 친구를 사귀는 법, 부동산에 투자하는 법, 요령 있게 다른 사람의 마음을 사로잡는 법 등에 대한 책들은 어쩐지 너무 깊이가 없는 듯 느껴졌다. 반면 고대 문학과 현대 과학 분야는 그의 마음에 들었다. 비는 시간이 있을 때마다 그는 도시나 마을의 도서관을 찾았다. 그리고 혼자서 지리와 역사를 공부했다. 동업자인 코끼리 소녀 엘비라가 도대체 어디 다녀왔느냐고 물으면 그는 일을 잘하려면 공부를 해야 한다고 대답했다. 엘비라는 그가 사서들과 히히덕거리기나 할 것이라고 생각했지만 공연하면서 지껄이는 대사가 점점 더 수준 높아진다는 점은 인정해야 했다. 그리고 놀랍게도 그런 노력은 성과를 거두어 점차 더 많은 돈이 들어오기 시작했다.

어느 날 파머 조스는 관중에게 등을 돌린 채 인도와 아시아 대륙의 충돌로 히말라야 산맥이 융기하는 모습을 보여주었다. 그때 갑자기 흐린 하늘에서 번개가 떨어져 그의 몸에 맞았다. 미국 남부에서는 보기 드문 일이었다. 그는 자기 영혼이 널빤지 위에 가련한 모습으로 뻗어 있는 육신을 빠져나가는 것을 느꼈다. 영혼은 점점 더 높이 날아올라 길고 어두운 터널을 통과하더니 밝은 빛으로 다가갔다. 그 빛 속에서 서서히 신과 같은 영웅의 모습이 뚜렷해졌다.

깨어났을 때 그는 살아 있는 자신을 발견하고 실망을 감추지 못했다. 검소한 침실에서 그를 간호하는 사람은 존경받는 목사 빌리 조 랭킨 1세였다. 그 뒤쪽으로 두건을 쓴 십여 명의 사람들이 성가를 부르는 모습이 보이는 것 같았지만 확실치는 않았다.

「전 살아 있나요, 아니면 죽은 건가요?」

그가 속삭이며 물었다.

「자네는 살아 있다고도 죽었다고도 할 수 있네」

빌리 조 랭킨 1세가 대답했다.

파머 조스는 자신이 세상에 존재한다는 사실을 고통스럽게 인정했다. 하지만 현실 세계와 자신이 목격한 은총이나 축복 사이에서 갈등은 오래 지속되었다. 처해진 상황에 따라 그는 두 가지 감정 중의 하나를 선택해 그에 따라 말하고 행동해야 했다. 얼마간 시간이 지난 후 그는 그런 식으로 살아가야 한다는 것을 받아들이게 되었다.

나중에 사람들은 그가 정말 죽었었다고 말해주었다. 의사는 사망 선고를 내렸지만 사람들이 계속 그를 위해 기도하고 성가를 불렀으며 신체 마사지를 통해 되살리려고까지 했었다. 그리고 결국 그를 살려낸 것이다. 그는 말 그대로 다시 태어난 셈이었다. 이런 상황들은 그의 기억속에 희미하게 남아 있는 사실과 정확히 일치했다. 겉으로는 말하지 않았지만 그는 그 사건의 중요성에 대해 곰곰이 생각했다. 이유 없이 죽음을 경험했을 리는 없었다. 또 생명을 되돌려 받은 데도 까닭이 있을 것이었다.

빌리 조 랭킨 1세 목사의 도움을 받으며 그는 성경을 공부하기 시작했다. 그리고 예수의 부활과 구원의 교리에 깊이 감동했다. 서서히 목회 일을 돕기 시작한 그는 나중에는 먼 곳으로 전도하러 다니는 일 같은 것을 모두 떠맡았다. 특히 빌리 조 랭킨 1세의 아들 빌리 조 랭킨 2세가 하느님의 부름을 받고 텍사스로 떠난 이후에는 더욱 큰 역할을 할 수밖에 없었다. 파머 조스는 훈계보다는 설명에 치중하는 독특한 설교법을 개발했다. 쉬운 말로 소박한 비유를 사용하여 그는 세례와 내세에 관해, 고대 그리스 로마 신화와 기독교 성경 간의 관계에 관해, 이 세상에 대한 신의 계획에 관해, 과학과 종교를 올바로 이해하고 조화시키는 것에 대해 설교했다. 이것은 틀에 박힌 설교가 아니었고 다른 종파들에게는 지나치게 교파를 초월하고 있다는 비판도 받았지만 대중들 사이에서 폭발적인 인기를 얻었다.

의사나 변호사가 그렇듯 종교를 파는 목사도 다른 목사를 비판하는 일은 드물었다. 이 점은 파머 조스도 잘 알고 있었다. 하지만 어느 날 텍사스에서 돌아온 빌리 조 랭킨 2세의 설교를 듣게 되었을 때 그는 회의를 느끼지 않을 수 없었다. 빌리 조 랭킨 2세는 보상과 심판에 대해 딱딱한 설교를 한 뒤 치료를 시작했다. 치료제는 다른 어떤 것과도 비교할 수 없을 만큼 성스러운 것이었다. 바로 예수가 태아였을 때 그를 보호해주던 양수라는 것이다. 고대 동방의 토기 안에 들어 있는 그 양수를 한 방울만 아픈 부위에 떨어뜨리면 성스러운 은총으로 모든 병이든 단번에 낫게 된다고 했다.

파머 조스는 그런 분명한 사기 행각 자체보다도 오히려 거기 모든 신도들이 현혹된다는 점에 충격을 받았다. 전에도 대중을 우롱하려는 여러 가지 시도를 본 적이 있었다. 하지만 그것은 장난이나 오락 수준이었다. 이건 달랐다. 종교의 이름을 걸고 이루어지는 사기인 것이다. 종교는 기적 따위로 증명하기에는 너무도 중요한 것이 아닌가. 그는 그런 행위가 사기며 협잡이라고 당당히 주장하기 시작했다.

시간이 지나면서 파머 조스는 다른 이단적 교파도 배척하기 시작했다. 배척된 교리 중에는 진실한 신앙은 뱀의 독을 두려워하지 않는다는 성경 말씀에 따라 뱀을 가까이하며 신앙을 시험하는 주장도 있었다. 볼테르를 인용한 그의 설교는 널리 알려졌다. 최초의 성직자가 최초의 바보를 만난 최초의 악한이라고 가르치는 불경한 이에게 지지를 보낼 만큼 타락한 성직자는 없을 것으로 생각한다고 그는 말했다. 그런 종교는 해악을 입히는 종교였다. 이 말과 함께 그는 손가락을 들어 흔들어 보였다.

파머 조스는 모든 종교에는 신자들의 이성을 모욕하지 않기 위한 일정한 교리의 한계가 있다고 주장했다. 이성적인 사람들은 그런 한계선을 어디 그을 수 있을지 합의하지 못하고 있지만 어쨌든 자주 그 선을 넘는 종교는 결국 멸망하게 된다고도 했다. 신자들은 바보가 아니라는 것이다. 빌리 조 랭킨 1세 목사는 죽기 전날 유언에서 두 번 다시 파머 조스를 보고 싶지 않다는 말을 남겼다.

이즈음부터 파머 조스는 과학 역시 모든 문제를 해결해 주지는 못한다고 설교하기 시작했다. 그는 진화론에서 모순되는 사항을 발견했다. 그러고는 이론에 들어맞지 않는 곤란한 발견이 나오면 과학자들은 그것을 은폐하기 급급하다고 결론을 내렸다. 그들은 실제로 지구가 46억 살인지를 알지 못하며 그것은 어서 대주교가 지구는 6천년 되었다고 말했던 것과 같은 수준에 불과했다. 진화가 일어나는 것을 본 사람은 아무도 없었고 천지창조 이후 시간이 얼마나 흘러갔는지 정확히 아는 사람 또한 존재하지 않았다.

아인슈타인의 상대성 이론 역시 증명되지 않은 것이었다. 아인슈타인은 빛보다 빠른 속도로 움직일 수 없다고 주장했다. 하지만 그 사실을 그는 어떻게 아는가? 빛의 속도에 그는 얼마나 근접해 보았을까? 상대성이란 그저 세상을 이해하는 한 가지 방법에 불과했다. 아인슈타인은 인류가 먼 미래에 어떤 일을 할 수 있는지 알지 못했다. 당연히 신이 할 수 있는 일의 한계도 알지 못했다. 신은 원한다면 빛보다 빠른 속도로 움직일 수 있지 않을까? 원한다면 우리 인간이 빛보다 빠른 속도로 움직이도록 만들 수 있지 않을까? 과학에나 종교에나 한계는 있었다. 이성적인 사람이라면 두 가지 중 하나에 전적으로 의존하려 들지 않을 것이다. 성서에 대해서나 자연계에 대해서나 여러 가지 해석이 있다. 하지만 두 가지는 모두 신이 만들어낸 것이며 따라서 서로 밀접하게 연관되어 있다. 어딘가에 모순이 존재한다면 그것은 과학자나 종교학자, 혹은 둘 다의 직무 유기에서 온 것이다.

과학과 종교를 공히 비판하면서 파머 조스는 도덕과 지성을 함께 강조했다. 천천히 그는 전국적인 명성을 얻었다. 학교에서 〈과학적 진화론〉을 교육하는 문제에 대해, 낙태나 냉동 수정의 윤리적 문제에 대해, 유전 공학의 수용 가능성에 대해 그는 활발한 토론을 벌였고 과학과 종교 사이에서 중도를 걷고자 했다. 과학계와 종교계는 모두 그의 논리에 격분했지만 대중적 인기는 높아갈 뿐이었다. 그는 대통령과 절친한 사이가 되었고 그의 설교문은 주요 일간지의 논단을 장식했다. 하지만 그는 새로운 교회를 세우자는 등의 여러 제안들을 뿌리치고 소박하게 살면서 대통령의 초대를 받거나 전체 기독교 집회 같은 행사가 있지 않는 한 남부의 시골 마을을 떠나지 않았다. 정치에 휘말리지 않는다는 것을 원칙으로 삼았던 것이다. 그리하여 수많은 경쟁자를 누르고 파머 조스는 시대를 대표하는 정통파 기독교 목사로 인정받기에 이르렀다.

* * *

베게이를 비롯한 소련 학자들과 메시지 해석 작업의 최근 성과에 대해 의견을 나누기 위해 비행기로 날아온 데어 헤르는 어디 조용하게 저녁 식사를 할 만한 곳이 있겠느냐고 엘리에게 물었다. 하지만 뉴멕시코 남부는 전세계에서 몰려든 기자들로 법석이었다. 사방 100마일 이내에는 눈을 씻고 찾아보아도 식당 같은 건 없었다. 그래서 엘리는 아르고스 연구소 내 방문객 숙소 근처의 자기 아파트에서 두 사람만의 조촐한 저녁 식사를 준비했다. 이야기할 것은 아주 많았다. 때로 전체 연구의 운명이 대통령의 결정에 달린 것처럼 보이기도 했다. 데어 헤르가 도착하기 직전 엘리는 막연한 불안감을 느꼈다. 식기 세척기에 접시를 넣으면서 그들은 파머 조스를 화제에 올렸다.

「그 사람은 아주 고집불통이에요」

엘리가 말했다.

「시야가 좁지요. 그는 메시지가 자기 신앙을 뒤흔들 수 있는 어떤 것, 용납할 수 없는 성서 상 주석 같은 것이라고 상상하고 있어요. 새로운 과학적 사고의 틀을 어떻게 이전 것과 통합시킬 것인가 하는 문제에는 전혀 관심이 없고요. 최신 과학이 그를 위해 무엇을 해주었는지에 대해 의구심을 표현하기도 하지요. 그러면서 자신이 이성의 목소리를 대변한다고 생각한다니까요」

「천년왕국설 신봉자들이나 지구 중심론자들에 비하면 그래도 파머 조스는 온건한 편이에요」

데어 헤르도 자기 생각을 털어놓았다.

「어쩌면 우리는 정말로 과학의 방법론을 대중에게 충분히 설명하지 않았는지도 몰라요. 그 문제에 대해 요즘 많이 생각하게 됩니다. 엘리, 당신은 메시지가 어디서 왔는지 확신할 수 있나요?」

「신에게서 왔는가 악마에게서 왔는가 하는 문제 말이에요? 당신까지 파머 조스에 물든 모양이군요」

「글쎄요, 우리보다 훨씬 진보된 생명체라면 우리가 선 또는 악이라고 부르는 것의 화신이 될 수 있지 않을까요? 파머 조스는 바로 그런 것을 신이라든가 악마로 표현하는 거고요」

「제 생각은 달라요. 그들 생명체는 직녀성 체계 안에 있어요. 그들은 우주를 창조한 존재가 아닙니다. 구약성서에 나오는 신처럼 아무것도 아닌 존재일 뿐이에요. 직녀성, 태양, 그리고 태양계의 다른 모든 이웃 별들은 거대한 은하계의 평범한 구석 자리일 뿐이라는 점을 기억하세요. 파머 조스에게는 더 시급하게 신경을 써야 할 다른 일이 있을 텐데요」

「엘리, 상황이 좀 복잡합니다. 당신도 알다시피 파머 조스는 엄청난 영향력을 가지고 있지요. 그리고 세 명의 전·현직 대통령과 친분이 두텁죠. 당신이나, 발레리언, 드럼린 선생 등의 메시지 해독 예비 회의에 목사들이 잔뜩 끼어들게 되어서는 물론 안 되겠지만 파머 조스만은 예외가 되었으면 하는 것이 대통령 각하의 바람인 듯합니다. 하지만 위원회에 기독교 목사가 있다고 하면 당연히 소련인들은 협조를 꺼릴 겁니다. 이것 때문에 전체 작업이 어그러질 수도 있지요. 그래서 말인데 우리가 직접 그를 찾아가 이야기를 해보면 어떨까요? 대통령 각하 말로는 파머 조스가 과학에 나름대로 조예가 깊다고 합니다. 우리가 그를 설득한다면 문제를 사전에 차단할 수 있지 않을까요?」

「그를 개종시키자는 겁니까?」

「그의 믿음을 어떤 식으로든 변화시킬 수 있다고는 꿈도 꾸지 않습니다. 다만 아르고스 연구소가 무슨 일을 하는지 설명하고 해독 작업 후 내용이 마음에 들지 않으면 응답을 하지 않아도 좋다는 점, 그리고 직녀성이 안심해도 좋을 만큼 지구에서 멀리 떨어져 있다는 점 같은 걸 알려주면 족하지요」

「아마 그는 광속이 우주에서 낼 수 있는 최대의 속도라는 점부터도 믿지 않을 거예요. 서로 통하지 않는 이야기들만 허무하게 오갈 겁니다. 전 어렸을 때부터 전통적인 종교에 적응하지 못하는 사람이에요. 그들의 모순과 위선을 깨뜨리고 싶었죠. 저와 파머 조스가 만나야 한다는 것이 당신 생각인지, 대통령의 의견인지 궁금하군요」

「엘리……」

데어 헤르가 말했다.

「난 당신을 잘 알아요. 당신이 파머 조스와 만난다고 해서 상황이 더 나빠질 건 아무것도 없습니다」

엘리는 데어 헤르의 미소에 다시 미소로 답했다.

* * *

신호 수신용 인공위성을 적절히 배치하고 레이캬비크(아이슬란드 서남부 항구 도시 —— 옮긴이)나 자카르타 같은 곳에 규모는 작지만 쓸만한 전파망원경을 설치하고 나자 이제 모든 경도 대에서 직녀성의 신호를 받을 수 있게 되었다. 가을에는 파리에서 세계 메시지 컨소시엄 회의가 열리기로 되어 있었다. 그 준비를 위해 상대적으로 방대한 데이터를 보유한 국가들이 모여 과학적인 논의를 벌였다. 긴 회의 끝에 나흘간 마련된 정리 보고회는 과학자들과 정치가들 사이를 중재하는 데어 헤르 같은 사람을 위한 자리였다. 베게이가 이끄는 소련 과학자 대표단에는 유명한 과학자와 기술자가 포함되었다. 그중에는 소련이 주도하는 국제 우주 컨소시엄 〈인터 코스모스〉 위원장인 겐리히 아르항겔스키, 중공업 장관 티모페이 고트리제도 있었다.

베게이는 평소답지 않게 긴장한 모습으로 줄담배를 피웠다. 엄지와 집게손가락 사이에 담배를 끼운 채 그가 입을 열었다.

「이제 신호 수신이 그럭저럭 전체 경도 대에서 이루어지게끔 되기는 했지만 그래도 안심할 수 있도록 이중 체제를 갖추어야 한다는 점을 다시 강조하고 싶습니다. 마셜 니델린 호에서 헬륨 액화 장치가 고장난다거나 레이캬비크 발전소에 문제가 생긴다면 수신된 메시지에는 빈 구멍이 생겨나게 됩니다. 메시지가 다 오는 데 2년이 걸린다고 한다면 놓친 부분을 채우기 위해 2년을 기다려야 한다는 얘기가 됩니다. 더군다나 메시지가 반복될지의 여부도 알지 못하는 상태입니다. 반복되지 않는다면 물론 그 구멍은 영원히 메우지 못하겠지요. 따라서 만반의 준비를 갖추는 것이 아주 중요합니다」

「구체적으로 어떻게 하면 좋겠습니까?」

데어 헤르가 물었다.

「모든 관측소에 비상용 발전기 같은 것을 가져다 놓으면 될까요?」

「그렇습니다. 또 독자적으로 기능하는 증폭기, 스펙트로미터, 디스크 드라이브 등등도 필요합니다. 멀리 떨어져 있는 관측소에는 액체 헬륨을 공중 보급하기 위한 체제도 갖추어 놓았으면 합니다」

「엘리, 당신 생각도 마찬가지인가요?」

「물론입니다」

「또 뭐가 필요합니까?」

「아주 넓은 주파수 범위에서 직녀성을 계속 관찰해야 한다고 생각합니다」

베게이가 말을 이었다.

「당장 내일 또다른 메시지가 단 하나의 주파수에서 날아오기 시작할지도 모르기 때문입니다. 하늘의 다른 부분도 관측해야 합니다. 메시지 해독의 열쇠는 직녀성이 아닌 다른 곳으로부터 올 가능성도……」

「제가 베게이의 말을 보충 설명하겠습니다」

발레리언이 끼어들었다.

「지금은 우리가 메시지를 계속 받고 있지만 다른 한편 해독 작업에는 진전을 보지 못하고 있는 단계입니다. 인류에게는 이런 경험이 전혀 없습니다. 따라서 모든 가능성을 생각해야 합니다. 단순한 예방 조치를 생각해 내지 못했다거나, 혹은 자그마한 문제를 내다보지 못했다는 이유로 1, 2년을 헛되이 기다리고 싶지는 않습니다. 메시지가 끝난 후 다시 반복되리라는 것은 우리의 희망 사항에 불과합니다. 메시지 자체에서는 반복되리라는 암시가 아무것도 없습니다. 따라서 지금 잃어버리는 기회는 영원히 잃어버리는 기회가 될 거라고 생각하는 편이 현명합니다. 보다 정교한 메시지 분석도 요구됩니다. 숨어있는 또다른 네번째 층이 있을지 모릅니다」

「개인적인 질문을 드리겠습니다」

베게이가 말을 받았다.

「메시지가 1, 2년 단위가 아니라 십년 이상 계속된다고 합시다. 아니면 전 우주에서 날아올 메시지의 시작에 불과하다고 생각할 수도 있겠죠. 이런 가정 하에서 볼 때 전세계를 통틀어 전파천문학자가 기껏해야 몇백 명 수준이라는 것은 커다란 문제입니다. 절실하게 필요한 인력이 없다는 거지요. 따라서 선진국들은 더 많은 전파천문학자와 전파공학자를 키워내기 시작해야 합니다」

소련 과학자들은 말을 별로 하지 않았지만 상세한 점까지 메모하고 있었다. 새삼스레 엘리는 소련인들의 영어 실력에 감탄했다. 미국 학자의 러시아어 수준과는 비교할 수도 없었다. 20세기 초반 전세계의 과학자들은 독일어를 구사했다. 그전에는 불어, 더 전에는 라틴어가 그런 지위를 누렸다. 다음 세기에는 아마도 과학자들의 공용어가 중국어가 되지 않을까. 지금은 일시적으로 영어가 세계를 지배하는 중이었고 지구상 과학자들은 모두 불규칙한 영어 문법을 익히느라 애를 쓰고 있었다.

피우던 담배에 남은 불씨로 새 담배에 불을 붙이면서 베게이가 말을 이었다.

「또 말씀드릴 것이 있습니다. 아직은 추측 수준이긴 하지만 메시지의 내용에 대한 것입니다. 메시지가 반복되리라는 가정보다도 한걸음 더 나아간 추측입니다. 연구 초기 단계에서 제가 이런 추측을 내놓기는 처음입니다. 하지만 만약 이 추측이 맞는다면 당장 다음 행동 수순을 생각해야 하기 때문에 말씀을 드립니다. 솔직히 말씀드리자면 겐리히 아르항겔스키가 같은 생각을 털어놓지 않았다면 여러분 앞에 이 추측을 털어놓을 용기를 내지 못했을 겁니다. 우리 둘은 퀘이사의 적색 천이에 대한 양자화, 중성미립자의 질량, 중성자별의 쿼크(우주 모든 물질의 기초를 이룬다고 주장되는 3종 소립자의 하나——옮긴이) 물리학 등등 여러 가지 문제에서 자주 반대 의견을 내놓곤 했습니다. 논쟁도 많았죠. 어떤 때는 제가 옳았고 다른 경우에는 겐리히 아르항겔스키 말이 맞았습니다. 공동 연구에서도 초기 단계의 가설을 세울 때는 늘 생각이 틀렸죠. 하지만 이번만은 저희 두 사람이 똑같은 추측을 하고 있습니다. 겐리히 아르항겔스키, 직접 설명해 주시겠습니까?」

겐리히 아르항겔스키는 침착하고 유쾌하게 보였다. 그는 베게이와 벌써 몇 년째 경쟁하는 관계로 소련의 핵융합 연구 분야에서 두 사람의 논쟁은 유명했다.

「우리 생각에」

그가 말했다.

「메시지는 어떤 기계 장치를 만들기 위한 설명서 같습니다. 물론 해독 열쇠를 찾아낸 것은 아닙니다. 이렇게 생각하는 근거는 수신된 메시지의 페이지 안에서 앞 페이지 수가 발견되기 때문입니다. 예를 들어 15441페이지를 보면 이전 페이지 수 13097이 나옵니다. 다행히 13097는 우리가 가지고 있는 페이지입니다. 15441 페이지는 여기 뉴멕시코에서, 13097은 타슈켄트 근처 관측소에서 수신되었죠. 또 13097에는 또다른 페이지가 나오는데 그것은 우리가 전체 경도에서의 수신을 시작하기 전에 지나간 페이지입니다. 이렇게 이전 페이지를 언급하는 예는 퍽 많습니다. 또한 중요한 점은 최근 수신되는 페이지에서 보다 복잡하게 앞 페이지 수가 나타나기 시작했다는 것입니다. 무려 여덟 개의 페이지 수가 나온 경우도 있었죠」

「물론 꼭 그렇다는 것은 아닙니다, 여러분」

엘리가 말을 받았다.

「어쩌면 복잡한 수학 문제인지도 모릅니다. 뒤쪽 페이지는 앞쪽을 바탕으로 만들어지는 거죠. 아니면 직녀성 역사의 초기부터 오늘날까지를 기술한 긴 이야기일 수도 있습니다. 또는 상호 관련이 자주 언급되어야 하는 종교 문헌일 가능성도 있습니다」

「십계명이 아니라 한 백억 계명쯤 되는 모양이지요」

데어 헤르가 웃었다.

「물론 모두 가능한 이야기이긴 합니다만……」

베게이가 창밖으로 흩어지는 담배 연기를 보면서 말했다. 창밖에서는 무언가 간절히 부탁하는 자세로 하늘을 바라보고 있는 망원경들이 보였다.

「하지만 그 상호 언급의 유형을 살펴보면 아마 여러분 모두 그것이 어떤 기계 제작 설명서처럼 보인다고 생각하게 될 겁니다. 그게 무슨 기계인지는 신만이 아시겠죠」

1장
누미너스

경배의 근저에는 경이감이 있다.
—— 토머스 카일라일의 『의상(衣裳)철학』(1833-34)

나는 우주에 대한 종교적 감정이야말로
과학 연구의 가장 강력하고 숭고한 동기라고 믿고 있다.
—— 알베르트 아인슈타인의 『개념과 의견』(1954)

자신이 데어 헤르와 사랑에 빠졌다는 것을 깨달은 순간이 언제였는지 엘리는 정확히 기억하고 있었다. 그건 워싱턴으로 가는 여행길에서였다.

파머 조스와는 도대체 언제 만나게 될지 알 수 없었다. 그는 아르고스 연구소를 방문하지는 않겠다는 태도를 분명히 했다. 자신에게 관심 있는 문제는 메시지의 해석이 아니라 과학자들의 불경스러운 태도라는 것이 이유였다. 그래서 과학자들을 파악하기 위해서는 좀더 중립적인 장소가 필요하다는 것이다. 엘리는 어디든 갈 자세가 되어 있었다. 데어 헤르가 중재에 나섰다. 대통령은 다른 학자를 끼워넣지 말고 엘리 혼자 파머 조스를 만나는 것이 좋겠다는 의견을 전해왔다.

또한 몇 주 후에는 세계 메시지 컨소시엄이 파리에서 열리게 될 예정이었다. 엘리는 베게이와 함께 세계 데이터 수신 프로그램을 총지휘했다. 이제 신호 수신은 일상적인 일이 되었고 최근 몇 달 동안 메시지 내용을 놓치는 일은 한번도 일어나지 않았다.

그제서야 엘리는 약간의 개인 시간을 가질 수 있게 되었다. 엘리는 어머니에게 전화를 걸어야 했다. 무슨 말을 듣더라도 다정한 태도를 유지한 채 끝까지 이야기를 들어줄 결심이었다. 살펴보아야 할 서류나 전자우편도 산더미처럼 쌓여 있었다. 동료들로부터 온 축하 인사나 애정어린 비판뿐 아니라 종교적인 설교, 비과학적이긴 하지만 확신에 찬 메시지 해석, 팬레터들도 많았다. 최근호에 실린 자신의 논문이 유례없는 찬사를 받았음에도 불구하고 엘리는 몇 달 동안이나 천문학회지를 들춰볼 시간조차 내지 못했다. 직녀성으로부터 오는 메시지는 아주 강했고 그래서 수많은 아마추어 무선사들이 나름대로 소형 전파망원경을 만들려고 하는 중이었다. 메시지 수신 초기 단계에서 그런 아마추어들은 유용한 데이터들을 보내왔고 지금도 외계 생명체 탐사 전문가들이 놓치고 있을지 모른다고 생각하는 정보를 보내오는 사람이 많았다. 엘리는 그들에게 격려 편지를 쓰고 싶었다. 그 밖에도 연구소에서 진행되는 퀘이사 연구 같은 것에 신경을 써줄 필요가 있었다. 하지만 이렇게 많은 일들을 다 내팽개쳐버리고 엘리는 대부분의 자기 시간을 데어 헤르와 함께 보냈다.

물론 소장으로서 엘리는 아르고스 연구소에서 머무는 대통령 과학자문에게 최대한 관심을 기울여야 하는 의무가 있었다. 대통령이 모든 정보를 완전히 제공받아야 한다는 점은 중요했다. 엘리는 다른 나라의 대통령들도 이렇게 충분한 보고를 받을 수 있었으면 좋겠다고 생각했다. 미 대통령은 과학에는 문외한이었지만 그럼에도 불구하고 전적으로 연구를 지원했다. 그것은 실제적인 이해관계 때문만은 아니었다. 대통령은 새로운 것을 알고 싶어 하는 순수한 마음을 지녔던 것이다. 제임스 매디슨(미국 제4대

대통령——옮긴이)이나 존 애덤스(미국 제6대 대통령——옮긴이) 이래 이런 미국 대통령은 거의 없었다.

데어 헤르 쪽에서도 굳이 아르고스 연구소에 머물러야 하는 뚜렷한 이유가 있는 것은 아니었다. 하루에 한 시간 정도 워싱턴 구 정부 청사의 과학 기술 정책 사무실과 암호 통신을 하고 나면 나머지 시간은 그저 연구소 안을 이리저리 돌아다닐 뿐이었다. 엘리가 마주치게 되는 데어 헤르의 모습은 컴퓨터 내부를 들여다보거나 망원경을 둘러보는 등 늘 한가했다. 워싱턴에서 온 부하 직원과 함께 있을 때도 있었지만 데어 헤르 혼자인 경우가 더 많았다. 엘리는 그가 배정받은 사무실의 창문을 활짝 열어놓고 책상에 다리를 올려놓은 채 보고서를 읽거나 전화하는 모습을 보곤 했다. 그러면 데어 헤르도 손을 흔들어 엘리에게 인사를 했다. 드럼린 선생이나 발레리언과 어울려, 혹은 기술자들이나 보안 담당자와 이야기를 나누는 그의 목소리는 엘리 귀에 퍽 매력적으로 들렸다.

데어 헤르는 엘리에게도 여러 질문을 던졌다. 처음에는 대화의 주제가 메시지 연구와 관련된 기술적인 문제에 국한되었지만 곧 가능한 미래의 사태에 어떻게 대처해야 하는지가 논의되기 시작했고 이어 자유로운 가정과 추론으로 이어졌다. 최근 들어서는 연구에 대한 토론이 그저 두 사람이 함께 시간을 보내기 위한 구실 정도로 여겨질 뿐이었다.

워싱턴의 어느 청명한 가을 오후 대통령은 부득이한 이유로 특별 사안 대책 위원회 회의를 연기했다. 밤 비행기를 타고 뉴멕시코에서 날아온 엘리와 데어 헤르는 뜻하지 않게 몇 시간을 벌게 된 셈이었다. 두 사람은 마야 잉 린이 예일 대학교 건축과 학부생 시절에 설계한 베트남 기념관을 둘러보기로 했다. 어리석은 전쟁을 상기시키는 우울하고 서글픈 전시품들과 전혀 어울리지 않게 데어 헤르는 명랑하기 그지없었다. 엘리는 다시 그의 성격적 결함을 생각하기 시작했다. 사복 차림에 눈에 잘 띄지 않는 살색 이어폰을 꽂은 총무처 직원 두 사람이 조용히 뒤따르고 있었다.

데어 헤르는 나뭇가지 위를 손에 들고 그 위를 기어올라가는 푸른색 벌레를 즐겨 관찰했다. 벌레는 반짝이는 몸 아래 달린 열네 쌍의 다리로 경쾌하게 기어올라가 꼭대기에 다다르자 다리 일부를 내밀어 허공에 대고 흔들면서 더 이상 붙잡고 기어올라갈 만한 것이 없는지 살폈다. 잠시 그렇게 머무르던 벌레는 방향을 돌려 내려오기 시작했다. 하지만 그때 데어 헤르가 나뭇가지의 위아래를 바꾸자 곧 다시 끝에 도착한 벌레는 더 이상 갈 곳이 없게 되었다. 벌레는 어쩔 줄 모르고 이리저리 왔다갔다했다. 엘리는 벌레가 불쌍해졌다.

「이 조그만 놈의 머릿속에는 정말 훌륭한 프로그램이 들어 있군요!」

데어 헤르가 외쳤다.

「늘 최적의 탈출로를 찾아내지요. 어떻게 해야 떨어지지 않는지도 알고요. 지금 이 나뭇가지는 허공에 떠 있어요. 자연계에서는 있을 수 없는 현상이지요. 나뭇가지는 늘 다른 무엇인가에 연결되는 법이니까. 엘리, 당신 머릿속에 이런 프로그램이 있다면 어떨지 궁금해지지 않아요? 내 말은, 그러니까 나뭇가지 끝에 다다랐을 때 어떻게 행동해야 할지가 늘 명확하겠느냐는 거예요. 충분히 대안을 찾아보았다는 확신을 가질 수 있을까요? 다리 아홉 쌍으로는 나뭇가지를 단단히 붙잡고 남은 다섯 쌍을 허공에 내밀어 흔들어 보아야 한다는 걸 어떻게 알았는지 이상하게 생각될 것 같지 않아요?」

엘리는 고개를 갸웃거리며 벌레가 아닌 데어 헤르를 관찰하고 있었다. 그는 너무도 자연스럽게 엘리를 벌레로 만들어버리는 중이었다. 엘리는 이것이 그의 전공을 반영한 관심이라는 점을 염두에 두며 가능한 한 가볍게 대답하려고 했다.

「이제 그 벌레를 어떻게 하실 건가요?」

「풀밭으로 돌려보낼까 하는데요. 당신이라면요?」

「어떤 사람들은 죽여버리고 싶어하겠죠」

「일단 그 생명체가 지능을 가졌다는 것을 확인한 이상 죽이기란 어려운 일이지요」

데어 헤르는 여전히 손에 벌레와 나뭇가지를 들고 있었다.

두 사람은 말없이 걸으면서 5만5천 명의 사망자 이름이 새겨진 검은 화강암 벽에 이르렀다.

「전쟁을 준비하는 모든 정부는 적군을 마치 괴물인 양 표현하죠」

엘리가 입을 열었다.

「그들은 우리가 적을 인간으로 보는 것을 원치 않아요. 생각하고 느낄 수 있는 존재로 적을 본다면 죽이기 어려워지지 않겠어요? 전쟁에서는 죽이는 게 중요해요. 그러니까 적을 괴물로 보는 편이 낫지요」

「자, 이 예쁜 벌레를 좀 봐요. 정말 아름답군요」

잠시 후 데어 헤르가 대답했다.

「가까이 들여다보라니까요」

엘리는 벌레 쪽으로 얼굴을 가까이 대었다. 평소 벌레 같은 것은 싫어했지만 한번 데어 헤르의 시각으로 벌레를 보고 싶었다.

「이놈이 움직이는 걸 봐요」

데어 헤르가 계속해서 말했다.

「당신이나 나처럼 커다란 몸집이었다면 이 벌레는 얼마나 공포스러운 존재였을까요? 정말로 대단한 괴물일 겁니다. 하지만 이놈은 아주 작군요. 나뭇잎들을 먹으며 자기 삶에만 충실하고 우리가 사는 세상에 자그마한 아름다움을 보태고 있죠」

엘리는 벌레를 들고 있지 않은 데어 헤르의 손을 잡았다. 그리고 두 사람은 사망 연대순으로 이름이 새겨진 벽들을 따라 말없이 걸었다. 그 이름들은 물론 모두 미군이었다. 가족과 친구들의 가슴속에 추억만을 남기고 이 행성에서 죽어간 동남아시아 사람들 2백만 명의 이름은 어디에도 없었다. 미국에서 베트남전은 정치적인 요인에 의해 군사력이 뒤처질 수 있다는 가장 전형적 사례로 여겨졌다. 〈그건 기습 공격 때문에 제1차 세계대전에서 패배했다는 독일군의 설명과 비슷한 심리적 맥락이야.〉 엘리는 생각했다. 베트남전은 국가의 양심 위에 솟아오른 혹이었고 어느 대통령도 거기 칼을 대지 못했다. 베트남 인민공화국의 정책들도 이 작업을 수월하게 만들지 못했다. 엘리는 참전 군인들이 베트공들을 온갖 욕설로 지칭하던 일을 떠올렸다. 적을 비인간화하는 이러한 성향을 바로잡지 않고 인류 역사의 다음 단계를 만들어나가는 일이 과연 가능할 것인가?

* * *

일상 대화에서 데어 헤르는 학구적으로 말하는 성격이 아니었다. 가판대에서 신문 사는 모습을 보고 그가 과학자라고 추측할 수 있는 사람은 아마 없을 것이다. 그는 뉴욕 뒷골목 속어를 거리낌 없이 사용했다. 그런 일상 습관과 과학적 연구 업적은 너무도 어울리지 않는 것으로 보여 동료들의 놀림감이 되었다. 유명 인물이 되면서 그런 말버릇은 더욱 커다란 특징으로 부각되었다. 특히 복잡한 생물학 용어를 발음할 때면 거친 발음 때문에 멀쩡하던 분자가 갑자기 폭발성 물질로 변하는 듯한 느낌을 줄 정도였다.

서로 사랑에 빠졌다는 사실을 엘리와 데어 헤르가 뒤늦게 깨달았을 때 이미 다른 사람들은 그 관계를 눈치 채고도 남은 시점이었다. 몇 주 전 베게이가 아직 아르고스 연구소에 머물고 있을 때 언제나처럼 언어의 불합리성에 대해 통렬히 비난한 적이 있었다. 그때 제물이 된 것은 미국 영어였다.

「엘리, 〈같은 실수를 다시 저지르다〉라는 말은 이상하지 않아요? 〈다시〉라는 말을 굳이 덧붙이지 않아도 충분히 의미를 전달할 수 있을 텐데. 〈타버리다〉와 〈다 타버리다〉 같은 말은 똑같은 뜻이 아닌가요?」

엘리는 그저 고개를 끄덕거리기만 했다. 소련 과학자들을 붙잡고 러시아어의 불합리성을 지적하는 베게이의 주장은 이미 여러 번 들은 바 있었고 파리 회의에서는 불어의 불합리성에 대한 이야기를 나누게 될 것이 분명해 보였다. 엘리는 언어마다 단점을 가지고 있기는 하지만 다양한 요인의 영향을 받아 놀라울 정도의 내적 일관성을 가지게 되는 법이 아니냐고 말해 보았다. 엘리의 반응을 본 베게이는 신이 나서 말을 이었다.

「또 〈사랑에 홀딱 빠져 머리 밑에 발을 둔다〉라는 식의 영어 표현만 해도 그래요. 이건 꽤 오래된 표현인가 본데 말이 안 된다고. 우리는 보통 머리 밑에 발을 두고 있으니 사랑에 빠졌다면 발밑에 머리를 둔다고 해야 하지 않겠어요? 물론 당신이야 그게 어떤 감정인지 잘 알고 있는 것 같지만. 정작 이런 표현을 만든 사람은 우리가 똑바로 서서 걸어다니는 것이 아니라 거꾸로 서서 공중에 떠다닌다고 생각한 모양이에요. 그 누구야, 그 프랑스 화가 그림에 나오는 것처럼 말이오」

「그건 러시아 화가예요」

엘리가 대답했다. 듣고 있기 불편한 내용에 마르크 샤갈이 그나마 숨통을 트이게 한 셈이었다. 나중에 엘리는 베게이가 그저 자신을 떠본 것인지, 아니면 정확한 대답을 원했던 것인지 의아해했다. 아마 무의식중에 엘리와 데어 헤르에 대해 생각하고 있던 바를 내비친 모양이었다.

데어 헤르가 엘리와 선뜻 연인 관계를 발전시키지 못하고 주저하고 있다는 것은 분명했다. 대통령 과학자문으로서 그는 인류가 일찍이 경험한 바 없는 복잡한 문제를 처리하기 위해 연구소에 머물러 있는 중이었다. 이런 상황에서 연구 책임자와 감정적으로 얽히는 일은 위험했다. 당연히 대통령은 그의 판단이 공정하기를 바랄 것이었다. 그러자면 엘리가 반대하는 계획을 추천하거나 엘리가 구상한 안을 기각시키는 일이 가능해야 했다. 엘리와 사랑에 빠진다는 것은 데어 헤르 입장에서는 업무상 효율을 상당 부문 떨어뜨리는 일이었다.

엘리 편에서는 더욱 문제가 복잡했다. 전파관측소 소장으로 인정받는 지위에 오르기 전까지는 남자 친구를 사귄 경험이 많았다. 자신이 사랑에 빠졌음을 느끼고 고백하면서도 엘리는 늘 결혼은 염두에 두지 않았다. 윌리엄 예이츠였던가? 엘리는 이제 그만 관계를 끝내자고 남자 친구에게 말할 때마다 읊던 시 구절을 떠올렸다.

내 사랑, 당신은 말합니다.
영원하지 않으면 사랑이 아니라고.
아, 연극보다 더 찡한
그런 이야기들이 있어요.

엘리는 어머니에게 구애하던 당시 존 스터튼이 얼마나 매력적이었는지, 그리고 계부가 되고 난 후에는 단숨에 어떻게 변해버렸는지를 똑똑히 기억하고 있었다. 결혼을 하고 나면 남자들은 그전까지 전혀 보여주지 않던 괴물 같은 성격을 드러내는 법이었다. 난 너무 낭만적이어서 상처를 이기지 못하게 되었나봐, 엘리는 생각했다. 어머니의 실수를 되풀이하고 싶지는 않았다. 아무런 보장 없이 사랑에 빠져 버리는 것이나, 나중에 자신을 버릴지도 모르는 사람에게 모든 것을 바치는 데 대한 두려움이 엘리 마음속에 커다랗게 자리잡고 있었다. 아예 사랑에 빠져버리지 않는다면 후회할 일도 없을 것이 아닌가. 마찬가지로 진실한 사랑을 하지 않는다면 누구도 배신하게 되지 않을 것이었다. 엘리는 아직도 어머니가 오래전에 돌아가신 아버지를 배신한 것에 가슴아파하고 있었다. 그리고 아버지가 너무도 그리웠다.

하지만 데어 헤르를 생각하면 모든 것이 다르게 보였다. 아니면 세월이 흐르면서 점차 생각이 바뀌게 된 것인지도 몰랐다. 엘리가 생각해낼 수 있는 다른 모든 남자들과 달리 데어 헤르는 신사적이었고 부드러웠다. 타협적인 성향과 과학 정책을 입안해 가는 능력은 직업상 필요한 모습일 뿐이었다. 그 아래에는 강직한 성품이 숨어 있는 듯했다. 엘리는 과학을 위해 바친 그의 인생에, 또 행정부를 상대하며 과학을 지원해 나가는 용기 있는 모습에 존경심을 품고 있었다.

두 사람은 가능한 한 다른 사람의 눈에 띄지 않게 함께 시간을 보냈다. 엘리의 작은 아파트가 자주 데이트 장소가 되었다. 오고 가는 대화는 마치 탁구공을 주고받듯이 즐거웠다. 때로 두 사람은 미처 상대방이 말하지 않은 것을 미리 알아차리고 대답해주기도 했다. 데어 헤르는 사려 깊고 창의적인 연인이었다. 엘리는 데어 헤르의 매력에 사로잡혔다.

엘리는 사랑하는 사람 앞에서 자신이 얼마나 자유롭게 말하고 행동할 수 있는지 깨닫고 가끔씩 깜짝 놀랐다. 그의 사랑은 엘리의 자존감에도 영향을 미쳤고 그럼으로써 엘리는 더더욱 데어 헤르를 좋아하게 되었다. 또한 그로 인해 엘리는 스스로를 더 사랑하게 되었다. 데어 헤르 또한 마찬가지 감정을 느꼈고 그래서 둘 간의 관계에서는 사랑과 존경이 끝없는 연결 고리를 만들며 순환했다. 전에는 남자 친구들과 있을 때도 마음속 깊숙이에서 외로움을 느꼈다. 하지만 데어 헤르와 함께라면 외로움은 없었다.

엘리는 아무 거리낌 없이 데어 헤르에게 자신의 꿈, 기억들, 어린 시절의 추억 등을 털어놓았다. 그러면 데어 헤르는 재미있어 하는 차원을 넘어 거기 홀딱 빠지다시피 했다. 그는 엘리의 어린 시절에 대해 몇 시간이고 질문을 던질 수 있었다. 그 질문은 날카로웠지만 부드러움을 잃는 일은 결코 없었다. 엘리는 연인들이 어떻게 서로에게 아이처럼 응석을 부리는지 알게 되었다. 자신 안에 숨은 어린아이의 모습을 드러내 보일 수 있는 사회적인 환경이란 어디에도 없는 법이다. 한 살짜리, 다섯 살짜리, 열두 살짜리, 그리고 스무 살짜리 자아의 모습을 사랑하는 상대를 통해 발견할 수 있다면 한 인간은 총체적으로 행복해질 수 있는 기회를 가지는 것이다. 사랑은 그 많은 자아들의 긴 외로움이 끝나는 곳이다. 사랑의 깊이는 두 사람의 관계에서 얼마나 많은 수의 자아가 깨어나는가로 측정할 수 있을 것이었다. 이전 남자 친구들과의 관계에서는 기껏해야 하나 정도의 자아가 나타날 수 있었을 뿐이었다. 다른 자아들은 여전히 마음속 깊은 곳에 숨어 나오지 못하는 상태로 말이다.

* * *

파머 조스와 만나기로 한 날이 한 주 앞으로 다가온 어느 늦은 오후였다. 두 사람은 블라인드 사이로 들어오는 햇살을 받으며 침대에 누워 있었다.

「보통 때 얘기하는 경우라면……」

엘리가 말했다.

「그저 이제는 내 곁에 계시지 않다는 가벼운 허전함만 느끼면서 아버지에 대해 말할 수 있어요. 하지만 정말로 아버지를 떠올리기 시작하면 아버지의 유머 감각, 하셨던 말씀, 늘 공정했던 판단 같은 것이 이어지면서 저절로 얼굴이 일그러지고 울음이 나와요. 아버지가 돌아가셨다는 생각만 해도 견딜 수가 없거든요」

「맞아, 언어는 감정을 배제할 수 있도록 해주지. 최소한 일부는 말야」

데어 헤르는 엘리의 어깨를 어루만졌다.

「그게 언어의 기능 중 하나인지도 몰라. 그래서 우리는 감정에 휩쓸리지 않고 세상을 이해할 수 있지」

「정말 그렇다면 언어 창조란 대단한 일이군요. 당신도 알겠지요, 전 아버지랑 단 몇 분만이라도 함께 지낼 수 있다면 그 대가로 가진 것을 몽땅 다 내놓는다 한들 전혀 아깝지 않을 거예요」

엘리는 다정한 어머니, 아버지들이 구름 주위를 가볍게 날아다니는 천국을 상상했다. 인류의 출현 이후 태어나 살다가 죽은 수백 억 명의 사람들을 수용하려면 아주 넓은 공간이어야 하겠지. 천문학에서 다루는 하늘처럼 거대한 규모가 아니라면 붐비고 복잡하겠는걸. 또 나중에 죽을 사람들을 위한 공간도 남겨두어야 하잖아.

「은하계 내에서 지능을 가진 생명체를 다 세어 본다면 몇 명이나 될까요?」

엘리가 물었다.

「당신은 어떻게 생각해요? 문명이 백만 개 존재한다면 그리고 하나하나가 십억 개의 개체를 가진다면 그럼 10^{15}이 되는군요. 하지만 대부분의 문명이 인류의 것보다 훨씬 앞서 있다면 개체수를 세는 것은 정당하지 않겠지요. 그 또한 지구 중심 사상이 될 테니까요」

「그렇군. 그러면 이제 은하계에서 생산되는 세단형 자동차나 이동 전화기가 몇 개인지 세 보는 게 어때요. 그럼 은하계 총생산을 계산할 수 있고 더 나아가 우주 총생산도 추정할 수 있을……」

「당신 날 놀리는 거예요?」

말과 달리 엘리는 기분 좋은 미소를 지었다.

「진지하게 한번 생각해 보자구요. 우리보다 앞선 그 모든 세계에 대해서 말이에요. 그런 생각해 본 적 있어요?」

엘리는 데어 헤르가 무슨 생각에 잠겨 있는지 알고 있었지만 막무가내로 말을 계속했다.

「자, 이걸 봐요. 파머 조스와 만날 준비를 하느라고 읽던 거예요」

엘리는 탁자 위로 손을 내밀어 백과사전 16권을 집어들었다. 파지를 서표 삼아 끼워둔 쪽을 펼치자 〈성스러움〉이라는 부분이 나타났다.

「신학자들은 성스러움이라는 감정의 특별하고 반(反)이성적인, 즉 비(非)이성적인 것이 아닌 측면을 인식한 것으로 보인대요. 그 측면을 〈누미너스〉라고 부른다는군요. 이 용어가 처음 사용된 것은, 어디 보자…… 1923년 루돌프 오트라는 사람이 〈성스러움의 개념〉을 쓰면서부터였다고 하고요. 그는 인간이 누미너스를 추구하고 숭배할 운명이라고 믿었어요. 그걸 〈엄청난 신비〉라고 불렀지요.

엄청난 신비에 접한 사람들은 스스로를 보잘것없는 존재로 여기지만 개인적인 이질감은 느끼지 않는다는군요. 그는 누미너스가 〈총체적 타인〉이라고 생각했고 인간은 그 총체적 타인에 대해 완전한 경이감으로 답한다고 주장했어요. 종교인들이 성스러움이라는 단어를 사용할 때 바로 이런 걸 전하려 한다면 저도 공감할 수 있어요. 마침내 신호를 듣게 되었을 때 저도 바로 이런 느낌을 가졌거든요. 모든 과학도들이 그런 경이감을 가지고 있을 거예요.

이제 이 부분을 들어보세요.

〈과거 수백 년 동안에 걸쳐 철학자와 사회과학자들은 신성함이 사라지고 있다고 주장하며 종교의 몰락을 예언했다. 종교사에 대한 연구를 보면 종교의 형태는 늘 변화하고 있으며 그 본성과 표현은 일치되는 법이 없다는 점을 알 수 있다. 오늘날의 인간이 새로운 상황에서 전통적으로 인식되어 온 신성함과는 전혀 다른 궁극적인 개념 구조를 세워나가고 있는가의 여부는 매우 핵심적인 문제이다……〉」

「그래서?」

「제 생각은 이래요. 관료화된 종교들은 누미너스를 직접, 마치 6인치 망원경을 통해 관찰하듯 인식할 수 있는 수단을 제공하는 것이 아니라 그저 누미너스란 이런 것이다라고 머릿속에 집어넣어주려 해요. 누미너스가 종교의 핵심이라고 한다면 그런 관료화된 종교를 따르는 사람과 혼자서 과학을 연구하는 사람 중에서 과연 누가 더 종교적이겠어요?」

「자, 내가 제대로 이해한 것인지 한번 봅시다」

데어 헤르가 대답했다. 그건 평소 엘리가 자주 사용하는 말투를 흉내낸 것이기도 했다.

「나른한 토요일 오후 벌거벗은 남녀 한 쌍이 침대에 누워 백과사전을 읽으면서 안드로메다 은하가 구세주의 부활보다 더 누미너스한 것인지를 논의하고 있다. …… 그럼 그 사람들은 멋진 시간을 보내는 방법을 알고 있는 거요, 모르고 있는 거요?」

2부
직녀성을 향하여

CONTACT

전능한 교사는 우주 구조 속에서 과학의 원칙들을 보여줌으로써
인간이 연구하고 흉내낼 수 있도록 했다.
그건 마치 〈이 행성의 거주자들, 감히 이 행성이 자기 것이라고 떠드는 이들에게
'난 인류가 살 수 있도록 지구를 만들었고
과학과 예술을 가르치기 위해 별이 가득한 하늘을 마련했다.
이제 인류는 만족할 수 있으리라, 그리고 내 자비로움으로부터
서로에게 친절해야 한다는 점을 배울 수도 있으리라' 라고 말하려는 것〉과 같다.

—토머스 페인의 『이성의 시대』(1794)

1장
세차 운동

신이 있다고 믿으면서 우리는
근거 없는 꿈과 거짓으로 자신을 속이는 것은 아닌가?
정작 세상은 아무런 의도도 계획도 없이
그저 우연에 따라 움직이고 있는지도 모르는데 말이다.
──에우리피데스의 『헤카베』

일은 이상하게 풀려버린 셈이었다. 엘리는 파머 조스가 아르고스 연구소를 방문해 전파망원경이 신호를 수신하는 장면을 지켜보고 몇 달에 걸쳐 쌓인 기존 데이터를 담은 테이프와 디스크가 가득 들어찬 방을 둘러보게 될 것으로 상상했다. 몇 가지 과학적 질문을 던진 후에는 0과 1이라는 숫자만이 잔뜩 쓰인 해독할 수 없는 메시지를 출력한 종이 몇 다발을 들추는 것이 고작이겠지. 과학과 철학에 대해 몇 시간씩 토론을 벌이는 장면은 상상할 수 없었다. 하지만 파머 조스는 아르고스 연구소 방문을 거절했다. 그가 분석하고자 하는 것은 테이프가 아니라 인간의 마음이라는 것이다. 그렇다면 그의 상대로 나서기에는 피터 발레리언이 적격이었다. 솔직하고 분명하게 말하는 사람이었고 진정한 신자라 할 만 했으니까. 하지만 대통령은 절대 반대였다. 극소수의 사람만 모여야 한다고 하면서 특별히 엘리에게 대표 역할을 부탁했던 것이다.

파머 조스는 이곳, 캘리포니아 모데스토 소재 성서과학 연구소

겸 박물관을 약속 장소로 선택했다. 엘리는 데어 헤르 뒤쪽으로 눈길을 던졌다. 도서관과 전시실을 구분하는 유리 칸막이 너머로 샌들을 신은 인간의 발자국과 공룡 발자국이 나란히 찍힌 레드 리버 사암판이 보였다. 두 시간 전 박물관장은 그 사암판을 가리키며 그것이 최소한 텍사스에서는 인간과 공룡이 동시대에 존재했음을 보여주는 증거라고 설명했었다. 그렇다면 중생대 사람들도 샌들을 만들어 신었다는 걸까? 박물관장이 말하고자 하는 바는 진화론이 거짓이라는 점이었다. 그 사암판이 가짜라고 주장하는 많은 고생물학자들의 의견은 언급조차 되지 않았었다. 인간과 공룡의 뒤섞인 발자국들은 〈다윈의 오류〉라고 이름이 붙은 거대한 전시실에 있었다. 그 왼쪽으로 지구가 회전한다는 과학계의 주장을 보여주는 푸코의 추가 보였다. 오른쪽에 있는 것은 무대쪽에 마츠시타 상표의 홀로그램 장치가 놓여 있는 소형 극장이었다. 거기서 가장 존경받는 성인들의 3차원 영상이 신자들과 직접 대화를 나눌 수 있다고 했다.

하지만 그 순간 엘리와 훨씬 더 직접적으로 대화를 나누게 될 사람은 빌리 조 랭킨 2세 목사였다. 마지막 순간까지도 파머 조스가 빌리 조 랭킨을 초청했다는 사실을 모르고 있던 엘리는 놀라지 않을 수 없었다. 재림이 임박했는지, 최후의 심판일은 반드시 재림과 함께 와야 하는지, 성직자에게 기적의 역할은 무엇인지 등에 대해 파머 조스와 빌리 조 랭킨 사이에 치열한 논쟁이 계속되어 왔다는 것은 모두들 아는 사실이었다. 물론 최근 들어서는 미국 내 전체 기독교 세력의 이해를 위해 두 사람이 협력을 약속했다고 널리 선전되기도 했다. 미국과 소련의 화해 움직임은 전 세계의 각종 분쟁을 타협으로 이끄는 데 중요한 역할을 했다. 이

곳에서 만남을 갖기로 한 것도 파머 조스가 기독교 전체의 단결을 위해 양보한 덕분인 듯했다. 아마도 빌리 조 랭킨은 과학적인 문제에 대해 논쟁이 일어날 경우 그곳에 있는 전시품들이 자기 입장을 강화시킬 수 있으리라 생각한 모양이었다. 이야기를 시작한지 벌써 두 시간이 흘렀지만 아직도 빌리 조 랭킨은 비난과 개탄 사이를 넘나드는 중이었다. 빌리 조 랭킨의 티 한 점 없이 말끔한 양복, 깨끗이 손질된 손톱, 환한 미소는 파머 조스의 구겨진 옷이나 풍상에 찌는 얼굴, 다른 생각을 하고 있는 듯한 멍한 표정과 좋은 대조를 이루었다. 희미한 미소를 지은 파머 조스는 반쯤 눈을 감은 채 기도하듯 고개를 숙이고 있었다. 그는 할 말이 별로 없었다. 이제까지 빌리 조 랭킨이 한 말들이 원칙적으로 파머 조스의 텔레비전 연설 내용과 다를 것이 없었기 때문이다. 물론 신이 나서 즉흥적으로 떠든 부분만 제외한다면 말이다.

「당신들 과학자들은 너무 소심하군요」

빌리 조 랭킨이 말했다.

「당신들은 바구니 아래로 빛을 감추는 걸 좋아합니다. 제목을 보고 무슨 내용이 담겨 있을까 추측하는 일은 절대 없죠. 상대성 이론에 관한 아인슈타인의 첫 논문은 〈움직이는 물체의 전기역학〉이었습니다. $E=mc^2$이 제목이 아니었단 말입니다. 절대 아니지요. 제목은 〈움직이는 물체의 전기역학〉이었습니다. 과학자들이 모여 있는 한가운데 하느님이 나타나신다면 아마 당신들은 〈공기 중 나무 모양 자발적 연소〉 정도의 표현을 사용하겠죠. 그러면서 그 현상을 설명하기 위해 수많은 공식을 동원하고 〈가설의 경제화〉 운운하겠지만 신에 대해서는 절대로 단 한마디도 하지 않을 겁니다.

또한 당신네 과학자들은 너무 회의적입니다……」

이 대목에서 엘리는 고개를 옆으로 기울이는 데어 헤르의 모습을 보았다. 그 역시 지금 비난받는 무리 속에 끼어 있다는 것이겠지.

「……과학자들은 모든 것에 의문을 제기하려 합니다. 잠자코 두고본다는 건 그들에게 상상도 못할 일이죠. 그저 당신들이 진실이라고 믿는 것을 확인하고만 싶어합니다. 여기서 진실이라는 건 보거나 만질 수 있는 경험적이고 감각적인 데이터를 의미하죠. 그러니까 당신들의 세계에는 영감이나 계시 같은 건 들어갈 자리가 없습니다. 따라서 우리가 종교에서 다루는 것들은 애초부터 논의 대상에서 제외됩니다. 제가 과학자들을 불신하는 이유는 바로 과학자들 자신이 모든 것을 불신하기 때문입니다」

엘리는 빌리 조 랭킨이 그럭저럭 이야기를 잘한다고 생각했다. 어쨌든 텔레비전에 자주 등장하는 귀머거리 전도자 역할을 하는 사람이 아닌가. 아니, 귀머거리가 아니지. 엘리는 정정했다. 다만 뒤따르는 신도들을 귀머거리로 여길 뿐이야. 그는 정말로 똑똑한 사람인지도 몰랐다. 저 모든 말에 대해 내가 대답해야 하는 걸까? 데어 헤르와 박물관 관계자들이 모두 두 사람의 대화를 녹음하는 중이었다. 녹음 테이프는 비공개로 되어 있었지만 엘리는 마음속에 든 생각을 그대로 말할 경우 연구소나 대통령이 난처해지지 않을까 걱정이 되었다. 빌리 조 랭킨의 말은 점점 더 광적으로 되어 갔다. 데어 헤르도, 파머 조스도 그의 말에 끼어들지 않았다.

「뭔가 대답을 원하시겠지요」

엘리는 저도 모르게 말을 시작했다.

「그런 문제에 대해 과학계의 〈공식적〉 입장이란 없습니다. 따라서 저는 전체 과학자들이나 아르고스 연구소를 대표해서 대답할 위치는 아닙니다. 다만 원하신다면 개인적인 생각을 말씀드릴까 합니다」

빌리 조 랭킨은 힘차게 고개를 끄덕였고 어서 계속하라는 듯 미소를 지었다. 파머 조스도 조용히 엘리의 말을 기다렸다.

「우선 제가 어느 누구의 신앙도 공격하려는 의사가 없다는 점을 알아주셨으면 합니다. 당신들은 원하는 어떤 교리도 주장할 수 있는 권리를 가지고 있습니다. 설령 그 교리가 명백하게 잘못된 것이라 해도 말입니다. 조금 전 빌리 조 랭킨 목사가 말씀하신 많은 문제들, 또한 이전에 텔레비전에 출연해서 제기했던 의문들에 대해서는 지금 당장 반박하기 어렵군요. 생각할 시간이 필요하거든요. 그래서 지금 말씀드릴 수 있는 것은 다만 왜 제가 그렇지 않다고 생각하는지에 대해서입니다」

〈여기까지는……〉 엘리는 속으로 생각했다. 〈침착하게 잘하고 있어.〉

「여러분들은 과학적 회의주의를 못마땅하게 여기는군요. 하지만 그런 회의주의가 발전되어 온 이유는 세계가 복잡하다는 데 있습니다. 세계는 아주 미묘한 측면을 가지지요. 그래서 처음 들었던 생각이 반드시 옳은 것은 아닙니다. 또한 사람들은 자주 자신을 속입니다. 과학자들 역시 마찬가지지요. 역사적으로 볼 때 추악한 사상이 한 시대를 풍미한 경우가 얼마나 많습니까? 당시에는 과학자들, 유명하고 존경받는 과학자들도 그 사상에 동조했어요. 정치가들, 종교 지도자들도 마찬가지였지요. 노예제, 나치의 인종차별 같은 것이 좋은 예가 될 겁니다. 과학자건, 종교인이건, 보통 사람이건 우리는 모두 실수를 저지릅니다. 그건 인간의 특성이죠.

그러면 실수를 피하는 방법, 아니면 최소한 실수를 저지를 가능성을 줄이는 방법을 찾고 싶어질 겁니다. 이게 바로 회의주의적인 태도이죠. 일단 새로운 생각을 시험합니다. 그 다음 증거 제시라는 기준을 통해 그 생각을 확인합니다. 저는 받아들여진 진리 같은 것이 있다고는 생각하지 않습니다. 서로 다른 의견을 가지고 토론하는 과정에서, 혹은 회의론자들이 검증 작업을 하는 와중에 바로 그런 때 진리가 나타나는 겁니다. 이것은 과학사 전체의 경험에서 얻어진 생각입니다. 완벽한 접근법은 아니지만 효과가 있는 유일한 접근법이지요.

여러 종교를 보다 보면 상충되는 의견들이 많이 나옵니다. 예를 들어 기독교인들은 우주가 특정한 나이를 가지고 있다고 생각합니다. 저 바깥의 전시품들이 주장하는 바는 우주가 이제 겨우 6천 살이라는 거죠. 하지만 힌두교도들은 우주는 무한한 역사를 가졌다고 주장하죠. 그 속에서 수없이 많은 탄생과 소멸의 과정을 거쳐왔다는 겁니다. 두 종교의 주장이 모두 옳을 수는 없습니다. 우주는 특정한 나이를 가지고 있거나 아니면 무한한 역사를 가졌을 겁니다. 저기 있는 당신네 친구들은……」

엘리는 〈다윈의 오류〉 전시실 근처를 오가는 박물관 직원들을 가리켰다.

「힌두교도와 만나 토론할 필요가 있습니다. 당신들과 힌두교도들은 신으로부터 서로 다른 이야기를 들은 것 같으니까요. 하지만 당신들은 오로지 당신들끼리만 이야기하려는 경향이 있죠」

〈이거 너무 강하게 나가는 거 아닌가?〉 엘리는 속으로 생각했다.

「지구상의 주요 종교들은 서로 많은 점에서 모순을 가집니다. 기독교가 모든 면에서 홀로 옳을 수는 없어요. 만약 당신들이 틀리다면 어떻게 할 겁니까? 당신들의 주장은 그저 하나의 가능성에 불과해요. 진리를 알아야 하는 것이 아닌가요? 서로 다른 여러 의견을 검토해 틀린 것을 골라내는 작업이 바로 회의론적 접근입니다. 저는 당신들의 종교에 대해 회의적이지만 동시에 새로 제기되는 과학적 개념에 대해서도 마찬가지로 회의적입니다. 다만 제가 몸담고 있는 과학계에서는 그걸 영감이나 계시가 아닌 가설이라고 부를 뿐이죠」

파머 조스가 몸을 움찔했다. 하지만 말을 받은 쪽은 빌리 조 랭킨이었다.

「『구약성서』와 『신약성서』에서 신의 계시는 수없이 많습니다. 구세주의 출현은 「이사야서」 53장, 「스가랴서」 14장, 「역대기 상」 17장에 나와 있습니다. 구세주가 베들레헴에서 출생하게 된다는 것은 「미가서」 5장에 나오죠. 다윗의 후손 중에서 출생하리라는 것은 「마태복음」 1장과…… 「누가복음」에 있습니다. 하지만 당신들이 보기에 이것은 예언의 실현으로는 보이지 않을 겁니다. 「마태복음」과 「누가복음」을 보면 예수의 가계도가 완전히 다릅니다. 더욱이 다윗에서 시작해서 마리아가 아니라 요셉으로 이어지는 가계도가 나와 있다는 점도 문제가 되겠죠. 물론 아버지 하느님을 믿지 않는다면 그건 아무런 문제가 아닐지도 모릅니다만」

빌리 조 랭킨은 부드럽게 말을 계속했다. 아마 엘리 말을 이해하지 못한 것 같았다.

「예수의 고난에 대해서는 「이사야서」 52장과 53장, 「시편」 21장에 나와 있습니다. 은화 30냥 때문에 배신당하신다는 내용도 「스가랴서」 11장에 분명히 제시됩니다. 당신들도 솔직한 태도를 가진다면 이렇게 예언이 실현되었음을 인정하지 않을 수 없을 겁니다.

성서에는 우리 시대에 대한 말씀도 있습니다. 이스라엘과 아랍, 미국과 소련, 핵전쟁 등등 모든 것이 성서에 나와 있는 것입니다. 조금이라도 지각이 있는 사람이라면 누구나 알 수 있을 정도지요. 당신들은 근거 없는 상상에 빠진 대학교수가 되어서는 안 됩니다」

「아니, 오히려 제가 보기에 당신들 최대의 문제는……」

엘리가 말했다.

「상상력이 없다는 겁니다. 당신이 말하는 예언은 거의 다 모호하고 부정확합니다. 거짓일 가능성도 있지요. 이렇게 저렇게 해석될 소지가 아주 많습니다. 심지어 가장 직접적이고 분명한 예언조차도 당신은 애매모호하게 해석합니다. 예를 들면 살아 있는 동안 하느님의 왕국이 오게 된다는 예수의 말 같은 게 그렇죠. 하느님의 왕국은 마음속에 있다는 식으로 말씀하지 마세요. 예수의 말을 들었던 당시 사람들은 말 그대로 이해했으니까요. 당신은 실현된 것처럼 보이는 구절들만 인용하고 나머지는 무시합니다. 하지만 실현을 간절히 바라는 사람들이 있다는 걸 잊지 마세요.

일단 상상해 볼까요. 당신들이 말하는 전지전능한 신이 있어 정말로 먼 미래의 사람들에게 무언가 기록을 남기고 싶어했다고 합시다. 모세의 까마득한 후손에까지 자신의 존재를 확실히 해두고 싶어서 말이죠. 그건 어렵지도 않아요. 사소한 일이죠. 그저 수수께끼 같은 구절 몇 개를 남기고 또 세대를 통해 변함없이 이어져야 할 엄격한 계명을 내려두면……」

파머 조스는 저도 모르게 몸을 앞으로 내밀었다.

「예를 들면?」

「예를 들면 〈태양은 별이다〉 혹은 〈화성은 시나이 반도처럼 사막과 화산뿐인 불모지다〉, 〈운동하는 물체는 운동을 계속하려는 경향을 갖는다〉 같은 것이 있겠죠. 또 이런 건 어떨까요?」

엘리는 재빨리 종이 위에 숫자를 갈겨썼다.

「〈지구의 무게는 아이 한 명 무게의 수백만의 수백만의 수백만의 수백만 배나 무겁다.〉 당신들은 상대성 이론을 받아들이는 것에 대해 고민을 하고 있는 모양인데 그건 입자가속기와 우주선 (線)을 통해 매일같이 입증되는 이론입니다. 〈그대들은 빛보다 빠른 속도로 움직이지 못하리라〉는 어떨까요? 무엇이든 3천년 전의 사람들에게는 확인할 길이 없었던 내용이면 되지요」

「다른 것이 또 있소?」

파머 조스가 물었다.

「수없이 많다고 할 수 있죠. 물리학의 원칙은 다 그래요. 봅시다…… 〈빛과 열은 가장 작은 조약돌 안에 숨어 있다〉라든지 〈지구의 길은 둘이지만 자석의 길은 셋이다〉도 가능하지요. 그러니까 중력의 힘은 역제곱 법칙을 따르지만 자기장의 힘은 역세제곱 법칙을 따른다는 걸 암시적으로 표현하는 거예요. 생물학의 예를 들자면……」

엘리는 입을 다물고 있기로 작정이라도 한 듯한 데어 헤르 쪽을 향해 고개를 끄덕였다.

「〈서로 꼬여 있는 두 가닥 끈이 생명의 비밀이다〉는 어떨까요?」

「재미있는 점이 있군요」

파머 조스가 말했다.

「당신은 물론 DNA 이야기를 하고 계신 거겠죠. 혹시 의술을 상징하는 의사의 지팡이를 아시나요? 군의관의 옷에도 붙어 있는 그 표시는 뱀 두 마리가 서로 엉켜있는 형태입니다. 완전한 나선형이죠. 고대로부터 그것은 생명을 구한다는 상징이었습니다. 이건 당신 주장을 완전하게 뒷받침해주는 예가 아닐까요?」

「글쎄요, 저는 그게 완전한 나선형이라고는 생각하지 않습니다. 하지만 워낙 상징이나, 예언, 신화나 민담 같은 것이 많다 보니 우연히 오늘날의 과학과 맞아떨어지는 경우도 없진 않겠죠. 하지만 확신할 수는 없습니다. 당신 말이 옳을지도 모르죠. 정말로 서로 엉킨 뱀 두 마리는 하느님에게서 온 메시지인지도 모릅니다. 물론 기독교나 오늘날의 다른 어떤 종교에서 온 것은 아니지만 말입니다. 신이 오로지 고대 그리스인만을 상대로 해서 이야기했는지 하는 문제를 두고 토론을 벌이고 싶으신 것은 아니겠지요. 제가 말하고 싶은 것은 이겁니다. 고대의 신이 우리에게 메시지를 보내고 싶었다면 더 좋은 방법이 많지 않았을까요? 지구 궤도를 도는 괴물 같은 십자가는 어떨까요? 달 표면을 십계명으로 뒤덮어 놓는 것은요? 어째서 신은 성서에서는 그렇게 분명하면서 현실 세계에서는 모호하기 짝이 없을까요?」

파머 조스는 분명 응수할 준비가 되어 있었다. 정말로 즐겁다는 표정을 지으면서 말이다. 하지만 엘리는 속사포처럼 말을 쏟아냈고 그래서 파머 조스는 끼어들 엄두를 내지 못하는 것 같았다.

「또 있어요. 어째서 당신들은 신이 우리를 버렸다고 생각하나요? 매달 두번째 화요일마다 신은 성직자나 예언자와 이야기를 나눈다고 믿지 않으시나요? 신이 전지전능하다고 했지요. 그렇다면 한 세대마다 최소한 몇 번씩은 직접적으로 분명하게 그의 말을 들을 수 있게 하는 것도 전혀 어려운 일이 아닐 텐데요. 도대체 왜 그렇게 안 하는 거죠? 왜 우리는 신을 분명하게 보지 못하나요?」

「우리는 봅니다」

빌리 조 랭킨이 진지하고 심오한 표정으로 말했다.

「그분은 우리 주위에 계십니다. 기도에 응답해 주십니다. 수천만 명의 사람들이 다시 태어나 주님의 영광을 눈으로 보았습니다. 성서는 모세와 예수의 시대에 그랬듯 오늘날에도 분명하게 말씀을 전하고 있습니다」

「그런 말씀 마세요. 제가 무슨 말을 하고 싶은 건지 아시잖아요. 불기둥이나 하늘에서 들려오는 장엄한 목소리 같은 것은 어디 있나요? 어째서 신은 논쟁을 일으킬 수밖에 없는 모호한 모습으로 자신을 보이는 건가요? 명료하게 스스로를 내보일 능력이 충분한데도 말인데요」

「당신이 스스로 발견했다고 생각하는 그것이 바로 하늘에서 들려오는 목소리입니다」

파머 조스는 엘리가 숨을 돌리는 사이에 침착하게 말을 시작했다. 그리고 똑바로 엘리를 마주보았다.

빌리 조 랭킨이 재빨리 끼어들었다.

「바로 그게 내가 말하려고 하는 거였소. 아브라함과 모세 시대에는 라디오도 망원경도 없었어요. 주파수를 맞춰 신의 말씀을 들을 수 없었고요. 혹시 오늘날이라면 하느님이 새로운 방식으로 말씀하시고 우리에게 새로운 이해를 허락하실지도 모르죠. 어쩌면 그건 하느님이 아닐지도……」

「그래도, 악마일 수도 있죠. 벌써 그런 얘기를 여러 번 들었어요. 정신 나간 소리더군요. 괜찮으시다면 그 문제는 다음에 논의하기로 하죠. 당신들은 메시지가 신, 즉 당신들이 믿는 하느님으로부터 온 것일지 모른다고 생각하죠. 당신네 종교에서는 인간의 기도를 되돌려보내는 방법으로 하느님이 기도에 응답하는 경우도 있나요?」

「저라면 나치의 선전 방송을 기도라고 부르지는 않겠습니다」

파머 조스가 말했다.

「그건 우리 관심을 끌기 위함이라고 당신이 설명하지 않았나요?」

「그렇다면 어째서 하느님은 우리 과학자들을 상대로 이야기하려는 걸까요? 당신 같은 성직자를 선택하지 않고 말입니다」

「하느님은 내게 언제나 말씀하고 계십니다」

빌리 조 랭킨은 손가락으로 자기 가슴을 가리켰다.

「계시가 곧 실현될 것이라고 하시죠. 세상의 종말이 다가오면 우리는 끝없는 기쁨을 누리고 죄인에 대한 심판이 이루어지며 선택된 자들이 하늘로 들려 올라갈 겁……」

「그래, 그런 얘기를 전파 스펙트럼으로 전하겠다고 말씀하셨나요? 신과의 그 대화는 어디 녹음되어 있습니까? 그런 대화가 정말 있었는지 어떻게 믿어야 하나요? 당신이 말하는 것만으로요? 도대체 왜 신은 성직자가 아닌 우리 과학자들을 택하셨죠? 2천 년 만에 받은 신의 메시지가 소수들과 1936년 아돌프 히틀러의 올림픽 방송이었다는 건 좀 이상하지 않나요? 아마 당신들 신은 유머감각이 풍부하신 모양이군요」

「우리 하느님은 전능하시오」

데어 헤르는 분위기가 심상치 않은 것을 눈치 채고 끼어들었다.

「자, 여기서 우리가 이렇게 만나게 된 목적을 분명히 말씀드리는 것이 좋을 듯합니다」

그가 말을 시작했다.

〈음, 이제야 우리를 누그러뜨리기 위해 나서는군.〉엘리는 생각했다. 그가 용기 있게 나서는 문제들은 대개 행동에 대해 책임을 지지 않아도 되는 경우에 국한되었다. 그는…… 그저 개인적인 자리에서만 고집을 부릴 줄 알았다. 과학적인 쟁점이나 대통령을 대변하는 입장일 때는 그지없이 타협에 능했다. 아마 악마하고라도 협상할 수 있을 것이었다. 엘리는 생각을 추스렸다. 신학적 의문점들이 떠오르기 시작했다.

「그건 다른 문제예요」

엘리는 데어 헤르의 말과 자기 생각의 흐름을 동시에 끊으면서 나섰다.

「신호가 신에게서 오는 거라면 왜 특정한 한 방향, 유달리 밝은 별 근처에서만 오는 거지요? 동시에 전체 하늘에서 울려오는 편이 좋을 텐데요. 오로지 한 별에서 오기 때문에 다른 문명이 보내는 신호로 보이는 거잖아요. 전체 하늘에서 온다면 정말로 당신들의 신이 보냈으리라 생각되지 않겠어요?」

「하느님은 원하신다면 아기 곰의 주둥이로부터 신호를 보내실 수도 있습니다」

빌리 조 랭킨의 얼굴이 시뻘겋게 변했다.

「죄송합니다만, 당신은 정말 날 화나게 하는군요. 하느님께는 무슨 일이든 가능합니다」

「무엇이든 이해하지 못할 것이 나오면 당신은 하느님 탓으로 돌려버리는군요. 당신에게 있어 하느님이란 세상의 모든 수수께끼, 인간 지식에 대한 모든 도전을 일소하기 위한 수단이에요. 문제가 생기면 그저 고개를 돌리고 하느님이 그렇게 했다고 말하는 거죠」

「애로웨이 박사, 전 이런 모욕을 받기 위해 여기 온 것은 아닙……」

「여기 오셨다고요? 여기 사시는 것으로 알고 있는데요」

「이거 보십시오……」

빌리 조 랭킨은 말을 시작하다 말고 잠시 멈췄다. 생각을 정리하는 듯했다. 그러고는 한숨을 들이쉬고 계속했다.

「여기는 기독교 국가입니다. 그리고 기독교도들은 하느님의 성스러운 말씀이 제대로 이해되는지 확인해야 하는 책임을 지고 있습니다」

「저 역시 기독교인이에요. 당신이 절 대표한다고 생각하시지는 않았으면 좋겠군요. 당신은 15세기 때와 같은 종교관을 가지고 있어요. 그 이후 르네상스가 일어났고 계몽 운동이 시작되었지요. 어째서 아직까지도 당신 생각은 15세기 그대로인가요?」

파머 조스와 데어 헤르는 의자에서 반쯤 일어서다시피 했다.

「엘리, 제발……」

데어 헤르가 똑바로 엘리를 쳐다보았다.

「이제 그만 핵심으로 돌아갑시다. 그렇지 않으면 대통령께서 부탁하신 합의를 어떻게 이룰 수 있겠소」

「글쎄요, 솔직하게 의견을 교환하라는 것이 핵심 아니었나요?」

「벌써 열두시오」

파머 조스가 말했다.

「점심 식사라도 하면서 잠깐 쉬는 것이 어떨까요?」

도서관 회의실 바깥 푸코의 추 앞에 쳐진 난간에 기대선 채 엘리는 데어 헤르와 짧은 시간 동안 귓속말을 주고받았다.

「저 고집불통인 독재자를 한 대 갈겨주고 싶은데……」

「그럴 필요가 뭐 있소? 무지와 오류만 해도 충분히 고통스러운 벌이 아니오?」

「그가 입을 다문다면 그렇죠. 하지만 나서서 수백만 명을 오염시키고 있잖아요?」

「엘리, 그 역시 당신에 대해 똑같은 생각을 하고 있을 거야」

* * *

점심 시간이 끝나고 데어 헤르와 회의장으로 돌아온 엘리는 빌리 조 랭킨이 한결 누그러진 반면 파머 조스는 이상하게 들떠 있다는 것을 눈치 챘다.

「애로웨이 박사」

파머 조스가 먼저 입을 열었다.

「당신이 어서 우리에게 연구 결과를 보여주고 싶어한다는 것, 종교 논쟁 따위를 하러 온 것이 아니라는 것을 잘 알고 있습니다. 하지만 조금만 더 참고 우리 얘기를 들어주십시오. 당신은 대단히 날카롭군요. 몇 년 전 빌리 조 랭킨 1세 목사가 바로 여기서 신앙의 문제로 격분했던 일이 생각납니다」

파머 조스는 흘깃 동료 쪽을 돌아보았다. 빌리 조 랭킨은 편안한 자세로 앉아 노란 종이에 낙서를 하고 있었다. 셔츠 단추를 몇 개 풀고 넥타이도 느슨해진 차림이었다.

「오늘 아침 박사가 말한 몇 가지 점에서 좀 놀랐습니다. 기독교인이라고 하셨죠? 여쭤봐도 좋을까요? 어떤 의미에서 기독교인인가요?」

「물론 그건 제 이력서나 경력 사항에는 나와 있지 않습니다」
엘리는 가볍게 대답했다.
「저는 예수 그리스도가 존경할 만한 역사적 인물이라고 생각한다는 점에서 기독교인입니다. 〈산상수훈〉은 사상 최고의 도덕적 가르침이라고 봐요. 〈원수를 사랑하라〉 같은 말은 핵전쟁 문제에 대한 장기적인 해결책이 될 수도 있지요. 오늘날 그가 생존해 있다면 좋겠습니다. 그랬다면 지구상 모두에게 도움이 되었을 텐데요. 하지만 저는 예수가 그저 한 사람의 인간이라고 생각합니다. 위대하고 용감하고 진리에 대한 통찰력을 지닌 인간이었죠. 그가 신이라거나 신의 아들 혹은 조카라고는 생각하지 않아요」
「당신은 하느님을 믿고 싶어하지 않는군요」
파머 조스는 간단하게 말했다.
「당신은 자신이 기독교도일 수 있다고 생각하면서도 하느님은 믿지 않아요. 단도직입적으로 묻겠습니다, 당신은 하느님을 믿나요?」
「복잡한 질문이군요. 제가 아니라고 대답하면 그건 신이 없다고 생각한다는 뜻이 됩니까, 아니면 신이 존재한다는 사실을 확신하지 못한다는 뜻이 됩니까? 그 두 가지는 서로 아주 다른 걸요」
「그 두 가지가 정말로 그렇게 다른지 한번 볼까요, 애로웨이 박사? 당신을 박사라고 불러도 되겠지요? 당신은 〈오컴의 면도칼〉을 믿지요? 따라서 같은 현상에 대해 비슷하게 훌륭한 설명이 있을 경우 더 간단한 쪽을 택할 겁니다. 과학사 전체가 그것을 지지한다고 당신이 말한 것처럼요. 그럼 이제 하느님의 존재 여부에 심각한 의문을 품어 봅시다. 도저히 신앙을 가질 수 없는 상황이라면 하느님이 존재하지 않는 세계를 상상할 수 있어야 합니다. 하느님 없이 만들어져 매일매일 하느님 없이 굴러가고 모두들 하느님 없이 죽어가는 그런 세계 말입니다. 처벌도 보상도 없습니다. 성인이나 예언자, 신앙심이 깊었던 사람들은 그럼 모두 바보겠군요. 스스로를 속이면서 살았다고 할 수 있겠죠? 그렇다면 우리가 이 지구에 살고 있는 것은 전혀 필연이 아니고 아무런 목적도 이유도 없습니다. 그저 우연히 원자들이 충돌한 것뿐이니까요. 우리 몸도 원자들로 이루어져 있고 말입니다.

저는 그런 세상이 미움만이 가득 찬 비인간적인 곳이리라 생각합니다. 그런 곳에 살고 싶지는 않아요. 당신이 그런 세상을 정말로 상상할 수 있다면 무엇 때문에 망설이는 겁니까? 신은 존재하지 않는다고 간단하게 이야기하는 편이 훨씬 더 좋지 않겠어요? 당신은 오컴의 면도날을 따르지 않고 있어요. 그건 기회주의적인 태도에 불과합니다. 하느님이 없는 세상을 상상할 수 있다면 어떻게 양심을 지키는 과학자들이 불가지론을 주장하게 되는 거지요? 무신론자가 되어야 하는 것이 아닌가요?」

「신이 더 간단한 가설이라고 주장하시리라 생각했어요」

엘리가 말했다.

「하지만 이 편이 더 좋은 논점이군요. 이것이 그저 과학적인 논의의 문제라면 저도 당신이나 빌리 조 랭킨 목사님과 의견이 같습니다. 과학의 핵심은 가설을 검토하고 바로잡는 데 있으니까요. 자연의 법칙이 초자연적인 개입 없이 가능한 모든 현상을 설명한다면, 아니 최소한 하느님이 존재한다는 가설 정도만큼이라도 작용한다면 당분간 저는 스스로를 무신론자로 부를 겁니다. 하지만 무언가 맞지 않는 예가 나온다면 다시 무신론에서 후퇴해야겠지요. 우리는 자연의 법칙에서 한계를 발견할 능력을 갖추고 있습니다. 제가 자신을 무신론자라고 부르지 않는 이유는 이것이 과학의 문제가 아니기 때문입니다. 오히려 이건 종교적 혹은 정치적 문제에 가까워요. 과학적 가설의 임시성은 여기까지 확장될 수 없습니다. 당신들은 절대로 신의 존재를 가설로는 이야기하지 않죠. 그건 당연한 진리라고 여기니까요. 하지만 저는 거기 문제가 있다고 봅니다. 제게 그런 질문을 던진다면 저는 기꺼이 제가 옳은지 확신할 수 없다고 대답할 거예요」

「저는 불가지론자는 확신의 용기가 없는 무신론자라고 늘 생각해 왔지요」

「하지만 불가지론자는 또한 매우 신심이 깊은 종교적인 사람이기도 합니다. 최소한 인간이 오류를 저지를 수 있다는 점을 인식하는 사람이지요. 불가지론이라고 말하는 것은 증거가 없다는 뜻이에요. 신이 존재한다는 결정적인 증거도, 존재하지 않는다는 결정적인 증거도 없습니다. 유대교도도 기독교도도 이슬람교도도 아닌 사람들이 지구 전체 인구의 절반을 넘어요. 그렇다면 당신이 주장하는 하느님의 존재가 결정적이 아니라고 볼 수밖에 없지요. 그렇지 않다면 이미 모든 사람이 개종했을 게 아니겠어요? 다시 말씀드리지만 당신네 하느님이 우리에게 확신을 주고 싶었다면 좀더 적극적인 행동을 해야 했어요.

하지만 우리가 받는 메시지는 얼마나 분명한가요? 전세계에서 수신되고 있어요. 서로 다른 역사와 언어, 정치와 종교를 가진 국가들에서 무선 망원경이 메시지를 받고 있어요. 모두들 같은 하늘 부분에서 같은 주파수로 같은 편광 변조를 통해 같은 정보를 얻지요. 이슬람교도, 힌두교도, 기독교도, 그리고 무신론자에 이르기까지 똑같은 메시지가 가는 겁니다. 회의론자도 전파망원경만 가지고 있으면 데이터를 얻을 거예요」

「그러니까 당신은 그 전파 메시지가 신으로부터 오는 것이 아니라는 거지요」

빌리 조 랭킨이 확인했다.

「물론 아니에요. 당신이 말하는 하느님보다 훨씬 뒤떨어진 능력을 지닌 직녀성의 문명이라도 충분히 할 수 있는 수준이니까요. 만약 당신네 신이 지난 몇천 년 동안 정말로 말이나 글자 같은 걸 통해 인간과 의사소통을 하고 싶었다면 그의 존재에 대한 의문의 여지가 없을 그런 방법을 취할 수 있었을 거예요」

엘리는 잠시 말을 멈췄다. 하지만 파머 조스도 빌리 조 랭킨도 입을 열지 않았으므로 다시 메시지 이야기를 계속하기로 했다.

「우리가 메시지 해독 작업에서 좀더 진전을 보일 때까지 왜 좀더 판단을 미루어 줄 수 없는 거지요? 데이터 일부를 보시겠어요?」

이번에는 두 사람이 선뜻 동의했다. 하지만 엘리가 내보일 수 있는 것은 영감이나 이해와는 거리가 먼 0과 1의 나열뿐이었다. 엘리는 각 페이지마다 숫자가 적혀 있는 것으로 보이며 해독 열쇠가 주어질 것으로 기대된다는 점을 조심스럽게 설명했다. 하지만 그것이 기계 제작 설명서일지 모른다는 소련 학자들의 추측에 대해서는 엘리도, 데어 헤르도 약속이라도 한 듯 털어놓지 않았다. 그건 추정에 불과했고 소련 학자들조차 공식적으로 논의하지 않은 단계였다. 뒤늦게 엘리는 직녀성 자체에 대한 설명을 덧붙였다. 크기, 표면 온도, 색깔, 지구로부터의 거리, 나이, 1983년 적외선 천문학 위성이 발견한 주위의 먼지 고리에 대해서도…….

「하늘에서 가장 밝게 빛나는 별이라는 점 외에 무슨 다른 특징이라도 있나요?」

파머 조스가 궁금해했다.

「아니면 지구와 무슨 연결점이라도?」

「글쎄요, 별의 속성이라는 시각에서 보면 그런 것은 없습니다. 다만 한 가지 우연한 사실은 이 별이 만2천 년 전에는 북극성이었고 앞으로 만4천 년이 지나면 다시 북극성이 될 거라는 겁니다」

「북극성이라……」

빌리 조 랭킨은 여전히 낙서를 하는 중이었다.

「물론 몇천 년뿐이에요. 영원히 북극성이 되는 건 아니지요. 지구는 돌고 있는 팽이와도 같아요. 그 축은 하나의 원 안에서 천천히 움직이고 있습니다」

엘리는 펜을 사용해 지구 축의 움직임을 보여주었다.

「이걸 세차 운동이라고 불러요」

「로데스의 히파쿠스가 발견한 거지요」

파머 조스가 덧붙였다.

「기원전 2세기였어요」

그렇게 정확하게 기억하고 있다니 놀라운 일이었다.

「맞아요. 지금 현재……」

엘리가 말을 계속했다.

「지구의 중심으로부터 북극으로 날아가는 화살은 작은곰자리 안의 별 쪽을 향하게 돼요. 안 그래도 점심 직전에 곰 이야기가 나왔었죠, 빌리 조 랭킨 목사님? 하지만 지구 축이 천천히 움직이면서 방향은 조금씩 바뀌죠. 완전히 한바퀴 도는 데는 2만6천 년이 걸려요. 지금은 작은곰자리가 북극에 있고 방향을 잡아주는 역할도 하지만 만2천 년이 흐르고 나면 직녀성이 그 일을 맡을 거예요. 여기에 무슨 물리적인 연관은 없어요. 은하수 안에 별들이 어떻게 분포되어 있는가 하는 것은 23.5도 기울어진 지구의 회전축과 아무런 관계도 없으니까요」

「지금으로부터 만2천 년 전이라면 기원전 1만 년 정도군요. 문명이 겨우 생겨나고 있던 시점이죠. 그렇죠?」

파머 조스가 물었다.

「지구가 기원전 4004년에 만들어진 것이 아니라고 생각하신다면요」

「우리는 그렇게 생각하는 건 아니오. 당신도 그렇죠, 랭킨 목사? 우리는 그저 지구의 나이가 당신네 과학자들이 말하듯 그렇게 정확하게 계산될 수 없다고 볼 뿐이오. 그러니까 지구의 나이 문제에 있어서는 우리 역시 당신이 말하는 불가지론자들이라고 해야겠지요」

파머 조스는 매력적인 미소를 지었다.

「그러니까 그 당시 지중해를 건너다니던 선원들은 직녀성을 기준으로 삼았겠군요?」

「빙하기 말기였으니까 항해를 하기에는 어려웠겠지요. 하지만 이후 베링해가 될 땅을 밟고 북미 쪽으로 간 사람은 있었을지 몰라요. 그 사람에게는 그렇게 밝은 별이 북쪽에 떠 있다는 것이 놀라운 은총이었겠죠. 많은 사람들이 그 덕분에 목숨을 건졌으리라 보이는데요」

「대단히 흥미로운 이야기군요」

「제가 사용한 은총이라는 말은 그저 은유였을 뿐 그 이상의 어떤 의미도 아니라는 점을 알아주십시오」

「그런 생각은 하지도 않았습니다」

이때쯤 되자 파머 조스는 오후가 끝나가고 있다는 신호를 보내고 있었다. 하지만 빌리 조 랭킨은 할 이야기가 조금 더 남은 것 같았다.

「직녀성이 북극성이 된다는 사실을 은총으로 생각하지 않는다니 놀랍군요. 제 신앙은 증거를 필요로 하지 않을 정도로 강합니다. 새로운 사실이 발견될 때마다 그건 신앙을 더욱 굳게 만들 뿐이지요」

「아무래도 당신은 오전에 제가 한 말을 제대로 듣지 못한 모양이에요. 우리가 신앙에 대해 논쟁을 벌이고 있다거나 당신이 이미 승자의 지위를 차지하고 있다는 생각에 대해서는 정말로 화를 내지 않을 수 없군요. 제가 아는 한 당신들은 자신의 믿음을 시험한 적이 없어요. 그 신앙을 위해 목숨을 걸 수 있나요? 저는 제 믿음을 위해 기꺼이 그럴 수 있어요. 저 바깥에 거대한 푸코의 추가 있군요. 추 무게는 500파운드도 넘을 것 같아요. 저는 자유 진자의 진폭은 절대 증가하지 않는다는 점을 믿습니다. 진폭은 그저 감소할 뿐이에요. 그래서 기꺼이 바깥으로 나가 코앞까지 추를 당겼다가 놓아 다시 내 쪽으로 돌아오도록 할 용의가 있습니다. 제 믿음이 틀렸다면 500파운드짜리 추가 제 얼굴을 박살내겠지요. 원하신다면 어서 해보도록 합시다. 제 믿음을 시험해보고 싶지 않으신가요?」

「아니, 그럴 필요는 없습니다. 난 당신 말을 믿으니까요」

파머 조스가 대답했다. 하지만 빌리 조 랭킨은 실험에 관심이 있다는 표정이었다. 〈아마 추와 부딪친 내 얼굴이 어떻게 될지 궁금한 모양이지.〉 엘리는 생각했다.

「자, 그럼 당신들은 어떤가요? 추를 잡아당겼다가 놓은 후 한 걸음 다가서며 당신들의 신에게 진폭을 줄여달라고 기도하는 건 어떨까요? 당신들의 생각이 틀렸고 당신들의 가르침은 전혀 신의 뜻이 아니었다는 점이 드러나면 어떻게 하실 건가요? 어쩌면 그건 악마의 소행인지도 모릅니다. 완전한 인간의 창작품일 수도 있고요. 정말로 어떻게 신의 존재를 확신하시는 거죠?」

「신앙으로, 영감으로, 계시로, 경외의 마음으로 우리는 확신합니다」

빌리 조 랭킨이 대답했다.

「애로웨이 박사, 자신의 제한된 경험으로 다른 모든 사람을 판단하려 들지 마십시오. 당신이 주님의 존재를 부정한다 해도 그것으로 다른 이들이 그 분의 영광을 보지 못하게끔 하지는 못합니다」

「우리는 모두 경이로움을 원해요. 그건 인간의 본성입니다. 과학과 종교 모두 거기 관련된 현상이고요. 제가 말하고 싶은 것은 이야기를 꾸미거나 과장하지 말아 달라는 겁니다. 실제 세계에도 놀랍고 경외로운 것은 충분히 많아요. 경이로움을 만드는 데 있어서는 인간보다 자연이 한수 위인 걸요」

「우리 모두가 진리를 향해 걸어가는 나그네이니까요」

파머 조스가 말했다.

이 희망적인 한마디를 끝으로 데어 헤르가 엘리 곁으로 다가왔다. 네 사람은 예의를 갖추어 인사를 나누었다. 엘리는 최소한이라도 성과가 있었는지 알 수 없었다. 〈발레리언이 왔더라면 훨씬 더 우호적으로 이야기가 잘 될 수 있었을 텐데.〉 엘리는 생각했다. 〈내가 좀더 자신을 잘 통제하는 인간이면 좋겠어.〉

「아주 즐거운 하루였습니다, 애로웨이 박사, 깊이 감사드립니다」

파머 조스는 다시 격식을 차렸고 평소처럼 멍한 표정으로 되돌아갔다. 하지만 엘리와 악수를 나누는 태도는 다정했다. 대기중인 관용차를 타러 가는 길에 〈우주 팽창론의 오류〉 전시실 앞을 지날 때 〈우리 주님은 살아계시다. 안됐지만 당신들의 주님은 그렇지 못하다〉라는 문구가 보였다.

엘리는 데어 헤르를 바라보며 속삭였다.

「제가 일을 엉망진창으로 만들어버린 것 같아요. 미안해요」

「전혀 아니에요, 엘리. 아주 잘했어요」

「파머 조스는 퍽 마음에 들어요. 그를 개종시키는 일은 별로 성공적이지 못했지만…… 하지만 그는 거의 절 개종시킬 뻔했어요」

엘리는 물론 농담을 하고 있었다.

> [!NOTE] 11장
세계 메시지 컨소시엄

세상은 거의 다 조각조각 나누어졌고
남은 부분 역시 다시 갈라지고 정복되어 식민지로 변하는 중이다.
밤에 머리 위로 별들을 바라보라.
우리가 결코 닿을 수 없는 광대한 세계를.
가능하기만 하다면 저 별들을 우리 것으로 하고 싶다는
생각을 자주 하게 된다.
그렇게도 분명하게 보이는 별들이
그렇게 멀리 있다는 사실이 나를 슬프게 한다.
──세실 로즈(영국의 남아프리카 식민지의 정치가이자
자본가──옮긴이)의 『마지막 유언』(1902)

창가 자리였기 때문에 엘리는 폭우가 내리는 거리 풍경을 내다볼 수 있었다. 옷깃을 세운 행인이 물에 젖은 생쥐 꼴로 서둘러 지나갔다. 식당 주인은 가게 앞에 내놓은 통들 위로 줄무늬 차양을 쳤다. 생굴을 크기와 품질에 따라 나누어 담아 놓은 그 통들은 식당의 전문 요리가 무엇인지 선전하는 역할도 하고 있었다. 그 유명한 프랑스 식당 안에서 엘리는 아늑한 기분이 되었다. 날씨가 좋을 것이라는 일기예보 때문에 비옷도 우산도 없이 나온 참이었다.

베게이는 또 새로운 화제를 꺼냈다.

「제 친구 중에 〈미라〉라는 스트립 댄서가 있습니다. 당신네 나라에서 일할 때는 전문직 종사자들 앞에서 공연을 한다고 하는군요. 그런데 재미있는 차이가 있대요. 노동자들 앞에서 옷을 벗으면 모두들 소리를 질러대고 온갖 추잡한 요구를 해대며 심지어 무대로 뛰어오르려는 사람도 있다는군요. 하지만 의사나 변호사 같은 전문직 종사자의 경우에는 똑같은 공연이라 해도 모두들 미

동도 없이 앉아 있대요. 심지어는 혀를 끌끌 차는 사람도 나온다나요. 내가 궁금한 것은 이겁니다. 그럼 변호사들은 철강 공장 노동자들보다 더 건강한 걸까요?」

베게이가 다양한 부류의 여자친구를 두고 있다는 건 이미 엘리도 잘 아는 사실이었다. 베게이는 여자를 대할 때 직설적이었고 돈을 아끼지 않았다. 대개의 여자들은 생각해볼 필요도 없이 그의 제안을 거절했지만 받아들이는 축도 있었다. 하지만 그래도 스트립 댄서 미라의 이야기는 좀 놀라웠다.

두 사람은 새로운 데이터에 대한 해석을 마지막으로 비교 검토하면서 아침 시간을 보내는 중이었다. 수신되는 메시지는 이제 중요한 단계에 도달해 있었다. 신문 사진 전송과 같은 방법으로 도표가 날아오는 중이었던 것이다. 도표는 텔레비전 주사선 형태로 그려졌다. 그림을 만들어내는 희거나 검은 작은 점들의 개수는 두 소수를 곱해서 얻어졌다. 다시 소수들이 메시지의 일부로 참여하게 된 셈이었다. 차례차례로 도표들이 수신되었고 그 사이에 문자는 전혀 섞이지 않았다. 책 뒤쪽에 삽입되는 그림 부분 같았다. 도표들이 한참 들어오더니 그 다음에는 다시 해독 불가능한 문자가 수신되었다. 일부 도표를 보면 메시지가 기계 제작 설명서라는 베게이와 겐리히 아르항겔스키의 말이 옳은 것으로 여겨졌다. 기계의 용도는 알 수 없었다. 다음날 엘리제궁에서 열리기로 되어 있는 세계 메시지 컨소시엄 총회에서 엘리와 베게이는 제일 먼저 다른 회원국들 앞에서 발표를 해야 했다. 메시지가 기계 제작 설명서일지 모른다는 가설은 벌써 각국에 조용히 퍼져나간 상태였다.

점심 식사가 끝나고 엘리는 빌리 조 랭킨과 파머 조스와 만났던 일에 대해 간략히 이야기했다. 베게이는 주의 깊게 이야기를 들었지만 아무런 질문도 던지지 않았다. 베게이는 마치 엘리가 고백하는 개인적인 이야기를 들으면서 계속 연상을 이어가는 듯했다.

「당신한테 미라라는 스트립 댄서 친구가 있다고요? 그러면 국제 순회공연을 하겠네요?」

「볼프강 파울리(오스트리아의 물리학자로 1945년 노벨 물리학상을 수상했다——옮긴이)가 폴리 베르제르(1869년 파리에 만들어진 뮤직홀——옮긴이)에 갔다가 배타원리(다수의 전자를 갖는 계(係)에서 두 개 이상의 전자가 모든 양자수의 완전히 동일한 상태를 동시에 갖는 것은 금지되어 있다는 법칙——옮긴이)를 발견한 이후 난 가능한 자주 파리를 방문하는 것이 물리학자로서의 의무라고 생각했소. 내 나름대로 파울리에게 경의를 표하려는 거지. 하지만 그런 여행 목적으로는 우리나라 관리들을 설득할 수가 없소. 난 여행하면서 물리학을 연구해야 하는데 말야. 미라를 만났던 것 같은 그런 상황에 놓일 때 난 대자연에게 배우는 학생이 되고 불현듯 영감이 떠오르거든」

갑자기 베게이의 말투가 변했다.

「미라 말로는 미국의 전문직 남자들은 성적으로 억압되어 있고 죄의식에 시달린다는군」

「그래요? 러시아의 전문직 남자들은 어떻다고 하던가요?」

「그 부류에서 미라가 아는 사람은 나밖에 없어요. 그러니까 당연히 좋은 평가를 내릴 수밖에 없지. 컨소시엄이고 뭐고 내일은 미라와 함께 있고 싶은데요」

「하지만 당신 친구들은 모두 회의장에 나올 거예요」

엘리는 가볍게 말했다.

「맞아요, 당신도 함께 참석하게 되어 기쁩니다」

베게이는 침울하게 대답했다.

「왜 그래요, 베게이? 무슨 걱정거리라도 있나요?」

베게이는 한참 시간을 끌었다. 그리고 주저하듯 말을 시작했다.

「이건 걱정거리도 아니고 괜한 노파심일지도 모르는데…… 만약 메시지가 정말로 기계 제작 설명서라면 어떻게 할까요? 우리가 기계를 제작하나요? 아니면 다른 누가? 모두가 함께하게 될까요? 컨소시엄이? 미국이? 몇 개 나라가 협력해서? 제작에 너무나 많은 비용이 들어간다면 누가 그 돈을 댈까요? 그러고 싶은 나라가 있을까요? 다 만들었지만 기계가 제대로 작동하지 않는다면? 그 기계 제작 때문에 주관 국가가 경제적인 위기를 맞는다면? 아니면 다른 위기를 겪게 된다면 도대체 어떻게 해야 하는 겁니까?」

베게이는 끝없이 질문을 제기하면서 마지막 남은 포도주를 두 사람의 잔에 따랐다.

「메시지가 반복되고 우리가 그 내용을 완전히 해독하게 된다 해도 해독 수준은 어디까지 이를 수 있을까요? 세르반테스가 한 말을 알고 있소? 번역물을 읽는 건 양탄자를 뒤집어 놓고 무늬를 살피는 것과 같다고 한 말 말이오. 완전하게 메시지를 해독하는 건 불가능할지도 몰라요. 또 우리가 정말로 모든 데이터를 입수했다는 확증이 어디 있소? 아직 발견하지 못하고 있는 다른 주파수대에서 핵심적인 내용이 전달되고 있는지도 모르죠.

사람들은 이 기계 제작에 대해 아주 신중하게 검토해야 할 겁니다. 하지만 내일 만날 사람들 중에는 당장 제작에 착수해야 한다고 주장하는 사람이 나올지도 모르지요. 미국 대표단은 어떤 제안을 내놓을 생각입니까?」

「저도 모르겠어요」

엘리는 천천히 대답했다. 머릿속에서는 도표 수신이 시작된 직후 데어 헤르가 과연 지금의 경제력과 기술로 그 기계 제작이 가능하겠느냐고 묻던 일이 떠올랐다. 그때 엘리는 경제력과 기술 모두에서 아무 문제없을 거라고 대답했었다. 다시 엘리는 지난 몇 주 동안 데어 헤르가 미친 듯이 무엇엔가 몰두해 있었다는 점을 생각했다. 하기야 그는 이 문제에 책임을 져야 하는 위치에 있으니까…….

「베게이, 데어 헤르 박사와 키츠 차관보도 당신과 같은 호텔에 묵고 있나요?」

「아니오, 두 사람은 특급호텔에 들었어요」

언제나 그랬다. 만성적인 경화 부족에 시달리는 소련 경제 사정상 소련 과학자들은 서방을 방문했을 때 넉넉하게 돈을 쓰지 못했다. 중급 이하의 호텔, 심지어는 하숙집에 머무는 경우조차 있었다. 반면 서방 학자들은 상대적으로 사치를 누리는 셈이었다. 이것은 양측 과학자들 모두를 난처하게 만들었다. 이 점심 식사 계산만 해도 그랬다. 엘리 입장에서는 아무 신경쓸 것 없는 수준이었지만 소련 과학계에서 상당히 높은 지위를 차지하는 베게이에게는 퍽이나 부담스러운 비용인 것이다.

「똑바로 말씀해 보세요, 베게이. 무슨 생각을 하고 있는 거죠? 데어 헤르와 키츠 차관보가 너무 서두를까봐 걱정이 되나요?」

「똑바로 말하라고요? 그거 재미있군요. 오른쪽도 아니고 왼쪽도 아닌 똑바로란 말이죠. 제가 걱정하는 건 이겁니다. 며칠만 지나고 나면 우리는 실제로 제작할 권리도 없는 어떤 것을 제작하기 위해 섣불리 토론을 시작하게 될지 모릅니다. 정치인들은 우리가 뭐든 다 알고 있다고 여깁니다. 사실 우리는 거의 아는 게 없는데도 그렇죠. 이런 상황은 아주 커다란 위험을 불러올 수도 있습니다」

그제서야 엘리는 베게이가 메시지의 본질을 알아내는 책임을 맡고 있다는 점에 생각이 미쳤다. 메시지가 파국적인 상황을 불러올 경우 그건 그의 잘못이 될 가능성이 높았다. 물론 여기에는 그보다 적을지는 몰라도 개인적인 동기도 있었다.

「제가 그런 얘기를 데어 헤르에게 했으면 하시나요?」

「필요하다고 생각한다면요. 자주 이야기할 기회가 있지요?」

아무렇지도 않은 듯 베게이가 물었다.

「베게이, 당신 질투하는 건가요? 전에도 우리 관계를 언급하신 적이 있었던 것 같은데요. 아르고스 연구소에서요. 데어 헤르와 저는 지난 두 달 동안 함께 많은 시간을 보냈어요. 그에 대해 뭐, 마음에 들지 않는 점이라도 있나요?」

「전혀 없소, 엘리. 난 당신 아버지도, 질투심에 불타는 연인도 아니니까. 그저 당신이 행복하기를 바랄 뿐이오. 하지만 불행한 가능성들이 자꾸 떠오르는군요」

베게이는 더 이상은 이야기하려 들지 않았다.

두 사람은 다시 도표들을 해석하는 문제로 토론을 시작했다. 식탁 위는 온통 도표로 뒤덮이고 말았다. 남아공의 위기 해결을 위한 만델라 원칙, 소련과 동독 간의 설전 등 국제 정치도 조금 언급되었다. 늘 그렇듯 엘리와 베게이는 자국의 외교 정책을 비난해댔다. 상대 국가의 외교 정책을 규탄하는 것보다는 이편이 훨씬 더 재미있었다. 각자의 몫을 따로 계산할 것인가를 두고 베게이와 옥신각신하던 엘리는 어느덧 폭우가 가랑비로 변해버렸다는 것을 알아차렸다.

* * *

직녀성으로부터 메시지가 오고 있다는 소식은 이미 지구 구석구석까지 퍼진 상태였다. 전파망원경에 대해서는 물론이고 소수가 무엇인지조차 전혀 모르던 사람들까지도 별에서 전해오는 목소리, 사람도 신도 아닌 외계의 생명체에 대한 이야기를 들었다. 그 생명체가 산다는 별은 보름달이 뜬 날이라 해도 쉽게 찾아볼 수 있었다. 종교적인 편협한 논평이 이어지는 와중에 경이감, 더 나아가 경외감이라고 부를만한 감정도 일기 시작했다. 무언가 기적적인 일이 일어나고 있었던 것이다. 새로운 시작, 새로운 가능성에 대한 기대로 전세계가 들떴다.

〈인류는 한 단계 진보했다.〉 미국의 한 신문 논설위원은 이렇게 썼다.

우주에는 지능을 가진 다른 생명체가 살고 있었다. 우리는 그들과 대화를 나눌 수 있다. 그들은 우리보다 더 오랜 역사를 지녔고 더 현명할 것이다. 온갖 지식이 들어 있는 자료를 보내오고 있다. 임박한 계시의 실현을 기대하는 이들이 늘어갔다. 각 영역의 전문가들은 우려의 목소리를 내기 시작했다. 수학자들은 자신들이 미처 못 보고 지나간 기본적인 원칙이 있지 않을까 걱정했다. 종교계 인사들은 직녀성이 신비로움을 무기로 교육 수준이 낮은 젊은이들 사이에서 신기한 숭배의 대상이 될까 봐 우려했다. 천문학자들도 지구에서 가까운 별들에 대해 잘못 이해했던 부분이 없었는지 불안해졌다. 정치가와 정부 지도자들은 자신들의 것과 전혀 다른 정치 체계를 선진 문명이 채택하고 있지 않을까 염려했다. 직녀성은 인류의 제도나 역사로부터 전혀 아무런 영향도 받지 않았을 것이었다. 우리가 진리라고 생각하는 것이 실제로는 거짓이거나 예외적인 경우였다면? 그리하여 전문가들은 자기 지식을 기초부터 다시 살펴보는 쉽지 않은 작업에 돌입했다.

일부 전문가들의 이런 직업적 우려에도 불구하고 인류 앞에 엄청난 가능성이 새로 열렸다는 것은 분명했다. 인류 문명은 한 굽이를 돌아 새로운 시대를 맞은 것이다. 마침 새 천년이 시작되는 때라는 점도 효과를 증폭시켰다. 정치적 갈등은 아직 남아 있었고 남아공 사태 같은 것은 심각한 지경이었다. 하지만 동시에 많은 곳에서 호전적 성향과 자기 도취적 민족주의가 쇠퇴하고 있다는 것도 분명했다. 전례 없이 인류는 하나의 집단이라는 동질감을 느끼게 되었다. 지구 곳곳에 흩어져 사는 수십억의 자그마한 생명체들이 이제 새로운 기회 혹은 위험을 함께 겪게 된 것이다. 많은 이들은 다른 생명체의 앞선 문명과 마주친 이런 상황에서 국가간의 분쟁이란 어리석은 일이라고 생각했다. 희망이 감도는 분위기였다. 그런 분위기에 익숙지 못한 사람들은 이것을 혼란 혹은 비겁함이라고 잘못 해석하기도 했다.

1945년 이후 수십 년 동안 세계의 전략 핵무기 보유고는 지속적으로 증가했다. 정치 지도자들이 바뀌고 무기 체계나 전략이 변화되는 와중에서도 전략 무기의 수는 늘어나기만 했다. 마침내는 지구상의 전략 핵무기가 2만5천 기를 넘는 시점이 왔다. 도시 하나마다 치명적인 무기를 열 개씩 보유한 셈이었다. 과학 기술의 발전은 핵무기가 보다 빨리 정확하게 표적을 맞출 수 있도록 도왔다. 그토록 많은 국가 지도자들이 그 오랜 시간 동안 지적해 왔음에도 불구하고 결국 어리석기 짝이 없는 군비 경쟁은 이러한 일촉즉발의 위험 상황을 빚어내고 말았다. 하지만 세계는 마침내 어느 정도 제정신을 차렸고 미국, 소련, 영국, 프랑스, 중국이 합의서에 서명하기에 이르렀다. 세계의 핵무기를 없애자는 합의서는 아니었다. 그런 허무맹랑한 환상을 가진 사람은 거의 없었다. 다만 미국과 소련은 전략 핵무기 보유량을 각각 천 기 수준까지 줄이기로 했다. 두 강대국 중 어느 하나도 이 감축 과정에서 불리한 위치에 놓이지 않도록 세부 사항까지 꼼꼼하게 규정되었다. 영국과 프랑스, 중국은 미소 양국의 보유고가 3천2백 기에 도달한 순간부터 감축을 시작하기로 했다. 〈편안히 잠드시라, 이같은 일은 두 번 다시 일어나지 않으리〉라고 새겨진 히로시마의 원폭 희생자 위령탑 바로 옆에서 체결된 히로시마 협정은 전세계를 기쁘게 했다.

매일 같은 수의 미·소 핵탄두에서 뇌관이 분해되어 미국과 소련의 과학자들이 공동 관리하는 시설로 보내졌다. 플루토늄은 추출돼 밀봉된 상태로 핵발전소로 간 뒤 발전용으로 소비되었다. 미국의 한 제독 이름을 따서 〈게일러 계획〉이라고 불린 그 사업은 검을 쟁기로 만드는 방식이라는 찬사를 받았다. 아직은 다른 공격 방어 수단이 충분한 터라 군부도 그런 조치를 환영했다. 장군들이라 해도 자기 자식이 죽는 것을 바라지는 않는 법이 아닌가. 핵전쟁은 그나마 군인과 민간인이 구분되는 재래식 전쟁과는 달랐다. 발사 단추를 누르는 데는 별다른 용기도 필요없었다. 처음으로 분해가 이루어지던 장면은 텔레비전에서 여러 번 방영되었다. 흰 옷을 입은 미국과 소련의 기술자들이 성조기, 그리고 낫과 망치가 그려진 소련 국기가 덮인 둔중한 회색 금속 물체를 수레에 실어 옮기고 있었다. 전세계 수많은 사람들이 그 장면을 지켜보았다. 텔레비전 뉴스 시간에는 양측에서 얼마나 많은 전략 핵무기가 분해되었는지, 앞으로 남은 것은 몇 기인지 정기적으로 보도했다. 이십여 년이 지나면 그 뉴스 역시 직녀성에 도착하게 될 것이었다.

다음 몇 해 동안 핵무기 분해는 계속되었다. 처음에는 여유분 핵무기에서부터 분해가 시작되었고 그래서 전략적으로 큰 의미가 없었다. 하지만 이제는 감축 효과가 피부로 느껴지면서 가장 파괴적인 무기 체계가 해체되는 단계에 들어섰다. 전문가들이 인간의 본성 운운하며 불가능할 것이라고 내다보았던 상황이 눈앞에서 전개되고 있었던 것이다. 새무얼 존슨이 말했듯 사형선고는 무슨 일이든 할 수 있게 만드는 모양이었다. 지난 반년 동안 미소의 핵무기 감축은 다시 진전을 이루었다. 권한을 부여받은 사찰단이 상대국을 방문하여 분해를 확인하게끔 된 것이다. 물론 군부의 반대를 무릅쓰고 내려진 결정이었다. 국제연합은 칠레와 아르헨티나 국경 분쟁을 가라앉히는 등 기대 이상의 탁월한 협상 능력을 발휘했다. 나토와 바르샤바 조약 사이의 불가침 조약 체결까지 언급되는 판이었다.

이런 상황 덕분에 제1차 세계 메시지 컨소시엄에 참석한 각국 대표단은 근래 수십 년 동안 보기 힘들었던 우애와 협력의 기분을 느꼈다.

* * *

아주 조금이라도 메시지를 수신한 나라들은 모두 과학계와 정치계 대표단을 파견했다. 군부 대표단을 보낸 나라도 놀랄 만큼 많았다. 몇몇 대표단의 경우 외무부 장관이나 국가 원수가 단장을 맡았다. 영국 대표단에는 옥새관 복스포드가 포함되었다. 〈옥새관이라니, 재미있는 직책이야.〉 엘리는 생각했다. 소련 대표단장은 과학원장 아부히모프였고 겐리히 아르항겔스키와 중공업 장관 티모페이 고트리제도 다시 만날 수 있었다. 미국 대표단에는 국무차관 엘모 호니커트와 국방성 차관보 마이클 키츠 등 쟁쟁한 인사가 많았지만 대통령 지시에 따라 데어 헤르가 단장을 맡았다.

영사막에는 전파망원경의 배치 상황을 보여주는 상세한 지도가 비쳐지고 있었다. 대양을 맡은 소련의 인공위성도 물론 표시되었다. 엘리는 대통령궁 근처에 새로 지은 회의장을 훑어 보았다. 7년 임기중 겨우 두번째 해를 맞은 프랑스 대통령은 회의를 성공적으로 개최하기 위해 최선의 노력을 다하는 듯했다. 각양각색의 얼굴, 국기, 민속 의상들이 길게 늘어선 마호가니 탁자와 벽에 붙은 거울에 비쳐 보였다. 정치인과 군인 중에서는 엘리가 아는 사람이 거의 없었지만 각국 별로 안면 있는 과학자나 기술자는 최소한 한 명 이상 있는 듯했다. 호주에서 온 아눈지아타와 이안 브로데릭, 체코슬로바키아의 페디르카, 프랑스의 브로드와 크레비용, 그리고 브왈로, 인도에서 온 쿠마르 찬드라푸라나와 데비 수하바티, 일본의 히로나가와 마츠이…… 엘리는 전파천문학 전문이라기보다는 기술적 성향이 두드러진 학자들이 많다는 점을 알아차렸다. 특히 일본이 그랬다. 거대한 기계 제작이 중심 의제가 될지 모른다는 예측이 마지막 순간에 각국의 대표단 구성을 바꾸어 버렸던 것이다.

이탈리아에서 온 말라테스타도 보였다. 정치꾼이 다 되어버린 물리학자 바덴보는 클레그, 그리고 채토스 경과 어울러 영국기 뒤에서 잡담을 나누는 중이었다. 스페인의 하이메 오르티스 옆에는 스위스의 프레블라가 있었다. 엘리는 고개를 갸웃했다. 자신이 아는 한 스위스는 아직 전파망원경조차 보유하지 못한 나라였기 때문이다. 중국식 전파망원경을 조립한 바오, 스웨덴에서 온 빈테르가르덴…… 사우디, 파키스탄, 이라크 등도 예상외로 규모가 큰 대표단을 파견했다. 소련 대표단 석에서는 나디야 로즈데츠벤스카야와 겐리히 아르항겔스키가 명랑하게 떠들어대는 중이었다.

한참만에 엘리는 중국 대표단 쪽에 가 있는 베게이를 찾아냈다. 북경 전파관측소장인 유 렌키옹과 악수를 나누는 중이었다. 중국과 소련의 협력 시기에 두 사람이 친구이자 동료였다는 점은 엘리도 알고 있었다. 하지만 양국 사이가 악화되면서 두 과학자는 일체 접촉하지 못하게 되어 버렸다. 중국의 출국 규제도 소련 못지않았던 것이다. 결국 엘리는 25년 만의 만남을 목격하는 셈이었다.

「베게이가 악수하고 있는 늙은 중국인은 누구요?」

키츠 차관보가 물었다. 예의상 묻는 말 같았다. 최근 며칠 동안 키츠 차관보는 엘리와 우호적인 관계를 유지하고자 애쓰는 모습을 보였다. 엘리 입장에서는 어색하고 불안한 일이었다.

「북경 관측소장인 유라고 합니다」

「저 두 친구는 서로를 아주 미워하는 줄 알았는데……」

「차관보님」

엘리가 말했다.

「세상은 차관보님이 상상하는 것보다 훨씬 더 좋기도 하고 나쁘기도 하답니다」

「더 좋은 쪽에서는 당신이 이길지 몰라도……」

키츠 차관보가 응수했다.

「더 나쁜 쪽에서는 나를 당하지 못할 거요」

* * *

프랑스 대통령의 환영사가 끝나고(놀랍게도 대통령은 첫 발표 때까지 자리를 지켰다) 공동 의장인 데어 헤르와 아부히모프의 사회로 회의 절차에 대한 논의가 이루어진 다음 엘리와 베게이가 발표하는 순서가 되었다. 두 사람은 정치인과 군인들을 의식해서 지나치게 기술적인 방향으로 흐르지 않으려 했다. 어떻게 전파망원경이 기능하는지, 지구 근처의 별들은 어떻게 분포되어 있는지, 그리고 메시지를 수신하는 과정이 어떻게 진행되었는지를 설명한 후 각국 대표단 앞에 설치된 화면에 최근 수신된 도표들을 띄워 놓고 어떻게 편광 변조가 1과 0의 배열로 바뀌는지, 도표가 만들어지는 과정은 어떻게 되는지 보여주었다. 도표가 보이는 것이 무엇인지 전혀 짐작조차 할 수 없다는 말도 빼놓지 않았다.

작은 데이터 좌표들은 화면 위에서 한데 모여들었다. 불이 꺼진 어두운 회의장 안에서 엘리는 단말기 화면에 비쳐지는 흰색, 노란색, 그리고 초록색 얼굴들을 보았다. 도표들은 서로 얽혀 있는 복잡한 선을 보여주었다. 꿈틀거리며 기어다니는 벌레들 모양 같기도 했다. 길게 연결된 페이지들을 모아 보니 천천히 회전하는 3차원의 구조물 상세도가 나왔다. 수수께끼 같은 부분마다 알 수 없는 설명문이 붙어 있었다.

베게이는 엘리보다 더 강한 어조로 아직은 모든 것이 불확실한 추정에 불과하다는 점을 강조했다. 하지만 그럼에도 불구하고 메시지가 기계 제작 설명서라는 그의 의견은 예전보다 더 확실해진 듯했다. 베게이는 그 생각이 그와 겐리히 아르항겔스키 두 사람의 머릿속에서 나왔다는 점을 미처 언급하지 못했고 나중에 엘리가 기회를 잡아 빠진 부분을 보충했다.

엘리는 지난 몇 달에 걸쳐 메시지 이야기를 수없이 해왔고 따라서 과학자를 포함해 모든 사람들이 메시지의 내용이나 소수의 의미 따위에 보이는 열광적인 관심에 익숙해 있었다. 하지만 여기 모인 특별한 청중들이 어떤 반응을 보이게 될지는 미지수였다. 베게이와 엘리가 마지막으로 발표 내용을 요약하고 나자 우레와 같은 박수가 이어졌다. 소련과 동구 과학자들은 약속이나 한 듯 심장 박동 한 번당 두세 번씩 박수를 쳤고 미국과 서방의 대표단은 각자 제멋대로 박수를 쳤다. 두 가지 유형의 박수 소리는 백색잡음의 홍수를 이루었다. 엘리는 어딘지 어색한 즐거움을 느꼈다. 그러면서 민족적 차이점을 생각하지 않을 수 없었다. 미국인은 개인적이고 소련인은 집단적으로 행동하는 모습이 확연했던 것이다. 또한 미국인들은 가능한 한 서로간의 거리를 멀리 떼어놓는 반면 소련인들은 서로에게 될 수 있는 한 몸을 붙이고 있었다. 잠시 엘리는 계부를 떠올렸다. 그리고 아버지를 생각했다.

점심을 먹은 후 데이터 수집과 해석에 대한 다른 발표들이 이어졌다. 데이비드 드럼린 선생은 새로운 도표를 언급하고 있는 것으로 추측되는 이전 페이지들을 통계 분석하여 결과를 발표했다. 늘 그렇듯 당당하고 훌륭한 태도였다. 선생의 주장에 따르면 메시지 안에는 기계 제작 설계도뿐 아니라 각 구성 부분의 조립 설계도와 재료까지 나와 있다는 것이었다. 또한 몇몇 경우에는 지구에 아직 알려지지도 않은 산업 분야까지도 언급되는 것으로 보인다고 덧붙였다. 발표 내용에 놀란 엘리는 발레리언에게 드럼린 선생이 이런 발표문을 준비했는지 미리 알았느냐고 손짓으로 물었다. 발레리언은 어깨를 움츠리며 고개를 저었다. 엘리는 다른 청중들이 어떤 표정인지를 살폈지만 피곤한 얼굴을 보았을 뿐이었다. 기술적인 깊이, 그리고 곧 내려야 하는 정치적인 결단 등 때문에 이미 지쳐버린 듯했다. 휴식 시간에 엘리는 드럼린 선생에게 다가가 멋진 발표였다고 찬사를 보낸 뒤 어째서 그때까지 자기한테 그런 결과를 말해주지 않았느냐고 물었다. 드럼린 선생은 밖으로 걸어나가면서 대답했다.

「아, 그저 자네를 귀찮게 할 만큼 중요하다고 생각했기 때문이네. 자네가 종교광들을 만나러 돌아다니는 동안 한번 해보았던 분석에 불과하거든」

〈드럼린 선생이 내 논문 지도교수였다면 난 아직도 박사 학위를 받지 못했을 거야.〉 엘리는 생각했다. 드럼린 선생은 엘리를 전적으로 신뢰한 적이 한번도 없었다. 한숨을 내쉬던 엘리는 데어 헤르가 드럼린 선생의 연구를 알고 있었는지 궁금해졌다. 데어 헤르는 공동 의장으로서 맞은편의 반원형 대표단 석에 앉아 있었다. 이전 여러 주 동안 그랬듯이 일체 접근이 불가능한 상태였다. 물론 드럼린 선생이 자신의 연구 결과를 엘리에게 보고해야 할 의무는 없었다. 그리고 최근 두 사람은 각자의 일로 바빠 얼굴을 부딪칠 일도 거의 없었다. 하지만 그래도 엘리는 마음이 편치 않았다. 〈난 왜 드럼린 선생 앞에서는 제대로 할 말을 하지 못하는 거지? 극단적으로 화가 난 경우라 해도 그저 논쟁 정도에 그치고 말아……〉 엘리는 생각했다. 어쩌면 엘리의 마음 한구석에는 학위를 받고 연구를 계속하고 하는 문제가 아직도 모두 드럼린 선생의 손에 달려 있다는 느낌이 남아 있는지도 몰랐다.

* * *

두번째 날 아침 소련 대표가 나섰다. 엘리가 모르는 사람이었다. 〈스테판 알렉세비치 바루다〉 앞에 놓인 개인 단말기 화면에 떠오른 그의 이름은 그랬다. 〈소련 아카데미 평화 연구소 소장, 소련 공산당 중앙 위원회 위원〉이라는 직함도 보였다.

「본격적으로 경기가 시작되는군」

엘모 호니커트 국무차관에게 던지는 키츠 차관보의 말이 들려왔다.

바루다는 흠잡을 데 없이 깔끔한 디자인의 서방 양복 차림이었다. 이탈리아 양복인 듯했다. 영어도 더할나위없이 유창했다. 발틱 연안 공화국에서 출생해 젊은 나이에 핵무기 해체의 장기적 전략적 의미를 연구하는 중요한 조직의 장을 맡은 그는 차세대 소련 지도층 대표 주자 격이었다.

「솔직하게 말하겠습니다」

바루다가 말을 시작했다.

「먼 우주로부터 메시지가 수신되고 있습니다. 대부분의 정보는 미국과 소련이 받았지만 다른 나라들도 핵심적인 부분들을 가지고 있습니다. 지금 여기 그 모든 나라가 함께 모여 있습니다. 메시지가 몇 번이고 반복된다면 각국은 독자적으로 빠진 부분을 채워 넣어가며 전체를 수신할 수도 있을 겁니다. 하지만 그렇게 하자면 몇 년, 아니 몇십 년이 걸릴지 모르는 일이었기 때문에 우리 모두는 보유한 데이터를 공유하기로 했습니다.

또 지구 주위에 거대한 전파망원경을 쏘아 올려 메시지를 받는 것도 여러 나라에서 가능한 일입니다. 예를 들면 소련은 그렇게 할 수 있습니다. 미국이나 일본 프랑스, 유럽 공동 우주 연구소도 마찬가지죠. 그러면 혼자서 모든 데이터를 다 모을 수가 있습니다. 우주 위의 전파망원경은 언제나 직녀성을 향할 수 있기 때문입니다. 하지만 그건 호전적인 행동으로 해석될 수 있습니다. 미국이나 소련이 그런 위성을 격추시킬 수 있다는 건 공공연하게 알려진 일입니다. 우리가 데이터를 공유하기로 한 데는 이런 이유도 있습니다.

협력이란 좋은 방법입니다. 우리나라의 과학자들은 수신한 데이터뿐 아니라 상상력과 추리력, 그리고…… 꿈까지도 함께 나누고자 합니다. 여기 계신 다른 여러 나라의 과학자 여러분도 모두 비슷한 생각이시리라 생각합니다. 저는 과학자가 아닙니다. 전 정치학을 전공했고 그래서 모든 나라가 결국 비슷하다는 것을 알고 있습니다. 모든 나라는 아주 조심스럽죠. 서로를 의심하기도 합니다. 잠재적 적국에게 유리한 위치를 부여하고 싶은 나라는 하나도 없습니다. 여기서 두 가지 경향이 생겨났습니다. 하나는 모든 데이터를 교환하자는 것이고 다른 하나는 서로가 상대국보다 유리한 지위를 차지하려고 노력한다는 점입니다. 특히 후자의 경향을 내세우는 사람들은 다른 나라들 역시 모두 유리한 위치를 차지하려 한다고 확신합니다. 대부분의 국가에서 이런 상황이 빚어지고 있으리라 생각합니다.

이 토론에서는 과학자들이 승리했습니다. 그래서 가장 많은 데이터를 수집한 미국과 소련이 자료를 내놓았습니다. 물론 소련은 보유 데이터 전체를 공개한 것은 아니라는 점을 말씀드려야겠지만. 다른 여러 나라의 데이터도 전세계가 공유하고 있습니다. 우리는 이런 결정을 내리게 된 것이 대단히 기쁩니다」

「경기가 시작된 것 같지는 않은데요」

엘리가 키츠 차관보에게 속삭였다.

「잘 들어봐요」

키츠 차관보가 역시 속삭이는 소리로 대답했다.

「하지만 다른 종류의 위험이 존재합니다. 우리는 이번 컨소시엄에서 그중 하나를 논의하고자 제안합니다」

바루다의 목소리는 회의가 시작되기 전날 점심을 함께했던 베게이의 어조를 연상시켰다.

「우리가 어떤 복잡한 기계의 제작 설명서를 수신하고 있다는 의견에는 베게이, 애로웨이 박사 등 여러 과학자들이 동의합니다. 여러분 모두 염두에 두고 계시는 점이리라 생각하지만 한번 생각을 해봅시다. 메시지가 끝이 났습니다. 그리고 다시 처음으로 되돌아갑니다. 첫 부분에는 우리의 기대대로 메시지를 해독 방법에 대한 정보가 있다고 칩시다. 전세계는 여전히 협력을 계속하여 모든 데이터, 추측과 꿈들을 공유합니다.

직녀성의 생명체들이 그저 심심해서 우리에게 메시지를 보내는 것은 아니겠지요. 우리가 그 기계를 만들기를 바랄 겁니다. 무엇에 쓰는 기계인지 말해 줄지도 모릅니다. 아닐지도 모르고요. 하지만 만약 기계의 용도를 말해준다고 해도 그 말을 믿어야 할까요? 저는 상상을 해보았습니다. 별로 즐거운 상상이 되지는 않더 군요. 그건 트로이의 목마인지도 모릅니다. 엄청난 비용을 들여 기계를 만들고 작동시켰는데 대규모 공격군이 그 안에서 쏟아져 나오면 어떻게 하죠? 지구의 종말을 위한 기계라면요? 제작해서 켜는 순간 지구가 폭발하는 식으로 말입니다. 이건 이제 막 발전해서 우주로 나오는 문명을 억압하기 위한 그들 나름의 방법인지도 모르지 않습니까? 별다른 비용이 들 것도 없지요. 그저 메시지를 보내 수신한 문명이 알아서 스스로를 파괴하게끔 만드는 것이니까요.

제가 지금 말하는 것은 그저 개인적 견해에 불과합니다. 여러분 모두 머리를 맞대고 생각해 주시기를 바랍니다. 이 문제에 관한 한 우리 모두는 한 행성에 살고 있는 공동 운명체입니다. 자, 이제 한마디로 제 의문점을 정리하겠습니다. 차라리 수신된 메시지를 없애고 전파망원경을 파괴해 버리는 것이 좋지 않을까요?」

회의장은 금방 벌집을 쑤신 꼴이 되었다. 사방에서 발언권을 요청했다. 공동 의장단은 이 회의가 녹음되거나 녹화되어서는 안 된다는 점을 다시 화급하게 강조했다. 개별적인 언론 인터뷰도 일체 허용되지 않았다. 매일 공동 의장단과 각국 대표단장들이 합의한 언론 자료만이 공개될 수 있었다. 이 토론의 상세한 부분은 회의장 안에만 남게 될 것이었다.

몇몇 대표들이 의장에게 태도를 분명히 해달라고 요구했다.
「트로이의 목마나 지구 종말에 관한 바루다의 의견이 맞다면……」
네덜란드 대표는 고함을 질렀다.
「그것은 대중들에게 알리는 것이 우리 의무가 아닐까요?」
하지만 그의 마이크는 꺼져 있었고 그 말에 주목하는 사람은 없었다. 모두들 더 시급한 문제에 매달려 있었던 것이다.

　엘리는 빨리 발언권을 얻기 위해 앞에 놓인 컴퓨터 단말기의 단추를 눌렀다. 두번째였다. 수하바티와 중국 대표 사이였다.

　엘리는 데비 수하바티와 조금 안면이 있었다. 40대 중반으로 당당한 체구를 지닌 수하바티는 굽 높은 슬리퍼에 멋진 비단 사리를 두르고 있었다. 물리학도로 출발, 분자생물학 분야에서 인도의 권위자가 된 후 지금은 케임브리지의 킹스 칼리지와 봄베이의 타타 연구소에 재직하고 있는 인물이었다. 런던 왕립학회에 소속된 몇 안 되는 인도인 가운데 한 사람으로 정치적인 영향력도 상당하다고 했다. 엘리와는 몇 년 전에 동경에서 열린 국제학술대회에서 마지막으로 만났었다. 당시 엘리는 외계 생명체를 연구하는 모임에서 여성 학자를 만나게 되었다는 점만으로도 친밀감을 느꼈었다.

　「바루다 대표님께서 중요하고도 민감한 문제를 제기하셨습니다」
　수하바티가 말을 시작했다.

　「이러한 트로이의 목마 설을 무시하는 것은 바보스러운 일이 되겠지요. 최근 역사를 보더라도 이건 당연히 가능한 예측이고 오히려 이제야 이런 말이 나왔다는 점이 이상할 정도입니다. 그럼에도 불구하고 저는 그런 우려에 대해 신중해야 한다고 생각합니다. 직녀성의 생명체들이 우리와 같은 수준의 문명을 이루고 있을 가능성은 극히 작습니다. 지구에서만 봐도 문명들이 동시에 발전하지는 않습니다. 어떤 것은 더 먼저, 다른 것은 더 나중에 나타나죠. 물론 적어도 기술적 측면에서는 다른 문명을 뒤따라간다는 것이 가능합니다. 인도, 중국, 이라크, 이집트에 고도의 문명이 있었던 시절 유럽과 러시아에는 기껏해야 철기 시대가, 그리고 미국에서는 석기 시대가 이어졌습니다.

하지만 오늘날 상황에서는 그런 기술적인 차이가 훨씬 더 큰 의미를 지니게 되었습니다. 외계 생명체는 우리보다 크게 앞서 있을 가능성이 큽니다. 수백 년 혹은 수천 년, 심지어 수백만 년의 격차가 있을지도 모르지요. 지난 세기 동안 인류가 이룬 기술적 진보에 비추어볼 때 그것이 얼마나 엄청난 차이일지 생각해 보십시오.

저는 인도 남부의 작은 마을에서 자랐습니다. 할머니 시대에는 발재봉틀이 경이로운 과학 기술이었습니다. 그러니 우리보다 수천 년 앞서 있는 생명체에겐 대체 얼마나 엄청난 일들이 가능할까요? 수백만 년 앞선 이들이라면? 우리나라의 한 철학자는 〈앞선 외계 문명에서 온 인공품은 마술과 구분할 수 없을 것이다〉라고 말했습니다.

인류는 그들에게 아무런 위협이 되지 않습니다. 우리를 두려워할 필요가 없는 것입니다. 앞으로도 오랫동안 그렇겠죠. 서로 비슷한 처지였던 그리스와 트로이 사람들의 싸움이 아니라는 말입니다. 비슷한 수준의 무기를 가지고 싸움을 벌이는 공상과학 소설의 우주 전쟁은 불가능합니다. 굳이 우리를 멸망시키려고 한다면 이렇게 복잡하게 우리의 협조를 구할 필요가……」

「다른 방법이라면 그들도 대가를 치러야 하니까요」

누군가가 말을 가로챘다.

「모르시겠어요? 그게 바로 핵심입니다. 바루다는 우주로 보내진 우리 텔레비전 방송이 결국 그들에게 인류를 멸망시킬 시간이 되었음을 알려주었고 그래서 메시지가 날아온 것이라고 말하고 있소. 지구까지 달려와 전쟁을 벌인다면 비용이 들 거요. 그에 비해 메시지는 값싼 방법이지요」

엘리는 말을 가로채어 고함지르고 있는 사람이 누군지 알 수 없었다. 영국 대표단 중 한 사람인 것 같았다. 발언권을 얻은 상태가 아니었기 때문에 마이크는 사용할 수 없었지만 회의장의 음향시설이 워낙 훌륭해 충분히 알아듣고도 남을 정도로 분명했다. 의장석의 데어 헤르는 질서를 잡으려고 애썼다. 아부히모프는 몸을 내밀어 근처의 누군가와 속삭이고 있었다.

「그러니까 당신은 기계를 제작하는 것이 위험하다고 생각하시는군요」

수하바티가 대답했다.

「하지만 저는 기계를 제작하지 않는 편이 더 위험하다고 봅니다. 우리가 눈앞에 펼쳐진 미래에 등을 돌린다면 그건 부끄러운 일입니다. 우리 선조들은……」

수하바티는 말을 가로챘던 사람을 향해 손가락을 흔들었다.

「인도나 유럽을 향해 항해를 시작했을 때 그렇게 겁을 먹고 있지는 않았죠」

〈점점 재미있게 되어가는군.〉 엘리는 생각했다. 하지만 클라이브(동인도 회사의 사무원에서 출발, 장군과 정치가가 된 영국인——옮긴이)나 로리(영국의 탐험가, 군인, 정치가——옮긴이)가 이런 상황에서 훌륭한 본보기가 될 것인가는 의문이었다. 어쩌면 수하바티는 과거 영국의 식민지 통치를 꼬집고 싶은 것인지도 몰랐다. 엘리는 자기가 발언권을 얻었음을 알려주는 녹색 표시등이 들어와 마이크가 작동되기까지 잠시 기다렸다.

「의장님」

엘리는 이렇게 공식적으로 정중하게 데어 헤르를 불렀다. 벌써 며칠째 개인적으로 얼굴을 맞부딪칠 기회가 없었다. 내일 오후 잠시 회의가 중단되는 동안 함께 시간을 보내기로 약속한 터였다. 하지만 둘이 무슨 이야기를 하게 될지에 대한 일말의 불안감도 있었다. 〈아니, 내가 무슨 엉뚱한 생각을 하고 있는 거야!〉

「의장님, 트로이의 목마나 종말의 날 기계라는 의견에 대해 조금 이야기하고 싶은 것이 있습니다. 내일 아침 말을 꺼낼 작정이었지만 지금이 더 좋을 것 같군요」

엘리는 슬라이드를 몇 장 보이기 위해 자기 앞의 계기판을 두드렸다. 회의장 조명이 어두워졌다.

「베게이와 저는 이것이 동일한 3차원 형상을 서로 다른 방향에서 본 투시도들이라고 확신하고 있습니다. 어제 컴퓨터 시뮬레이션으로 전체 모습을 회전시켜 보았지요. 아직 단언할 수는 없지만 기계 안의 모습은 이렇게 보이리라 생각합니다. 아직까지는 크기가 얼마만한지에 대해서는 정확한 지시 사항이 없습니다. 몇 킬로미터가 될 수도 현미경으로 간신히 볼 수 있을 정도일 수도 있지요. 12면체 안에서 다섯 부분이 일정한 간격을 두고 배열된 모습을 보십시오. 한 부분을 확대하면 이렇습니다. 이 공간에서 구별이 가능한 것이라고는 이 다섯 부분뿐입니다.

인간의 체형에 딱 맞는 형태로 푹신하게 속을 채운 안락의자 같은 것이 보입니다. 완전히 다른 세계에서 진화한 외계 생명체가 가구에 대해서 인류와 비슷한 취향을 가졌으리라고는 보기 어렵습니다. 여기 이 확대 그림도 보십시오. 어렸을 때 골방에서 보았던 의자랑 아주 비슷하지요?」

정말로 그건 꽃무늬 덮개가 어울릴 듯한 낡은 안락의자 모양이었다. 불현듯 엘리는 죄책감을 느꼈다. 회의차 유럽으로 오기 전에는 전화도 하지 않았다. 아니, 메시지를 받은 후 엄마한테 전화한 적은 통틀어 한 번인가 두 번이 전부였다. 어떻게 그럴 수 있었을까? 엘리는 스스로를 나무랐다.

다시 엘리는 컴퓨터 그래픽을 바라보았다.

「베게이와 저는 이 의자 다섯 개가 우리를 위한 것이라고 생각합니다. 인간을 위한 것이라는 말입니다. 그렇다면 이 기계의 내부는 폭 몇 미터 정도이고 외부 폭도 10-20미터면 되겠지요. 기술적으로는 분명 수준이 높겠지만 결국 만들어내야 하는 것은 커다란 도시 크기의 기계 따위가 아닙니다. 항공모함처럼 복잡하지도 않은 것 같고요. 우리가 힘을 합친다면 얼마든지 훌륭하게 만들어낼 수 있을 겁니다.

그러니까 제가 말하고자 하는 것은 이것이 폭탄이나 뭐 그런 종류가 아니라는 점입니다. 저는 이걸 종말의 날 기계로도, 트로이의 목마로도 생각하지 않습니다. 수하바티 박사와 같은 의견을 가진 셈이죠. 이것이 트로이의 목마라는 생각 자체가 우리가 앞으로 가야 할 길이 얼마나 먼지를 잘 보여준다고 할 수 있습니다」

또다시 소란이 일어났다. 하지만 이번에는 데어 헤르도 굳이 질서를 잡으려 하지 않고 오히려 멋대로 떠들기 시작한 사람의 마이크를 작동시켜 주었다. 몇 분 전 수하바티의 말을 가로챘던 바로 그 사람이었다. 영국의 불안한 연정에서 노동부 장관을 맡고 있는 필립 바덴보였다.

「……도대체 우리가 염려하는 것이 무엇인지 이해를 못하고 있습니다. 생김새 자체가 트로이의 목마와 같았다면 그런 미지의 물건을 도시 성문 안으로 가져올 생각도 하지 않았을 겁니다. 우린 모두 호머를 읽었으니까요. 하지만 안락의자로 장식을 해놓았으니 의심할 까닭이 없다는 논리는 문제가 있습니다. 그건 마치 뇌물에 넘어가는 것이나 다름이 없습니다. 앞에 펼쳐진 미래라고요? 우월한 존재들이 우리를 받아들이는 뜻이라고요? 전파천문학자들이 제아무리 달콤한 말로 우리의 상상력을 자극한다 하더라도 눈곱만한 파괴의 위협이라도 있다면 절대 기계를 제작해서는 안 된다는 것이 제 의견입니다. 소련 대표가 말씀하셨듯이 수집된 데이터를 모두 없애버리고 전파망원경 제작을 중죄로 다스리는 것도 좋겠지요」

이제 회의장은 난장판이나 다름없었다. 발언권을 얻기 위해 기다리는 각국 대표 수십 명의 명단이 단말기 화면에 떠올랐다. 시끌거리는 말들이 고함 소리로 높아지는 것을 들으면서 엘리는 전파천문학의 불규칙한 잡음을 청취하던 옛날 일이 떠올랐다. 쉽사리 어떤 합의가 이루어질 것으로는 보이지 않았다. 공동 의장단은 도저히 대표들을 진정시킬 능력이 없었다.

중국 대표가 발언하려고 일어났다. 엘리가 전혀 모르는 사람이었다. 의아한 표정으로 주위를 두리번거리던 엘리 쪽으로 국가안전보장회의 관계자가 몸을 굽혀 〈시 챠오무입니다. 대장정 길에 태어났다고 합니다. 10대에 의용군으로 한국 전쟁에도 참전했답니다. 문화혁명으로 큰 타격을 입기도 했지요. 지금은 중앙위원회에 있고 영향력이 대단합니다. 중국의 고고학 발굴을 지휘하지요〉라고 설명해 주었다.

시 챠오무는 60대로 키가 크고 어깨가 넓은 남자였다. 얼굴에 있는 주름살을 봐야 나이를 알 수 있을 정도로 체격이나 행동은 여전히 젊은이 같았다. 중국 관리들의 정장인 인민복 차림이었다. 미국 관리들이 조끼 딸린 정장을 입는 것처럼 말이다. 그제서야 엘리는 희미하게 비디오 잡지에서 시 챠오무에 대한 기사를 읽었던 것이 생각났다.
「공포심을 느낀다면……」
그가 말했다.
「우리는 아무것도 하지 않을 수도 있습니다. 하지만 그건 그저 상황을 조금 지연시킬 뿐입니다. 결국 그들은 우리가 여기 있다는 것을 아는 상태니까요. 우리 텔레비전 방송은 계속해서 그들 쪽으로 갑니다. 아시다시피 요즘 방송은 온통 직녀성 외계인 이야기뿐이죠. 그러니까 그쪽에서도 지구인에 대해 잊어버릴 수는 없을 겁니다. 우리가 아무것도 하지 않는다면, 그리고 그들이 우리에게 계속해서 관심을 갖는다면 어떤 방법으로든 그쪽에서 우리에게 올 것입니다. 우리는 어디 숨을 곳이 없습니다. 잠자코 있었다면 이런 문제에 부딪치지 않았겠지요. 대규모 방송 시설도, 거대한 전파망원경도 없었다면 아마 직녀성에서도 인류의 존재를 몰랐을 겁니다. 하지만 이제는 너무 늦었습니다. 되돌아가기란 불가능합니다. 갈 길이 정해진 것입니다.
이 기계가 지구를 멸망시킬지 모른다고 걱정하신다면 지구가 아닌 다른 곳에서 만들면 되지 않을까요. 그러면 설령 정말로 종말의 날 기계라 할지라도 우리 세계가 종말을 맞는 사태는 피할 수 있으니까요. 하지만 그렇게 하자면 비용이 많이 들 겁니다. 엄청나게 많이 들겠죠. 그 정도로 겁나는 것이 아니라면 사막 한가운데 같은 곳에 만들면 됩니다. 신장성 타코피 황무지에서 대규모 폭파 실험을 하는 식이지요. 반대로 전혀 위협을 느끼지 않는다면 워싱턴에서라도 그 기계를 제작할 수 있습니다. 모스크바나 북경, 그 밖의 어느 도시에서나요.

고대 중국에서 직녀성과 그 근처의 두 별은 베틀을 짜는 처녀라는 뜻의 이름을 얻었습니다. 지구의 사람들을 위해 옷을 만들어 내는 좋은 징조의 별이죠.

우리는 초청장을 받았습니다. 아주 특이한 초청장이지요. 연회에 초대받은 것인지도 모릅니다. 지구는 이제까지 한번도 그런 초대를 받은 적이 없습니다. 거절하는 것은 예의가 아니라고 생각합니다」

12장
이성질체

별들을 바라보다 보면 나는 지도 위에 찍힌
도시와 마을의 검은 점들을 바라볼 때처럼 꿈을 꾸게 된다.
그리고 자문한다.
프랑스 지도에 나타난 검은 점들과 달리
어째서 저 하늘의 빛나는 점들에는 가볼 수 없는 거지?
——빈센트 반 고흐

멋진 가을날 오후였다. 유달리 따뜻한 날씨여서 데비 수하바티는 코트를 놓아두고 나왔다. 수하바티와 엘리는 혼잡한 샹젤리제 거리를 따라 콩코르드 궁 쪽으로 걸었다. 다양한 인종의 사람들이 눈에 들어왔다. 이 정도로 여러 인종이 몰려 있는 곳을 찾자면 런던이나 맨해튼 정도뿐일 거라는 생각이 들었다. 스웨터와 치마 차림인 엘리와 사리를 두른 수하바티가 나란히 걷는 모습도 전혀 이상하게 보이지 않았다.

담배 가게 앞에는 긴 줄이 만들어져 있었다. 미국에서 합법적으로 수입된 가공 마리화나 담배를 사기 위해 몰려든 사람들이었다. 프랑스 법은 18세 이하의 청소년이 그 담배를 구입하거나 피우는 것을 금지하고 있었고 따라서 줄 서 있는 사람은 대부분 중년이거나 노인이었다. 귀화한 알제리인이나 모로코인도 섞여 있을지 몰랐다. 마리화나는 주로 캘리포니아와 오리곤 주에서 수출용으로 재배되었다. 이 담배에 사용된 마리화나는 자외선을 쏘여 비활성 마취 성분을 1델타(Δ) 이성질체로 전환한 것이었다. 담배 이름은 〈태양의 입맞춤〉이었다. 진열창에 붙은 담배 광고문에는 〈천국에서 누리실 즐거움을 살짝 빼내왔습니다〉라고 쓰어 있었다.

거리 양쪽의 진열창은 엄청나게 화려했다. 두 사람은 행상에게서 알밤을 사서 천천히 먹으면서 걸었다. 파리 국립은행을 나타내는 〈BNP〉라는 간판을 볼 때마다 웬일인지 엘리는 맥주가 연상되었다. 가운데 N자만 뒤집어 놓으면 〈맥주〉라는 뜻의 러시아어 표기가 되었던 것이다. 그래서 파리 국립은행이 소련의 맥주를 열심히 권하는 듯한 느낌이 들었다. 전혀 어울리지 않는 두 가지가 서로를 연상시킨다는 것이 엘리에게는 퍽 재미있었다. 엘리는 지금 보고 있는 것이 러시아어의 키릴 문자가 아니라 라틴어 알파벳이라는 것을 억지로 머릿속에 이해시켰다. 조금 더 걸어가다가 두 사람은 오벨리스크에 다다랐고 감탄을 금치 못했다. 그 첨탑은 엄청난 희생을 치르고 빼앗아 와 결국 현대의 군사적 기념비가 된 것이다. 엘리와 수하바티는 좀더 걷기로 했다.

데어 헤르는 만나기로 한 약속을 어겼다. 그것도 당일 아침에야 전화를 걸어왔다. 사과를 하긴 했지만 미안해서 어쩔 줄 모르는 말투는 아니었다. 제기되고 있는 정치적인 쟁점들이 너무 많다는 이유였다. 국무장관은 쿠바 방문을 중단하고 당장 다음날 파리로 날아올 예정이었다. 데어 헤르는 정신없이 바빴고 엘리가 이해해 주기를 바랐다. 엘리는 이해했다. 하지만 그에게 몸을 허락한 자신이 미웠다. 오후 시간을 혼자 보내지 않으려고 엘리는 수하바티에게 전화를 걸었다.

「〈승리〉라는 뜻을 가진 산스크리트어 단어 중에는 〈아브히지트〉라는 것이 있지요. 고대 인도에서는 직녀성을 바로 〈아브히지트〉라고 불렀답니다. 우리 힌두 문명의 성인들이 악의 신인 아수라를 물리치기 위해서도 직녀성의 힘을 빌려야 했지요. 듣고 있나요, 엘리? 그런데 재미있는 점이 있어요. 페르시아에도 아수라가 있는데 거기서는 아수라가 선한 신이거든요. 그래서인지 신 중의 신, 빛의 신, 태양의 신을 아후라 마즈다라고 부르는 종교가 생겨났어요. 예를 들어 조로아스터교와 미트라 신교 같은 것이 그렇지요. 아후라와 아수라는 같은 이름이에요. 조로아스터교는 오늘날에도 존재하는 종교이고 미트라 신교는 초기 기독교에 커다란 위협을 가한 종교였어요. 그런데 앞서 말한 힌두교의 성인들은 데비라고 합니다. 대개 여성이지요. 페르시아에서는 데비가 악의 신이 되었어요. 일부 학자들은 악마를 뜻하는 영어 단어 〈devil〉이 여기서 왔을 거라고 생각하지요. 결국 인도와 페르시아에서는 선한 신과 악한 신을 부르는 이름이 완전히 뒤바뀐 셈이에요. 아마도 이건 아리아인들이 우리 조상인 드라비다인들을 침략해 남쪽으로 몰아낸 역사를 반영하는 걸 겁니다. 결국 키르타르 산맥을 기준으로 어느쪽에 사는가에 따라 직녀성이 선을 돕는지 아니면 악을 지지하는지가 결판나는 셈이죠」

수하바티는 두 주 전 엘리가 캘리포니아에서 종교적인 논쟁을 벌였다는 점을 들은 것이 분명했다. 그래서 일부러 기운을 돋우는 이야기를 해주려는 것이다. 엘리는 고마운 마음이 들었다. 하지만 그 순간 자기가 파머 조스에게, 메시지가 미지의 목적을 가진 기계 제작 설계도일지 모른다는 가능성을 미처 말하지 않았다는 생각이 떠올랐다. 곧 언론 매체를 통해 그 사실을 알게 되겠지. 어서 국제 전화를 걸어 새로운 진전 상황에 대해 이야기해 줄 필요가 있었다. 하지만 파머 조스는 은둔 상태라는 소문이었다. 모데스토에서 엘리를 만난 이후 어떤 공식 발언도 나오지 않았다. 빌리 조 랭킨은 기자 회견에서 어느 정도의 위험이 도사리고 있는 것은 사실이지만 기본적으로 과학자들이 메시지 전문을 수신하는 것에는 반대하지 않는 입장이라고 말했다. 하지만 해석은 또다른 문제였다. 영적, 도덕적 가치를 수호하도록 권한을 위임받은 사회 각 계층 대표자들이 주기적으로 상황을 검토할 수 있도록 해야 한다는 것이 그의 주장이었다.

이제 두 사람은 온갖 색깔의 꽃이 만발한 튈르리 정원에 가까이 다가가는 중이었다. 동남아 사람으로 보이는 여윈 체구의 노인들이 격렬한 말다툼을 벌이고 있었다. 검은 철 대문은 풍선장수가 매달아 놓은 풍선들로 알록달록했다. 연못 한가운데에는 바다의 여신 암피트리테 석상이 서 있고 그 주위로 장난감 배들이 경주를 벌였다. 미래의 마젤란을 꿈꾸는 꼬마들이 띄워놓은 배였다. 갑자기 물고기 한 마리가 수면을 뚫고 몸을 솟구쳤고 그 서슬에 제일 앞에 있던 배가 가라앉고 말았다. 생각지도 못한 방해를 받은 꼬마들이 쥐 죽은 듯 조용해졌다. 태양은 서쪽으로 지고 있었다. 엘리는 잠시 한기를 느꼈다.

오랑제리로 가보니 부속 건물에서 특별 전시회가 열리고 있었다. 〈화성의 모습〉이라는 제목이었다. 미국, 프랑스, 소련이 합작해서 만든 로봇 자동차가 화성을 돌아다니며 찍은 총천연색 사진들로 그중 일부는 1980년대 보이저 호의 사진처럼 과학적인 목적을 뛰어넘어 예술적인 가치를 가지고 있었다. 선전 포스터에 실린 사진은 엘리시온 분화구였다. 앞쪽에는 침식 작용으로 생겨난 매끄러운 표면의 삼면 피라미드가 있었다. 피라미드는 수백만 년 동안 거센 모래바람이 불어댄 탓에 생겨났다는 것이 지질학자들의 의견이었다. 화성의 다른쪽을 관찰, 촬영하기로 되어 있던 두번째 로봇 자동차는 그만 움직이는 모래 언덕에 파묻히고 말았고 패서디나의 조종 담당들은 아직까지도 그 실종된 로봇 자동차로부터 아무런 신호를 받지 못하는 상태였다.

엘리는 새삼스레 수하바티의 모습을 뜯어보았다. 커다란 검은 눈, 곧은 자세, 전날 입었던 것과는 또다른 멋진 사리…… 엘리는 그에 비해 자신은 너무 우아하지 못하다고 생각했다. 평소 엘리는 머릿속에 다른 생각이 들어 있을 때라도 다른 사람과 이야기를 이어가는 데 아무 문제가 없었다. 하지만 그날은 달랐다. 머릿속의 생각을 쫓아가는 것만도 급급했던 것이다. 기계 제작 여부를 둘러싼 의견들에 대해 토론하던 중에 엘리의 생각은 다시 수하바티의 외모에서 아리아인의 침입 사건으로 돌아갔다. 3500년 전 인도에서 일어났던 그 전쟁에서 두 민족은 서로 자신의 승리를 주장했고 역사적 사실을 애국적으로 과장했다. 결국 그 이야기는 신들의 전쟁으로 변모했다. 물론 우리편이 선한 신이었다. 당연히 상대편은 악마였고 말이다. 엘리는 코끼리 머리에 푸른색을 띤 힌두의 악마로부터 수천 년에 걸친 진화 과정을 통해 결국 염소수염에 꼬리가 달리고 발굽이 갈라진 서양 악마의 모습이 서서히 형성되는 과정을 상상했다.

「바루다 대표가 말한 트로이의 목마는 완전히 바보 같은 생각이 아닐지도 몰라요」

엘리는 저도 모르게 말을 시작했다.

「하지만 우리에게는 달리 선택의 여지가 없죠. 시 챠오무 대표가 말한 것처럼요. 그들은 원하기만 하면 언제든지 지구에 올 수 있으니까요」

두 사람은 이어 로마 식으로 만들어진 아치형 기념비에 이르렀다. 신격화된 모습의 영웅 나폴레옹이 전차를 모는 모습이 조각되어 있었다. 멀리서 외계인들의 시각으로 이것을 본다면 정말 감동적일 듯했다. 근처 벤치에 앉은 두 사람의 그림자가 프랑스를 상징하는 흰색, 파란색, 빨간색 꽃들 위로 길게 드리워졌다.

엘리는 자기가 처해 있는 감정의 혼란 상태를 털어놓고 의논하고 싶었다. 하지만 쓸데없이 오해를 살까봐 겁이 났고 경솔한 짓이 될 거라고 생각했다. 대신 엘리는 수하바티가 살아온 이야기를 듣고 싶다고 했다. 수하바티는 선뜻 자기 이야기를 시작했다.

수하바티는 인도 남쪽 타밀 나두라는 주에서 브라만 계급으로 태어났다. 넉넉한 가정 형편은 아니었다. 당시 인도 남부 지방이 대개 그랬듯 수하바티의 고향에도 모계 사회의 전통이 뿌리 깊게 남아 있었다. 바나레스 힌두 대학을 거쳐 영국의 의과대학으로 진학한 수바하티는 수린다르 고시라는 동료 의학도를 만나 사랑에 빠졌다. 수린다르 고시는 정통파 브라만 계급은 쳐다보지도 않는다는 불가촉천민이었다. 수린다르 고시의 조상들은 박쥐나 올빼미처럼 밤에만 나다녀야 할 정도였다. 당연히 수바하티의 가족들은 결혼을 강력히 반대했다. 아버지는 그런 결혼을 원하는 딸은 처음부터 자기에게 없었다고 선언했다. 하지만 결국 수바하티는 결혼을 강행했다.

「우리는 서로 너무도 사랑했지요」

수바하티가 설명했다.

「그래서 다른 선택이란 생각할 수가 없었어요」

결혼한 지 채 일년이 지나지 않아 남편은 적절한 보호 조치 없이 시체를 다루다가 패혈증을 얻어 사망했다.

수린다르 고시의 죽음을 계기로 가족과 화해하는 대신 수하바티는 정반대의 길을 택했다. 의과대학을 졸업한 뒤 영국에 남기로 한 것이다. 수바하티는 분자생물학에 본능적으로 끌렸고 그것이 의학 공부와 자연스럽게 연결될 것으로 생각했다. 곧 그 까다로운 분야에 수바하티가 천부적인 재능을 가졌다는 점이 드러났다. 핵산 복사를 연구하던 중에 생명의 기원이 궁금해졌고 그러자 다른 행성의 생명체를 생각하지 않을 수 없었다.

「과학자로서의 제 경력은 사슬처럼 서로 연결되어 있는 셈이에요. 하나하나가 차례로 다음 것을 이끌어냈죠」

최근 수하바티는 화성의 유기 물질이 어떤 성격을 가졌는지에 대해 연구하고 있었다. 유기 물질에 대한 측정치는 바로 조금 전 지나친 전시회의 포스터 사진을 찍어 보낸 로봇 자동차에서 얻어진 것이었다. 수하바티는 쫓아다니는 남자가 여럿 있다는 이야기를 아무렇지 않게 했지만 재혼은 하지 않았다. 최근에는 〈컴퓨터쟁이〉라고 부르는 봄베이의 과학자와 가깝게 지낸다고 했다.

조금 더 걷자 루브르 박물관의 안뜰인 쿠르 나폴레옹이 나왔다. 그 한가운데는 논란 끝에 최근 완공된 유리 피라미드 입구였고 주위의 담장을 따라 프랑스의 역대 위인들 조각상이 있었다. 위인들은 대개 다 남자였다. 조각상 아래 쓰여진 이름은 희미했다. 세월의 풍상 탓도 있었지만 일부는 관람객이 의도적으로 훼손한 것 같았다. 한두 개는 누구 조각상인지 거의 알아볼 수 없을 지경이었다. 가장 많은 공격을 받은 것으로 보이는 조각상에는 이름 대신 〈LTA〉라는 글자만 남아 있었다.

태양이 지고 있었다. 루브르 박물관은 저녁 늦게까지 문을 열지만 두 사람은 거기 들어가는 대신 센 강변을 산책하기로 했다. 책방 주인들이 가게 문을 닫으면서 하루를 마감하고 있었다. 잠시 동안 두 여인은 유럽식으로 팔짱을 끼고 걸었다.
 프랑스인 부부가 몇 걸음 앞서 걷고 있었다. 네 살 남짓 되어 보이는 어린 딸은 엄마 아빠 사이에 서서 때때로 부모의 손에 매달려 공중으로 붕 떠오르곤 했다. 몸이 공중에 멈춰서 무중력 상태를 이루는 짧은 시간 동안 아이는 황홀경에 싸여 소리를 질러 댔다. 부모는 세계 메시지 컨소시엄에 대해 이야기를 나누고 있었다. 신문은 온통 그 이야기로 가득 차 있었고 그런 화제 역시 이상할 것이 없었다. 남편은 기계를 만들어야 한다고 주장했다. 새로운 기술을 습득하고 프랑스에서 많은 일자리를 창출하게 될 것이기 때문에. 부인은 신중해야 한다고 말했지만 구체적으로 이유를 대지는 못했다. 딸아이는 별들이 보낸 설계도 따위에는 전혀 관심이 없는 듯했다.

* * *

 데어 헤르, 키츠 차관보, 그리고 호니커트 차관은 다음날 아침 미국 대사관에서 긴급 회의를 소집했다. 그날 오후 국무장관이 도착할 예정이었다. 회의가 열린 대사관 기밀실은 전자기적으로 외부와 차단되어 있어 아무리 정교한 도청도 불가능하다고 했다. 최소한 그렇다고 주장은 하고 있었다. 엘리는 그런 방지 장치를 피해갈 수 있는 기술이 충분히 개발될 수 있을 거라고 생각했다.
 전날 오후 시간을 데비 수하바티와 함께 보내고 돌아온 엘리는 호텔 방에 들어온 메모를 받고 데어 헤르에게 전화해 보았지만 키츠 차관보와만 통화가 가능했다. 그래서 엘리는 키츠 차관보에게 자기는 원칙상의 문제로 별도 회의에 반대한다고 말했다. 메시지는 명백하게 전 지구에 보내졌기 때문이었다. 키츠 차관보는 최소한 미국은 가지고 있는 모든 데이터를 다른 나라와 공유하고 있다고 설명하며 그 회의는 어려운 협상을 앞에 두고 미국의 입장을 정리하기 위한 것이라고 말했다. 키츠 차관보는 애국심과 함께 미합중국의 안전에 중요한 정보를 기밀로 분류할 수 있는 행정부의 권한까지 들먹이더니 잊지 않고 한마디 덧붙였다.

「내가 알기로는 이 문제와 관련해 당신에게 건네준 〈미 합중국과 헤든 인공지능 사의 합의서〉 서류가 제대로 읽히지도 않은 채 금고 속에서 낮잠을 자고 있소. 읽어보도록 하시오」

엘리는 다시 데어 헤르와 통화해 보려고 했지만 불가능했다. 하릴없이 아르고스 연구소 곳곳을 기웃거리면서 하루에도 몇 번씩 눈에 띄던 남자였다. 〈그 남자를 너는 아파트로 끌어들였지. 그래, 몇 년 만에 처음으로 사랑에 빠졌던 거야. 하지만 다음 순간이 되자 그 남자하고는 전화조차 할 수 없군.〉 엘리는 데어 헤르의 얼굴을 보기 위해서라도 회의에 참석하기로 했다.

키츠 차관보는 당연히 기계를 제작해야 한다는 입장이었고 드럼린 선생도 다소 조심스럽게 거기 찬성했다. 데어 헤르와 호니커트 차관은 겉으로는 아무 말 하지 않았다. 그리고 피터 발레리언은 결정을 내리지 못하고 갈등하는 중이었다. 키츠 차관보와 드럼린 선생은 한 걸음 더 나아가 어디서 기계를 제작할 것인가에 대해서까지 의견을 나누었다. 달 저편에서 제조하거나 조립하는 작업은 시 챠오무 중국 대표의 말처럼 엄청난 운송비가 들 것 같았다.

「공기 역학 제동법을 사용하면 달 저편보다 포보스나 데이모스로 보내는 편이 더 쌀 겁니다」

국가안전보장회의 대표가 나섰다.

「대체 포보스나 데이모스가 어디 있는 거요?」

키츠 차관보가 궁금해 했다.

「화성의 위성들입니다. 화성 대기 안에서 공기 역학 제동법을 사용하는 거죠」

「그 포보스와 데이모스는 얼마나 멀리 떨어져 있소?」

드럼린 선생이 커피 잔을 저으며 물었다.

「1년 정도지요. 하지만 행성간 이동 팀이 만들어지고 파이프라인을 채우고 나면……」

「하지만 달까지는 사흘이면 충분하지 않소?」 드럼린 선생이 침을 튀기며 말했다.

「이봐요, 괜히 시간 낭비시키지 말아요」

「전 그저 제안한 것뿐입니다」

그가 투덜거렸다.

「같이 생각해보자는 뜻으로 말입니다」

데어 헤르는 초조해하며 마음을 잡지 못하는 것처럼 보였다. 커다란 압박감을 느끼는 듯싶기도 했다. 엘리의 눈길을 피하면서 무언가 말없는 호소를 하는 듯한 모습을 엘리는 희망적인 표시로 받아들였다.

「종말의 날 기계에 대해 걱정하신다면」

드럼린 선생이 말했다.

「에너지 공급 문제를 생각해 보십시오. 거대한 에너지원에 접근하지 못한다면 그건 종말의 날 기계가 될 수 없습니다. 따라서 설명서가 1기가와트의 핵 반응기 이야기를 하지 않는 한 걱정할 필요는 전혀 없다고 생각합니다」

「도대체 왜들 그렇게 기계 제작을 서두르시는 거죠?」

엘리는 키츠 차관보와 드럼린 선생을 한꺼번에 겨냥해 물었다. 두 사람은 크로아상 빵 접시를 사이에 두고 나란히 앉아 있었다.

키츠 차관보는 대답하기 전에 호니커트 차관과 데어 헤르를 차례로 바라보았다.

「이것은 비밀회의입니다」

그가 말을 시작했다.

「아무도 여기서 나온 말들을 소련 측에 전하지 않을 것으로 믿고 있습니다. 간단히 우리 생각을 정리하자면 이렇습니다. 아직 무엇에 쓰는 기계인지는 모르지만 데이브 드럼린 박사의 분석에 의하면 그 안에 분명 새로운 기술과 새로운 산업이 들어 있습니다. 그런 기계를 제작하는 것은 경제적인 가치도 가집니다. 군사적인 의미도 가질 수 있지요. 최소한 소련인들은 그렇게 생각합니다. 소련은 어쩔 줄 모르고 있습니다. 이 역시 미국을 뒤따라와야 하는 새로운 기술 분야니까요. 메시지 안에는 어떤 핵심적인 무기 설계도나 그 비슷한 어떤 것이 들어 있을지도 모릅니다. 아무도 확실히 모르는 일이죠. 소련이 섣불리 기계 제작에 뛰어들었다가는 파산할지도 모릅니다. 바루다가 비용 어쩌고 하는 말을 애로웨이 박사도 들었죠? 그의 말대로 수신된 모든 데이터를 없애고 전파망원경을 파괴하면 최소한 소련은 군사적인 면에서 뒤떨어질 걱정은 하지 않아도 되는 것입니다. 그래서 그쪽이 신중한 태도로 나오는 겁니다. 우리가 미국의 이익을 생각하지 않을 수 없는 것도 바로 그 이유고요」

키츠 차관보는 미소를 지었다.

〈기질적으로 키츠 차관보는 냉혈한이야.〉 엘리는 생각했다. 하지만 멍청한 것은 절대 아니었다. 그가 냉정하고 침착한 태도를 보일 때 사람들은 그를 좋아하지 않았다. 그래서 그는 화장을 하 듯이 상냥함을 꾸며 붙였다. 하지만 엘리가 보기에 그 상냥함이란 분자의 단층 두께 정도밖에 되지 않았다.

「이제 제 쪽에서 한 가지 여쭤보아도 될까요?」

키츠 차관보가 말을 이었다.

「바루다의 발언 중에 소련이 데이터 일부를 공유하지 않고 있다는 말을 들으셨을 것으로 아는데요, 그런 식으로 빠진 데이터가 정말 있습니까?」

「초기의 것들만 빠져 있을 뿐입니다」

엘리가 대답했다.

「처음 몇 주 동안에 날아온 메시지일 겁니다. 중국에서 받은 것 중에 몇 군데 이 빠진 부분이 있거든요. 완전히 공유되지 않은 부분이 약간은 있습니다. 하지만 별 대단치 않은 일로 생각하고 있습니다. 메시지가 반복되기 시작한 후 빠진 부분을 채우면 되니까요」

「메시지가 반복된다면 그렇겠지」

드럼린 선생이 따지는 투로 말했다.

데어 헤르가 사안별 대책 안을 마련하기 위한 토론을 주도했다. 메시지가 반복되면 어떻게 해야 할지, 미국, 독일, 일본의 산업 분야에 진전 상황을 어떻게 알리고 대처하도록 해야 할지, 기계 건설 쪽으로 결정이 나면 필요한 핵심 과학자와 기술자를 어떻게 선별할지, 미 의회와 국민들에게 건설 계획을 공개해 소란을 빚을 필요가 있는지 등의 내용이었다. 데어 헤르는 이 모든 것이 대책 안에 불과하고 따라서 최종 결정은 앞으로 내려져야 하며 트로이의 목마 운운하는 소련의 우려는 최소한 부분적으로는 진심이 담긴 것이라는 말을 서둘러 덧붙였다.
 키츠 차관보는 최종적으로 선별해야 하는 다섯 명의 인적 구성에 대해 물었다.
「외계인들은 지구인 다섯 명을 그 안락의자처럼 생긴 좌석에 앉히기를 바라고 있소. 어떤 사람을 앉힐 거요? 어떤 방식으로 결정을 내리지요? 아마 여러 나라의 사람이 섞여야 할 거요. 그럼 미국인은 몇 명이고 소련인은 몇 명이어야 할까요? 또다른 나라 사람들은요? 그 다섯 명에게 어떤 일이 일어날지는 전혀 모르지만 어쨌든 가장 걸맞는 사람을 보내야 할 것이오」
 키츠 차관보는 엘리를 흘깃 바라보았다. 엘리는 자기 앞에 던져진 미끼를 물지 않았다. 다시 키츠 차관보가 말을 이었다.
「또 중요한 문제는 누가 비용을 대어 누가 기계를 제작하며 또 누가 총괄 관리를 맡을 것인가 하는 점입니다. 중요한 미국인 대표를 그 다섯 명 가운데 포함시켜 주는 대가로 유리한 거래를 할 수 있으리라는 생각이 드는군요」
「하지만 우리 역시 최고의 사람을 보내고 싶어지지 않겠습니까?」
 데어 헤르가 분명한 어조로 지적했다.
「물론 그렇죠」
 키츠 차관보가 말을 받았다.
「하지만 최고란 무슨 뜻입니까? 과학자들이오? 군사적인 지식을 가진 사람들? 육체적인 힘과 끈기를 가진 사람들? 혹은 애국심이 투철한 자들? 또 한 가지……」
 키츠 차관보는 버터를 바르고 있던 크로와상에서 눈을 떼어 엘리를 똑바로 바라보았다.
「성비 문제도 있습니다. 남자만 보낼 겁니까? 남녀를 보낸다면 총 다섯 자리니까 어느 한쪽이 더 많게 됩니다. 다섯 명은 함께 잘 협력할 수 있을까요? 기계 제작을 시작한다면 이 모든 문제들이 중요하게 대두될 겁니다」

「차관보님 말은 별로 옳은 것 같지 않군요」

엘리가 말했다.

「이건 선거 유세를 도와주고 대신 대사 자리를 얻는 식의 정치 거래와는 달라요. 아주 중대한 과제입니다. 군말 없이 명령에 승복할 줄만 아는 근육질의 미련한 남자나, 세계 정세는 전혀 모른 채 그저 비행접시가 어떻게 움직이는지에만 관심이 있는 20대 애송이를 보내자는 말씀인가요? 아니면 늙다리 정치꾼들을? 이건 그렇게 생각없이 진행해서는 절대 안 되는 일입니다」

「당신 말이 옳습니다. 우리는 원하는 기준에 맞는 사람을 구할 수 있을 겁니다」

눈 밑이 검어져 초췌해 보이는 데어 헤르가 휴회를 선포했다. 그러고는 엘리를 바라보며 살짝 미소를 보냈다. 그저 입술만 약간 움직이는 식으로 말이다. 대사관 소속 리무진들이 미국 대표단을 다시 엘리제궁으로 태워가기 위해 대기하는 중이었다.

* * *

「어째서 소련인을 보내는 편이 좋은지 이야기하지요」

베게이가 말했다.

「당신네 미국인들이 개척자로, 사냥꾼으로, 인디언 정찰병 등으로 활약하며 미국이라는 나라를 세우고 있었을 때 최소한 당신들은 비슷한 수준의 기술 문명과 대립하지는 않았어요. 당신들은 대서양부터 태평양까지 대륙을 횡단했고 그 후로 모든 것이 순조로웠지요. 우리 상황은 달랐습니다. 우리는 몽고족에게 정복당한 역사를 가지고 있어요. 그들의 기마술은 우리보다 훨씬 더 뛰어났지요. 우리는 황무지를 건너가면서 그것을 쉬운 일로 생각했던 적이 없습니다. 그래서 동방으로 영토를 넓혀갈 때도 대단히 조심스러웠지요. 다시 말해 소련 측은 역경을 헤쳐 나가는 데 보다 익숙하다는 겁니다. 반면 미국인들은 늘 기술적으로 앞서 있는 지위를 누려왔어요. 우리는 늘 그 기술을 따라잡는 입장이었고. 지금 직녀성을 상대하는 지구인들은 모두 소련인의 위치입니다. 결국 미국인보다는 소련인이 더 적합하다고 볼 수 있죠」

베게이에게는 엘리와 단 둘이 만나는 것만도 위험한 일이었다. 그건 엘리에게도 마찬가지였다. 키츠 차관보가 경고한 대로 말이다. 미국이나 유럽에서 열리는 학술 대회에서 베게이는 종종 오후 시간을 엘리와 함께 보내도 좋다는 허락을 얻어냈다. 하지만 대개 동료 과학자나 KGB 소속 요원 등을 동반했다. 통역이라는 사람이 따라오기도 했지만 대개 베게이보다 영어가 훨씬 서투른 것으로 보아 수상쩍었다. 이런저런 아카데미에 소속된 과학자라고 주장할 때도 있었다. 과학적 지식이 피상적인 것에 불과하다는 점이 드러나는 경우를 제외하고 말이다. 베게이는 엘리가 그런 동행인에 대해 물어보면 고개를 저었다. 그는 그런 동행인을 서방 방문 허가를 얻어낸 대가 정도로 여기는 듯했다. 여러 번 엘리는 그런 동행을 대하는 베게이의 목소리에서 애정과 연민을 느꼈다. 외국에 나와서 잘 알지도 못하는 분야의 전문가 행세를 한다는 건 틀림없이 엄청나게 부담스러운 일일 것이다. 그들 역시 마음속으로는 베게이 못지않게 자신의 역할이 싫을지도 몰랐다.

두 사람은 회의 전날 갔던 프랑스 식당에 들어가 똑같은 창가 자리에 앉았다. 겨울이 다가오고 있다는 것을 알려주듯 공기는 차가웠다. 창밖에 늘어선 생굴 통들 옆을 지나가는 젊은이는 차가운 날씨에도 불구하고 여름이나 다름없는 차림에 달랑 파란색 목도리 하나만 둘렀을 뿐이었다. 방어적으로 계속되는 베게이의 말에서 엘리는 소련 대표단 안에 어떤 혼란이 빚어지고 있다는 점을 감지했다. 소련 측은 50년 동안이나 경쟁을 벌여온 미국이 기계 제작을 통해 어떤 전략적 우위를 차지하게 되지나 않을까 우려하고 있었다. 베게이는 데이터를 없애고 전파망원경을 파괴하자는 바루다의 말에 충격을 받은 것이 분명했다. 사전에 그런 입장에 대해 들은 바가 없었던 것이다. 베게이는 소련이 메시지 수신에 얼마나 핵심적인 역할을 하고 있는지 강조했다. 책임지는 경도 대도 가장 넓었고 대양 지대를 포괄하는 유일한 전파망원경 인공위성을 보유한 나라였던 것이다. 따라서 그들은 다음 단계에서도 여전히 중요한 역할을 하게 되기를 기대했다. 엘리는 자기가 아는 한 소련은 반드시 그런 역할을 맡게 될 거라고 확언했다.

「이봐요, 베게이, 그들은 우리 텔레비전 방송을 보았어요. 지구가 회전하고 있으며 그 안에 많은 나라가 있다는 사실은 이미 알고 있다고요. 올림픽 방송이었으니 더욱 분명히 알았겠죠. 뒤따라 수신했을 다른 나라의 방송들도 그런 사실을 확인시켰을 거고요. 우리가 생각하는 것처럼 뛰어난 존재들이라면 지구의 회전을 감안해 한 나라만 메시지를 받도록 송신을 조절할 수도 있었을 거예요. 하지만 그렇게 하지 않았죠. 지구상의 모든 사람이 메시지를 수신하기를 원하기 때문이에요. 전 지구가 힘을 합쳐 기계를 제작하기를 바라죠. 이건 미국만의, 혹은 소련만의 사업이 될 수 없어요. 그건…… 우리를 초청한 측에서 원하는 바가 아니니까요」

하지만 엘리는 자신이 기계 제작이나 탑승자 다섯 명의 선정에서 얼마나 결정권을 행사할 수 있을지는 알 수 없다고 솔직하게 털어놓았다. 지난 몇 주 동안 수신된 메시지를 분석하기 위해 엘리는 다음날 미국으로 되돌아갈 예정이었다. 세계 메시지 컨소시엄 총회는 끝나는 날이 정해져 있지 않았고 끝없이 계속될 것으로 보였다. 베게이는 소련 대표단을 새로 이끌게 된 외무장관이 바로 얼마 전에 도착한 터라 좀더 머물 예정이었다.

「모든 것이 좋지 않은 방향으로 끝이 날까봐 걱정스럽군요」
베게이가 말했다.
「벌써 잘못된 방향으로 가고 있는 일들이 많아요. 기술적인, 정치적인, 그리고 인간적인 오류들이죠. 이 모든 것을 다 극복한다 해도, 기계 제작을 둘러싼 분쟁을 피해간다 해도, 그리고 제대로 기계를 만들어 다섯 명을 보낸다 해도 여전히 걱정거리는 남아요」
「뭐가 걱정스럽다는 거죠? 무슨 말씀이에요?」
「잘 돼 보았자 웃음거리가 되는 게 고작이니까 말입니다」
「누가 우리를 웃음거리로 삼지요?」
「애로웨이 박사, 무슨 말인지 정말 몰라요?」
베게이는 목의 힘줄이 드러날 정도로 말에 힘을 주었다.
「당신이 그걸 예측하지 못한다니 놀랍군요. 지구는…… 집단 수용소가 되는 겁니다. 인류는 모두 여기 갇혀 사니까요. 우리는 이 집단 수용소 담장 바깥에 커다란 도시들이 있다는 전설 같은 소문을 들어왔어요. 그 도시의 넓고 멋진 길에는 사륜마차들이 다니고 아름다운 여인들이 모피 코트를 입고 산책하기도 한다지요. 하지만 그 도시는 너무도 멀고 우리는 너무 가난해 도저히 거기까지 갈 수가 없어요. 또 그쪽에서도 우리가 가는 걸 바라지도 않죠. 그래서 우리를 그 집단 수용소에 버려둔 거예요.

하지만 이제 초청장이 왔습니다. 시 챠오무 중국 대표의 말처럼요. 환상적인 일이지요. 글자를 새겨 넣은 초청장과 빈 마차가 도착했고 이제 우리 중에서 다섯 명을 뽑아 마차에 태워 보내야 합니다. 물론 가고 싶다고 나서는 사람들이 많습니다. 초청장에 솔깃해 하는 이들은 늘 있기 마련이죠. 혹은 그것이 이 집단 수용소에서 탈출하는 길이라고 생각하는지도 모르고요.

그래서 거기 간 사람들에게 어떤 일이 일어날 거라고 생각하나요? 대공이 우리를 만찬에 초청할까요? 그곳의 지도자가 우리 집단 수용소의 비참한 일상에 대해 질문을 던질까요?

그럴 리 없지요, 애로웨이 박사. 우리는 얼빠진 표정으로 그 커다란 도시를 구경하고 그 모습에 그곳 사람들은 포복절도하겠지요. 재미있는 동물로 우리를 전시할지도 모릅니다. 우리가 더 뒤떨어진 존재일수록 그들은 더 재미있어할 겁니다.

그런 식으로 몇 세기마다 한번씩 인간은 다섯 명씩 직녀성에 가서 주말을 보냅니다. 시골뜨기들을 불쌍히 여겨서, 또 우월한 존재가 얼마나 대단한지를 보여주기 위해서 초청하는 겁니다」

〈2권에서 계속〉

옮기고 나서

　진부한 소재의 공상과학 소설은 공허하고, 그렇다고 본격 과학 서적을 펼쳐볼 엄두는 나지 않는 우리에게 칼 세이건은 참으로 멋진 선물을 해주었다. 과학자를 꿈꾸는 중고생도, 과학 교과서가 한없이 아득하게만 느껴지는 어른도, 또 과학 연구에 몸담은 학자도 모두 재미있게 읽을 수 있는 소설이라 확신한다.
　소설의 시간적 배경은 우리가 이미 한바탕 치러낸 새 천년 진입기이다. 덕분에 칼 세이건이 상상했던 새 천년의 세상과 오늘의 세상을 비교해 보는 색다른 즐거움을 누릴 수 있게 되었다. 냉전은 종식되었지만 각지의 분쟁은 여전하고 또한 유감스럽게도 과학 기술 수준은, 최소한 천문 우주 분야에서는 칼 세이건의 기대에 미치지 못하는 상황인 듯하다.
　외계 생명체의 흔적을 찾기 위한 과학자의 끈질긴 노력이 종교나 정치 제도와 맞부딪치다가 결국 인간 존재에 대한 철학적 자성(自省)으로 연결되는 과정을 보면서, 늘 나무만 보고 숲은 보지 못하는 초라한 우리 모습이 새삼스럽게 다가왔다. 이 책을 통해 새로운 마음으로 밤하늘의 별을 바라보고 거기서 겸허함과 삶의 소중함을 찾는 동지(同志)들이 생겨날 수 있다면 큰 기쁨이겠다.

과학과 관련된 용어나 내용의 번역에 있어 다소 이견이 있을 수 있다고 생각하며 독자 여러분과 칼 세이건의 아량을 구한다.

2001년 12월
이상원

옮긴이 이상원

서울 대학교 대학원 소비자 아동학과와 한국 외국어 대학교 통·번역 대학원 한노과를 졸업하였다. 통역과 번역 일을 하고 있다. 번역서로는 『야생의 아프리카』, 『개에 대하여』, 『고양이에 대하여』, 『시간을 정복한 남자 류비셰프』, 『별난 고양이 보르가르의 엉뚱한 수학 교실 1~4』 등이 있다.

콘택트 1

1판 1쇄 펴냄 2001년 12월 10일
1판 16쇄 펴냄 2025년 3월 15일

지은이 · 칼 세이건
옮긴이 · 이상원
펴낸이 · 박상준
펴낸곳 (주)사이언스북스

출판등록 1997. 3. 24. 제16-1444호
(06027) 서울특별시 강남구 도산대로1길 62
대표전화 515-2000 / 팩시밀리 515-2007
편집부 517-4263 / 팩시밀리 514-2329
www.sciencebooks.co.kr

한국어판 ⓒ (주)사이언스북스, 2001. Printed in Seoul, Korea.
ISBN 978-89-8371-091-8 03840
ISBN 978-89-8371-093-2 (전2권)